文学经典与大学生文学阅读

徐小琳◎著

吉林出版集团股份有限公司

图书在版编目（CIP）数据

文学经典与大学生文学阅读 / 徐小琳著 . 一 长春：吉林出版集团股份有限公司 , 2020.7（2025.1重印）

ISBN 978-7-5581-8770-4

Ⅰ . ①文… Ⅱ . ①徐… Ⅲ . ①中国文学－古典文学－文学欣赏－高等学校－教材 Ⅳ . ① I206.2

中国版本图书馆 CIP 数据核字 (2020) 第 120105 号

文学经典与大学生文学阅读

著　　者	徐小琳
责任编辑	王　平　姚利福
封面设计	李宁宁
开　　本	787mm×1092mm　1/16
字　　数	218 千
印　　张	11.75
版　　次	2021 年 3 月第 1 版
印　　次	2025 年 1 月第 2 次印刷
出　　版	吉林出版集团股份有限公司
电　　话	010–63109269
印　　刷	炫彩（天津）印刷有限责任公司

ISBN 978-7-5581-8770-4　　　　　　　　定价：58.00 元

前　言

　　文学经典有助于大学生获取丰富的人文知识、构筑丰富健康的情感世界、塑造健全的心理与人格、培养高尚的道德情操和理想。当前随着我国经济社会的不断发展与进步，我国也越来越重视教育行业的发展与革新，其中最主要的一点便是在教育不断改革与创新的过程中弘扬传统文化。通过经典文学的阅读不断丰富大学生的思想感观，以此加深大学生的文化素养，对其未来的发展起到了至关重要的作用。同时也能使我国的经典文学得到弘扬，让人们能够更加了解我国的传统文化。

　　高校学生对文学经典作品的阅读观念及效果对弘扬中华优秀传统文化，推动中华优秀文化继承创新有着重要意义。但是在新时代背景下伴随着网络文化的冲击，高校学生的文学经典阅读状况不容乐观。本书试图分析当代大学生的文学经典阅读现状，探讨文学经典阅读的教学策略，为文学经典阅读教学提供理论基础和依据。

　　本书在编写过程中参阅了国内外大量的著作、论文和权威网站的资料，借鉴了众多专家、学者的科研成果，在此一并表示衷心感谢。由于时间仓促，本书在创作过程中难免存在疏漏之处，敬请各位读者指正！

目　录

第一章 文学经典的相关概念

第一节 文学经典的界定与确认

在过去的三十多年里，文学经典始终是一个热门的话题。我们对经典一词的研究有助于我们更好地弄清文学经典的本质。据《美国传统词典》中关于"经典"一词的解释，经典有两个含义，第一种含义是教规，即教会制定的法律或法典，另一种含义是标准，即判断或判定的原则。中文对"经典"一词的解释也是十分的相似。在中文古籍中，经典一词可以从"经"和"典"两个字的意思来进行理解，经的本意是指布料的纵向线。《说文解字》中提到，"经，织布者丝也。"段育才的笔记上写着："用丝织布被称为经。"织布的时候要有水平和垂直的线，经纬起到了规范作用。从这个意义出发，"经"被引申为儒家经典。没有圣人的教导，就没有纲领，就如同织布没有经纬线一样；"典"本来的寓意是法则、规则。英文中的经典与中文中的经典意义相似，都具有法则与规范的寓意。因此，经典一词无论是在中文还是在英文中都代表着神圣、不可侵犯的寓意，相应的文学经典就是那些具有经典价值的文学作品。

一、文学经典的意义

文学经典由于其本身特有的内涵，其作品本身就有一定的影响力和固有的价值，具有一定的原创性与巨大的释放空间。在对文学经典进行界定与确认的过程中，需要依照一定的标准和方法来进行把握。

首先，从其基本属性来看，文学经典是原创性文学通过长期的实践检验而形成的。文学经典中所蕴含的独特的世界观与价值观，是由于其内在深厚的文学积淀和人文内涵所决定的。文学经典通过在特定的时代背景下，以文学的方式，对其特点年代的事物及现象进行诠释，同时被不断地接受与传播，最终形成其独特的影响力，这种经典的影响力就是在其不断传播的过程中实现的。例如，《红楼梦》被称之为"红学"，就是与其经历了一代又一代的重新诠释分不开的。因此可以说，文学经典基本属性的特征表现为经典文本与独特阐释的有机结合。文学经典所具备的独特的阅读体系和解读空间，是文学经典能够得以传承、重复，进而变异衍生的必经之路。

其次，它具有开放性、超越性和多元性的特点。文学经典是文学作品与作者内在精神世界的有机结合，通过文学经典的阅读，能够有效地激发阅读者的内心共鸣，能够跨越时空和文学经典的作者进行对话，这就是文学经典的开放性与超越性。在对话文学经典的过程中，对文学经典中的人文、历史、故事进行更好地把握，使我们与文学经典之间实现更深层次的交流、互动、对话，使得文学经典与现实世界产生共鸣，形成更多人的共识。

再次，从文学经典的价值取向来看，文学经典中的人物、事件、思想大多都成为民族和国家的象征与符号，其具有积极向上的宣传作用，而其文学经典的作者本身也成为民族与国家的代表。如英国的莎士比亚、中国的鲁迅、俄国的普希金，这些文学家已经成为文学作品的标志，其文学作品中所蕴含的民族精神，已经深深地超越了文学本身所具有的意义。在中国，鲁迅就被誉为"革命的斗士"，其作品影响了一代又一代的国人。文学经典，还能在一定程度上表现出一个国家或者地区政治、经济、文明的发展及演变，能够表现出这个国家独特的文化结构及发展变化。从这个层面说，文学经典在一定程度上推动了时代的进步，加快了社会的发展。

值得我们注意的是，文学经典名著除了具备一般古典文学的特点外，其自身还有一些额外的特质。首先，文学经典与历史、哲学相关经典相比，其更具有人文性、艺术性与审美性。文学经典更多从人文的角度强调艺术与美学，从这个角度来说，文学经典与历史、哲学经典相比较，其更关注人文生活。其次，文学经典更容易随着时间的变迁，产生巨大的变化。从早些的文言文，到后期的白话文，随着时间的变迁，其方式也发生了巨大的变化。随着时代的进步，文学题材也在发生着不断地改变，这也更好地丰富了文学经典。但无论什么方式的文学，只要获得合理性和存在价值，形成独特的思想艺术传统，这就是一个国家、一个民族和一个文学历史时期的根本基础和保证。提倡白话小说和诗歌革命，随着启蒙运动意识的起源，引进西方哲学和文学作品，改革运动从19世纪末就已经开始了，但是为什么经历了这么多年，文学世界并没有根本性的改变？这是因为新的文学经典并没有出现。然而，从《狂人日记》的出版到《女神》的诞生，只用了短短两三年的时间，整个文学格局便发生了巨大的变化，各种新文学流派以各种方式纷纷呈现。

二、文学经典的界定与确认

什么才是经典？单从"经典"一词本身的解析来看，经典是指具有典范性、权威性的作品，是经过历史的选择保留下来的，具有代表性的作品。文学经典是指具有典范性、权威性的经久不衰的万世之作，经过历史的删选，保留下来的"最有价值的"文学作品。

如今，经典的概念，包括文学经典，在社会上被广泛使用。对所谓"具有指导作用的重要权威著作"的理解有多种方式，但在不同层次和范围上仍存在差异。一般而言，在国内学术界关于文学经典的定义，可以分为三个层次，第一种是被公众广泛接受和认可的经典，其指导性和重要性已经得到广泛地认可，这种定义最典型的就是在义务教育阶段收录于教科书的一些作品。第二种是具有文体意义的经典，其中包括大家广为熟悉的古典小说。这类经典可以称之为公共经典，深受广大市民的喜爱。第三种经典主要是指一些文学史上具有里程碑性的作品，当然也包含前面两类经典的一些文学作品。除了以上三种常见的文学经典外，还有一些对文学的发展产生推动或者积极作用的文学作品，也可以称之为经典。经典的这些定义，事实上是对文学经典在不同领域、不同内容上的划分，同时，每个层次的划分也不是完全清晰，但同时也需要进行必要的区分，这有利于我们对文学经典的研究与学习。

文学作品的经典性往往与作品的种类、题材、风格相关，如小说经典、诗歌经典等。此外，它还经常受到时代、地区、国家和民族等客观因素的制约。例如，中国古典小说经典，除了"小说"的范畴外，还应包含"中国""古典"等客观因素局限性。文学经典具有时代和历史的特征。如今，像《红楼梦》和《三国演义》这样的名著当前已经很难创作了。经典也是具有现实性与时效性，通过阅读《红楼梦》和《三国演义》这些经典小说，可以帮助我们对当时人们的生活状况和生活环境有很好的认识。虽然每一部文学经典所涉及的历史背景与人物特点都不尽相同，但这并不能影响其成为经典。文学经典同样是具有指导意义的优秀作品，这在任何领域都是相似的，如同在绘画、雕刻等艺术领域一样，经典作品同样对我们的学习有很好的指导意义。但是，在不同的时代、不同的社会文化制度、不同的审美趋向下，具有规范和指导意义的所谓优秀标准在不同的个人或群体之间会稍微地产生变化。在当代社会，文学经典往往是通过教科书或者权威部门出版的书籍来进行确认。文学经典的界定与确认，就是要找出哪些作品是优秀的，哪些是需要我们学习和传承的，在界定的过程中，需要从不同的角度去衡量，去发现，从而更好地传播经典作品，使更多的人学习到经典，领悟到经典，这也是研究文学经典的意义所在。

美国著名学者乔治认为，经典艺术之所以成为经典，是由其特殊的地位所决定的。同时，这种地位的授予是需要一定专业系统的考核，即需要专业的制度与惯例。这些专业的制度与惯例是由特定类群的人进行考核，这些人中包含一些艺术家、艺术工作者、著名新闻记者、社会学家等。另一位学者柯特认为，文学经典的定义首先是需要文学本身的文学属性所决定的，这些属性包含"批判""裁决""习俗""文化"等一些基本属性，其经典地位主要是通过批判、论述、记载等方式实现的。通俗地讲，这些评价标准总体来说分为两种，一种是强调审美价值和艺术价值，过多地强调其具有客观性、历史性。另一种是强调其具有主题的指导意义。这种具有指导意义的经典多具有公共经典性，金庸被列入"20世纪中国文学大家文库"，与20世纪80年代后通俗文学的流行密切相关。正是由于其作品具有普遍的社会共识与积极的指导意义，使其作者本身具有强大的影响力。

如今，互联网上有很多经典作品，但与此同时，网络文学却不能成为经典，往往只是在互联网上传播，事实上，成为公共经典是较为困难的，在于未能形成足够的社会共识。通常所说的经典文学，是指在特定的时间和特定的文化背景下，产生的特定主体及其相关的艺术风格。毫无疑问，权威的经典文学作品相较于普通的经典性一直存在着争议，要想在公共意义上得到经典的认可有很大的难度。当然，除了根据固有的、普遍的定义外，人们完全可以根据自己个人的看法，将某一部文学作品认知为经典，这就是通常我们所说的"个人经典"或者"群体经典"。当然，这些看法或者观点或多或少的对经典作品的形成产生了一定的推动作用。在当今社会中，文学经典的形成大多在官方意志、民间意志的不断平衡和协调作用下产生。一般情况下，并不存在所谓的官方文学经典清单或者民间文学经典清单，经典的界定是在多方面元素共同作用下产生的。

作为中国文学经典的一个大的群体，小说文学自19世纪末形成以来，就在一定程度上被赋予了现代文学经典的象征。虽然一些小说的题材涉及当时的社会背景，在今天看来存在一定的时代性。如《三国演义》和《水浒传》，虽然小说故事发生的时代已经发生了变化，但丝毫不影响其作为经典为人们所喜爱。从这点可以看出，文学经典并不会受其题材或者时间的局限而失去经典性，其经典会突破时间的束缚而不断传延下去。

目前，热衷于发布立志言论的心灵鸡汤在一定范围内受到了人们的喜爱，但是其与文学经典还是有本质的区别。文学经典与当前网络上的心灵鸡汤的最大区别就在于，心灵鸡汤是表面上对人心灵的安慰，其目的是告诫人们该怎么去做，而经典文学则是通过故事的讲述，使读者本身有所感知与体会，由于每个人的情况不同，每个读者的感知也会不同，因此对每个人的影响是不尽相同的。文学经典有时就像讲故事，时而平淡，时而欢快，时而悲欢离合，但是其最终目的只有一个，就是让读者自己去体会，在体会中感悟。而心灵鸡汤却缺乏这种感知性，如同缺少灵魂一样，只是单纯地告知你该去怎么做。

文学经典的阅读，会随着你的阅读次数的提升有更多的感知。读过莫泊桑的《人生》后，你就会发现，每一次阅读感觉都会有所不同，从最初对雅娜的同情到慢慢地开始对其产生怨愤，再逐渐开始反思社会与人性，感受到其人性的麻木。莫泊桑用极其细腻、柔和的手法，描绘了一个从充满期待到绝望，再到完全麻木的没有丝丝温情故事。人性的逐渐恶化其实归结于自己的选择，同时社会和他人的言行影响是潜移默化的。所谓的忍耐只不过是对邪恶的保守主义的屈服。我们可以感受到，经典的文学作品能够让你在阅读的过程中感受其内在的思想，且不会束缚读者的思想，同时会不断地发散读者的思维。经典的文学作品就像是冬天里的太阳，会让人感到温暖。在阅读的时候会让读者感到舒适和放松，但同时它也在慢慢地滋养你的身体，让你变得越来越强壮。一部真正的经典文学作品会让你在享受阅读的过程中，不愿停下来，渴望充分利用每一分去进行阅读。虽然有时人们读完一部作品却发现没有获得太大的感悟，但是在读书的过程中，还是会有很多反思与体会，让你在现实中特别是迷茫的时候找到解决问题的方法，经典的文学作品，就像一湾湾泉水流入我们的心灵，在我们内心需要慰藉的时候，不断地滋养我们。

优秀的文学作品，特别是文学经典往往蕴涵着作者深刻、强烈、丰富、复杂甚至矛盾的思想感情，也正是这种感情特征才使得文学作品具有鲜活、动人的魅力。例如，莫泊桑的《项链》，我们经常将揭露和批判以玛蒂尔德为代表的小资产阶级的虚荣心作为小说的思想。然而，除此以外，作者对玛蒂尔德还怀有怜悯和同情之心，亦在表现她的诚信之怀，坚毅之志。我们经常说，一千个读者就有一千个哈姆雷特，那是因为莎士比亚的《哈姆雷特》本身就具有开放性。如果没有这种特性，那么一千个读者就只能有一个哈姆雷特了。文学经典的阅读，可以帮助我们更好地开拓思维，帮助我们更好地获得审美教育。

无论怎样对文学经典进行界定和确认，有一点是肯定的——文学经典始终是永恒的、神圣的，但同时又是不断变化的。从这个意义上来说，文学经典的界定是一个确认过程，但同时又是一个不断重新筛选和检验的过程。文学经典所承载的价值内涵是永恒不变的，其中对社会进行的批判及对历史进行的揭露，使作品具有厚重的历史感，能够深深地击中读者的心灵，深深地吸引读者，让人久久回味，沉浸在经典之中。

第二节 文学经典的传承与重构

文学经典的阅读，可以平静我们的心灵，净化我们的心境，舒缓我们的情绪，让我们在烦乱的生活中找到片刻的宁静。随着时代的发展与进步，我们每天生活在一个资讯爆炸的年代，每时每刻都受到各种信息的轰炸，只有在文学经典的阅读中，我们才能找到内心的宁静，才能找到自我，找到一份属于自己的安静。

中华上下五千年，纵横九万里，历史久远，在久远的华夏文明中，蕴含了无数的宝贵财富，值得我们去学习与继承。千百年来无数的文学经典，记载了中国五千年来的悲与苦，蕴含了五千年来中国人民的喜与乐。从古走到今，我们看到了人类文明的积淀，看到了巍巍大中华，浩浩的中华民族风。

祖国优秀的文学经典，是宝贵的精神财富，使我们在诵读经典时培养德行，学会做人；使我们在阅读经典时丰富涵养，真正做到"腹有诗书气自华"。它像明月一样散发微光，无声地滋润着我们的心灵，使我们形成良好的行为习惯和优秀的道德品质。

在传统文化中，我们通过文化经典，与智者一起穿越时空，进行心灵对话。"人生自古谁无死，留取丹心照汗青"是铮铮的民族气节；"删繁就简三秋树，领异标新二月花"是敢于打破传统的创新理念；"粉身碎骨全不怕，要留清白在人间"是无怨无悔的高尚气节；"老吾老以及人之老，幼吾幼以及人之幼"是尊老爱幼的社会美德……这些是前人心血与思想的结晶，是中华民族屹立于世界民族之林的标志。这些优秀的文化精神，成为连接各族人民精神的纽带，成为振奋国人精神的力量，成为中华民族延绵精神的支柱。

然而近年来，我们发现"洋节热"现象层出不穷，中国的传统节日，传统文化却鲜有问津。传统文化的内核正在受到新文化的冲击。当端午节只剩下一个粽子，中秋节只剩下一块月饼，人们在看到美景时只会赞叹一声"好美"，看到艺术品只会拍照和点赞时，我们宝贵的精神文化遗产正在面临严重的挑战。在这样的环境下，我们有必要去进行全新的反思，重新去认知文学经典，重新对文学经典进行传承与重构，只要这样，才能让我们宝贵的精神财富不被遗弃，才能使我们传统的文学经典重新焕发光芒。

一、文学经典在当前环境下的沉思与相应的对策

自 20 世纪 90 年代以来，大众文学的快读发展对文学经典产生了前所未有的冲击，原有的文学经典受到了以网络文学为主的挑战，文学经典观念弱化，面临着巨大的危机。

当前，随着时代的发展，对文学经典的关注也随着环境的不同发生着巨大的变化。十多年前，面对文学经典，人们关注更多的是文学经典传承的问题。而如今，对于文学经典，人们讨论的更多的是在当前大众文化和消费主义的影响下，文学经典面临的机遇和挑战的问题。对于这些现象产生的原因，普遍认为，在全球文化多元化的背景下，更多的评价标准和规范无法得到及时的统一，原有的经典评定标准与尺度失去了效用，相应的较为经典的评价方法也开始失灵，经典已经逐渐丧失了其需要存在的基本环境。相反，认为读者可以激活文本，赋予作品全新的意义和生命。因此，在这种大环境下，需要更好地进行适当的规范与引导，重新传承与规范经典，重构文学经典需要与时代命运相结合。

文学经典并不是固化的原石，而是蕴含着强有力生命的有机体，我们需要将文学经典参与到我们的日常生活中，但同时也要注意不能对文学经典进行肆意的篡改，当前存在一些对文学经典进行随意改动的现象，这种行为虽然不能对文学经典带来巨大的损伤，但是会伤害到文学经典的阅读者，尤其是一些天真烂漫的孩子。在这方面，我们不能视而不见。我们需要树立积极向上的理念，用积极向上的声音来抵御粗言秽语，使文学经典不被玷污。中国社会科学院研究员对目前文学经典的传承与重构产生了焦虑，认为这是由当今社会的信息化所造成的，同时也是急功近利情绪对其造成了影响，致使出版物粗制滥造，不求上进。

同时文学经典本身具有极高的艺术价值，蕴含着深刻的历史内涵和重大的社会意义，在一定程度上体现了我国民族文化的精神价值，因此我们更需要坚守我们的文学经典。在这样的情况下，我们需要更好地提倡阅读文学经典，同时从当前文化失范的现象出发，加大人文知识在文学经典传承中的责任，强调人文知识对文学经典的责任既是传承又是坚守。陕师大文学院赵学勇教授对当前环境下的文学经典的处境做了较为系统的研究，他提出，处于当前消费环境中的文学经典，面临着许多外在的和内在的问题。外在的矛盾主要是文学经典原有的精英立场与消费文化的公共立场之间的矛盾；文学经典的立体意义与公众需求的平面化之间的矛盾。其内在的问题主要表现为：文学经典价值的主观回归与价值的客观失落；文学经典的主观解构与客观强

化文学经典创作的实际质量较差。针对这些问题，他提出了解决问题的方法：在进行文学经典的传承与重构时，需要深入地找到精英文化与大众文化的切合点，同时深入挖掘大众在精神文化方面的消费需求，结合市场为文学经典的进入找到有利条件，树立全新的文学经典的传播途径，使文学经典能更好地走进普通读者，缩短其与普通读者之间的距离。

二、古今文学经典的传承与重构的方式

我们的古今文学经典大体上分为两类。首先是千百年来经过无数次时代洗礼的古典文学经典，其次是五四运动后出现的现代文学经典。经过五四运动以来的历史洗礼和重建，流传到当代的古代文学经典仍可以大致辨认出来，当前存在的主要问题是进行传承与重构；在现代文学经典中，经历过学术界的多次洗礼，当代文学原有的价值体系不断地被瓦解，全新的体系还没有建立起来，因此同样存在传承与重构的问题。

与古代文学经典的传承与重构密切相关的是对古代文学经典的现代阐释。在对古典文学经典的全新诠释中，顾峰教授从"诗志"的古典化过程中提出了古代文学经典形成的"六道"理论。有研究学者就古代文学经典文学和语言资源开发方面的学科优势和缺陷，提出了基于"学科之间"的修辞诗学理论，对中国古典文学理论的修辞诗学重新解释。这些重新的解读和定义，对古典文学经典全新的传承与重构具有十分重要的意义。

对于当代文学经典的传承与重构，既存在相对宏观的讨论与批判，也对个案进行了研究。在宏观层面，山东大学黄婉华教授提出，现当代文学中被广泛认可的"永恒经典"并不多见。我们接触到的大多是一些作家与其文本在古典因素积累的过程。基于这种情况，古典文学的传承与重构就显得极为重要，黄教授认为，在文学经典的价值理念中，文学精神从始至终都是最为重要的。同时，在 20 世纪五六十年代，海峡文学又在很长一段时间内占据了主流。无论是以何种文学方式占据了主流，实现文学精神的传承始终是文学经典的传承与重构的基础。

同时，我们还可以吸取海内外学生对文学经典的传承与重构的看法。王润华教授针对这一问题，提出了一些对文学经典传承与重构的建议，他认为可以通过借鉴西方先进的做法实现对我们古典文学经典的重构。清华大学王宁教授从跨文化的角度来审视文学经典的传承和重构，他认为包括中国经典文学在内的亚洲文学被长期地排除在经典之外，是由于西方意识从中作祟，并提出在世界文学背景下通过语言的疆界对中国文学进行重新书写的策略。

因此，文学经典的传承与重构是通过对现有的文学经典的阅读和阐释，在获得新的认识和理解的基础上，对现存的经典书目进行修订使之变得更加完善和实用。因此，文学经典的传承与重构不是把现有的经典推倒重来，而是在现有的基础上通过增添与删除，从而接纳被历史确认了的新的经典，剔除被历史证明不是经典的作品。通过传承与重构，文学经典才能与历史同步，文学经典的书目才会变得完善与可靠，文学经典的质量才会得到保障。事实上，传承与重构最大的作用在于增补和删除，增补主要针对现在而言，即把现在被视为经典的作品的补充。删除主要针对过去而言，即把过去误认为是经典的作品从经典书目中清除出去。因此，文学经典这一传承与重构的过程也是文学进行经典化的过程。经典的确认受到文学传统、文学流派、艺术风格、审美品味等的影响，文学经典实际上一直随着时间的流逝而不断变化着。

三、文学经典传承与重构过程中的拓展与深化

中国社会科学院研究员党圣元、胡明曾强调，"文学经典的传承与重构"这一学术主题包含了许多最基本的文学问题，具有巨大的理论话语空间。针对这个问题，许多学科的著名学者对文学经典的概念界定、识别标准、价值维度、经典化的方式和方法进行了深入的探讨，特别是对经典的继承和重构等相关理论问题进行了深入的探讨。

华东师范大学陈大康教授围绕文学经典的基本概念和理论定义，认为"经典"内涵广泛，是一个内涵模糊、外延不清的概念。同时提出了"次古典""泛古典""伪古典"等概念。他还对近年来古典小说研究领域的"重复"和"空白点"进行了反思。他认为，"五四"以来，古代文学学术体系的保护层一直在扩大，现在是重新审视其核心的时候了。从整个学科体系的发展来看，已经到了继承和重构的阶段。复旦大学朱立元教授认为，文学经典应该是权威和规范性的代表作品，通常是象征某一时代的文学成就和审美理想，作品需要禁得住时间的考验。因此，文学经典可以从不同的角度进行界定，其价值尺度应该是多维的。而且，经典本身就是一个不断建构的过程，在当前经典概念弱化的趋势下，有必要对经典进行重构。上海大学董乃斌教授从文学史的角度出发研究文学经典，认为文学经典的一般意义在于文学史上的各种经典文本，是文学史文本中最重要的部分。从文学史的角度来看，经典是指那些永远可以被载入史册的文学作品。文学经典是文学史建设的基础。相反，文学史可以在文学经典的建立中发挥巨大的作用，文学作品的进入率可以作为界定经典或衡量经典化程度和水平的重要参数。陕西师范大学者就

文学经典的内在魅力与其现代性问题作了论述，文学经典的魅力是超越时代性的，它超越了时间和空间上的束缚。因此，在我们站在现代的立场上去看待文学经典内在的魅力时，应该把古代的经典文学提升到超出它原有的时代地位上来对待。

文学经典的形成与传播，包括文学经典的继承与重构的理论阐释，是这一理论讨论的焦点之一。中国社会科学院研究员王宝生指出，文学名著是一个国家和民族文化发展的象征，只有反复经过作家的创作、读者的阅读、批评家的批评与欣赏、文学史家的论证与检验，才能成为文学经典。邓绍基认为，从历史的角度来看，经学史就是一部经过经典作品不断传承和重构的历史。经典文学作家的创作是他们智慧的表达，后人的诠释同样也是一种创作，更是智慧的体现。陕西师范大学杜敏认为，经典注释是传承古代经典的重要途径之一。受传播目标的影响，往往会形成不同的注释结果。陈学超教授指出，文学作品的经典化，往往是通过将其纳入国民教育序列和教材来实现的。这就要求我们在多元的、个性化的研究基础上，从"专家文学史"到"教科书文学史"，推动和影响国家的主流文化，进入国民教育体系，从而达到建设经典的目的。华东师范大学朱国华教授和王峰教授对古典化的研究有不同的看法。前者将西方古典化理论分为以审美品质为核心的本质主义和以文化政治为核心的建构主义，认为这两种理论是一种错误对立。后者提出了文学性和意识形态，但认为意识形态决定了文学经典的提法不恰当，并指出古代文学经典和当代文学经典是完全由两种概念构成的。

中国社会科学院研究员杜淑英从文学原创性的角度对"重构"一词提出了质疑，他认为"重构"应该理解为历代文学经典的"古今共构"，而不是对同一时期作品的全面阐述，强调经典的不可重复性。南京大学曹虹教授认为模仿是文学作品成为经典的途径之一，并专门论述了域外文人对中国古典文学作品的模仿，称之为文学经典的"中外共建"。福建社会科学院研究员南帆指出，文学经典是特定文化网络与多种因素相互作用的结果。经典的品质是由它的核心决定的。与此同时，许多因素在文化部门或权威人士的建议下，多种因素被添加到经典的形成过程。根据核心来谈，确认经典，能够找到其最终合理的定位，但是当它在文化网络中被研究时，就不可能给出一个最终的评价，这可能是一场永远不会停止的争议。他强调，文学经典的传承就是重构的传承，在传承中有重构，在重构中有传承，两者之间紧密相关，密不可分。

四、文学经典传承与重构过程中的意义与内涵

坚定文化自信，需要传承家国情怀。文化是一个国家、一个民族的灵魂。

文化自信是更基础、更广泛、更深厚的自信，是一个国家、一个民族发展中更基本、更深沉、更持久的力量。没有高度的文化自信，就没有文化的繁荣兴盛，就没有中华民族伟大复兴。家国情怀是我国优秀传统文化、优秀文学作品的灵魂和根脉，坚定文化自信，需要传承家国情怀。近年来，举办了丰富多彩的文学活动，比如百场读书分享会、"我的扶贫故事"征文比赛、"写给妈妈的一封信"征文比赛，等等，让更多人感受到了文学作品的家国情怀和力量，这无疑是一种喜人的现象，值得赞许。

传承家国情怀，需要坚持"二为"方向、"双百"方针。文艺、社科工作者应承担起记录新时代、书写新时代、讴歌新时代的使命；人民是创作的源头活水，只有扎根人民，创作才能获得取之不尽、用之不竭的源泉。这就是文艺创作者应有的担当精神和应当遵循的创作导向。文学创作不可儿戏、不可玩小聪明，不能以低俗博人眼球、哗众取宠。人民的眼睛是雪亮的，书写与人类历史发展潮流相融合的文学作品才是正道。禁得起时间考验和大浪淘沙的文学作品，才是经典之作。文学创作者心中时刻要有一把良心的尺子。心中有了定海神针，才不会在茫茫的文学创作大海中迷失方向，才能更好地传承家国情怀。

传承家国情怀，需要从"小我"到"大我"的升华。鲁迅先生曾经说过，人不可能拔着自己的头发离开地球。换言之就是，人不可能脱离集体、脱离社会、脱离环境而生存。文学创作同样如此，只有把"小我"融入"大我"的时代背景之中，融入国家改革发展之中，以小见大，从"小我"向"大我"升华，写出来的作品才能符合时代的需要，才能获得恒久的生命力。如果脱离实际，空喊口号，大旗高高举起，却没有实质性的内容，这样的作品是不会受到读者欢迎的。

在文化的巨大冲击下，传承传统文化迫在眉睫。让我们每个人携起手来，以诗词歌赋观赏人文精神，在历史纵横中找寻千年文化。"不学诗，无以言"，我们要以阅读经典文学为切入口，让传统文化涂亮人生底色，滋养心灵家园。从浅尝到深爱，从了解到发扬，这是我们一生的职责。让我们去学习，去广征博采，去仔细挖掘提炼传统文化，取其精华，弃其糟粕。把传统文化与时代精神互相结合，把有益的外来文化与本土文化互相结合，融入中国文化元素，打上中国文化烙印，形成中国风格，使中国文化成为世界文化发展的弄潮儿。这是每一个中国人应该做的。让我们勠力同心，上下求索。

第三节 经典与经典阅读

一、何为经典

（一）狭义

经典，复合词，汉语发音为 [jīngdiǎn]：其中的"经"指的是"四书五经"中的经，而"典"则是春秋战国以前的公文体制。指具有典范性、权威性的；经久不衰的万世之作；经过历史选择出来的"最有价值的"；最能表现本行业的精髓的；最具代表性的；最完美的作品，比如20世纪五十年代经典歌曲就是这个时代最好的；最能代表这一个时代的歌曲。经典和精品是有区别的，精品只是指作品的质量，而并不需要有经典所据有的其他特性。所在行业的精品，或者说是一个时期里的精品，具有代表性质和意义。

原本意思可参考经、典的解释：

1. 经

jīng【释义】①织物上纵向的纱或线，跟"纬"相对：经线、经纱。②地理学上假定的地球表面上通过两极并与赤道垂直的线：经度、东经、西经。③中医指人体内气血运行通路的主干：经络、经脉。④通过；禁受：经手、经过、久经考验、几经周折。⑤长久；正常：经常、不经之谈、荒诞不经。⑥传统的具有权威性的著作或宣扬宗教教义的著作：经书、经典、道经、佛经。⑦从事；治理：经商、经理、经销、经营。⑧妇女的生理现象：月经，经期。

2. 典

diǎn【释义】①可以作为标准的书籍：典籍。字典。词典。经典。引经据典。②标准，法则：典章。典制。典故（a. 典制和掌故；b. 诗文里引用的古书中的故事或词句）。典范。典雅。典礼。典型。③指典礼：盛典。大典。④主持，主管：典试（主持科举考试之事）。典狱。⑤活买活卖，到期可以赎：典卖。典押。典契。⑥姓。

（二）广义

1. 经典含义

大家常说的经典究竟是什么？

经久不衰的万世之作，后人尊敬它称之为经典。

经典是指具有典范性、权威性的著作。

经典就是经过历史选择出来的"最有价值的书"。

古今中外，各个知识领域中那些典范性、权威性的著作，就是经典。尤其是那些重大原创性、奠基性的著作，更被单称为"经"，如《老子》《论语》《圣经》《金刚经》。有些甚至被称为经中之经，位居群经之首，比如中国的《易经》，佛家的《心经》等，就有此殊荣。

"典"是个会意字。从甲骨文字形看，上面是"册"字，下面是大，合起来就是大本大册的书。

典的本义是指重要的文献、典籍。

2. 补充

首先，从本体特征来看，是原创性文本与独特性阐释的结合。经典通过个人独特的世界观和不可重复的创造，凸显出丰厚的文化积淀和人性内涵，提出一些人类精神生活的根本性问题。它们与特定历史时期鲜活的时代感以及当下意识交融在一起，富有原创性和持久的震撼力，从而形成重要的思想文化传统。同时，经典是阐释者与被阐释者文本之间互动的结果。

其次，在存在形态上具有开放性、超越性和多元性的特征。经典作为人的精神个体和艺术原创世界的结晶，它诉诸人的主体性的发挥，是公众话语与个人言说、理性与感性以及意识与无意识相结合的产物。

再次，从价值定位看，经典必须成为民族语言和思想的象征符号。如"孔孟老庄"之于中国文化及传统思想，伏羲周公文王之于最高哲学体系，沙翁之于英国和英国文学，普希金之于俄罗斯与俄罗斯文学，他们的经典都远远超越了个人意义，上升成为一个民族，甚至是全人类的共同经典。

现代人眼中的经典：一方面是历史上经过大浪淘沙留下来的金科玉律的典故和文化遗产；另一方面是在生活中时常看到或者想起的一些人一些事，甚至能够广泛地运用到生活中去的也叫经典；同时，对于个人而言，只要是能够感动到自己，并深藏于心底经过一段时间的考验的也可称之为经典。如此过于泛滥用"经典"，任何的流行性的东西都能称为经典，那么经典也就失去了它的真正价值。

"经典"之"经"引自《诗经》《道德经》等之"经"。《诗经》是我国最早的一部诗歌总集，对后世影响巨大。《经》是一种文学类别，朴素优美，易于大众接受和传颂。经典是指有价值的东西。

（三）自然科学

"经典"：自然科学上的"经典"一般同义于"牛顿的、非量子的"，指量子力学出现前的科学理论或未考虑量子而世界观仍停在牛顿时代的理论。

（四）艺术经典

在歌曲、舞曲方面，如欧美的一些经典歌曲（也被称为金曲），如麦当娜当年那一曲《阿根廷，别为我哭泣！》，为世人广为传唱；迈克尔·杰克逊的一些老歌；还有一些美国乡村歌曲等。中国古代的一些乐曲也堪称经典，如《高山流水》《广陵散》《十面埋伏》《汉宫秋月》《梅花三弄》《二泉映月》等。

在美术方面，则有名画家的一些画作。如：西方近现代的毕加索《亚威农的少女》《格尔尼卡》《梦》；达·芬奇《蒙娜丽莎》《人像》；梵高《星夜》《向日葵》；中国近现代的齐白石《虾》《不倒翁图》《花卉》《花卉草虫十二开册页》；徐悲鸿《巴人吸水图》《奔马图》《九方皋》《田横五百士》；张大千《山水》《仕女》《黄山松》《四屏大荷花》；吴冠中《北国风光》《长江万里图》《狮子林》；朱宣咸《夜》《旭日红梅》《迎风》《今天是儿童节》；陈丹青《西藏组画》；陈逸飞《黄河颂》《古桥》《踱步》《大提琴手》；罗中立《父亲》《荷花池》等。

电影方面，如电影大师奥逊·威尔斯自编、自导、自演的成名代表作《公民凯恩》，还有像《人鬼情未了》《乱世佳人》《教父》等。中国的经典影片如《马路天使》是由袁牧之自编、自导，赵丹、周璇主演的一部具有深刻的社会思想意义和极高艺术成就的现实主义优秀影片，是我国社会问题片的代表作之一。

游戏也是一种艺术，它也有经典，如《红色警戒》《星际争霸》《魔兽世界》《魔兽争霸》《极品飞车》《战地》《使命召唤》《侠盗飞车》。

（五）哲学经典

西方有苏格拉底的哲学言论，如尼采的《上帝死了》；如黑格尔、卢梭的一些哲学著作。中国有老子、孔子等人的哲学思想记录，等等。

当然，马克思的《资本论》也应被奉为经典。

（六）文学经典

文学经典是指具有极高的美学价值，并在漫长的历史中经受考验而获得公认地位的伟大文本。唯有经过岁月淘洗和时间考验的文学作品，才能成为经典。真正的文学经典，对于社会大众有着极强的精神引领作用。文学经典如果有生命力，这种生命力就在于不同时代的读者，愿意对其进行反复阅读和阐释。

二、我们为何还要阅读文学经典

有个做生意的朋友，偶然间见我读福克纳的《八月之光》，不禁皱眉问道："读这种书有什么用？费时费眼。"当我告诉他每年夏天都要重读一遍《八月之光》时，他看我的目光就不单单是匪夷所思了。当然我也没好意思告诉他，像他这种不读小说不读诗歌的人，只能永远生活在一个单向度的封闭空间里，他们的灵魂有多饱满，就有多干瘪。

我们为何读那些几十年前、几百年前甚至是几千年前的文学经典？这是个多么庞大的伪命题。卡尔维诺在《为什么读经典》中说："经典作品是一些产生某种特殊影响的书，它们要么自己以遗忘的方式给我们的想象力打下印记，要么乔装成个人或集体的无意识隐藏在深层记忆中。"著名学者王晓明先生的文章《这样的人多了，社会坏不到哪里去》，作者用了大量精力做了一项阅读方面的调查，发现印度、韩国、日本、印度尼西亚等国家读文学系的本科生，读书量都比中国的学生多。因此他憧憬，在未来，"即便毕业了，跨出校门了，他依然会逛书店，会在床头留一个放书的小空间，会不断地和爱人、朋友说：最近有这么一本书……他会在好书的陪伴下，继续努力做一个在人格和精神上都自主的人。我还是相信那句老话，这样的人多了，社会坏不到哪里去。"

在当代中国，为什么翻阅文学经典的人越来越少？原因简单又粗暴：阅读文学经典不可能在短时期内得到回报。这是个大部分人以功利主义为人生准则的国度，阅读文学经典既不能帮他们取得更高学位，也不能帮他们得到更高职位或更多金钱，所以说，懒得读经典，毋宁说是实用主义哲学的胜利。其次，在这个信息爆炸的年代，在这个娱乐至死的年代，媒体铺天盖地，广告无孔不入，虽然我们像是活在视觉污染的垃圾场里，但我们又乐在其中且不能自拔。用王晓明先生的话讲，就是资本、技术紧密勾结，在不知不觉中似乎要将人类的整个信息生活都套进其中。我们全然忘记了文学经典潜移默化的影响力，从功利主义角度来讲，何尝不是对人生最宝贵最诗意的长远投资？

在诸多拥有高收视率的美剧中，主人公都会不经意间滔滔不绝地谈到经典文学。《末日孤舰》里，科学家吃饭闲聊时的话题是马克·吐温；《绝命毒师》里老白在另外一个制毒师的推荐下在躺椅上读惠特曼的《草叶集》；《犯罪心理》中提到的哲学家、文学家有几百人，包括荷马、卡夫卡、荣格、鲍勃·迪伦、尼采、莎士比亚、田纳西·威廉姆斯、安德烈·莫洛亚……相反，我们在国产电视剧或商业电影里，则很少看到类似的生活场景。

这是个微妙的对比，这不是个体编剧间的表层差别，而是民族与民族对文学经典认识的本质差别。在我们的大部分影视文化里，更多展现的是一个热气腾腾、金碧辉煌的物欲世界，是这个时代最表层、最浮光掠影也最丑陋的缩影。由于缺乏经典文化的支撑和指引，这些影视剧显得如此肤浅可笑，相信那些编剧大概连《红楼梦》都不曾读完过。而那些编剧也可能未曾察觉，经典文学对芜杂人性的探索呈现永远不会过时。莎士比亚戏剧里丑恶的阴谋诡计依然在《纸牌屋》里续演；《包法利夫人》中爱玛的悲剧依然在当下有着不同阶层的翻版……奥地利思想家贝塔朗菲阐述艺术、诗、历史等人文现象时曾经说："它们不是短期的、有用的价值，而正是自身的目标……当人这种可怜的生物带着动物的本能，在数千种压力下，在复杂的社会中疲于奔命时——能超越动物的也仅仅是这一无用性，这构成了人类的本质……"贝塔朗菲所说的人的本质，已然被国人漠视、摒弃。

这才是真正的悲哀。当人们远离经典而不自觉时，他们的内心会越来越粗糙，并对这个多维世界保持着一份可耻的沉默，同时他们对自身的社会属性和社会正义缺乏必要的、完整的、切入肌肤的认知与反思。其实许多当代欧美国家都异常重视全民阅读。我们已知的事实是：早在 1997 年，美国政府就掀起了"阅读挑战行动"，当时的总统克林顿亲自作了《美国阅读挑战行动报告》。2001 年，布什政府发布了《不让一个孩子落后》的教育改革议案，指出"美国存在两个民族：一个能阅读，另一个不能"。日本参众院通过决议将2000 年确定为"学生读书年"，2001 年制定了《关于推进中小学生读书活动的法律》。在德国，历任总统都担任过"国民阅读促进委员会"的主席，其国民每 4 人中就有 1 人藏书 200~500 本，超过 40% 的德国家庭拥有"家庭图书馆"。俄罗斯则通过举办各种活动、制定各类文件、出台多种措施来促进民众阅读。而在我们这个号称有着 5000 年古老文明的国度，2013 年"两会"期间，115 位政协委员联名签署《关于制定实施国家全民阅读战略的提案》，建议政府立法保障阅读、设立专门机构推动阅读时，在网上遭到了不少民众甚至知识分子的讥讽嘲笑，这颇耐人寻味。

三、经典阅读的意义

经典是一个十分宽泛的概念，就人文学科的领域看：既有哲学经典、宗教经典，也有历史经典、文学经典。这些不同类别的经典各有其不同的内容、性质和特点，本节只就文学经典言说，这样做除了便于结合我的研究对象，以避免空论之外，还与文学经典比其他经典的性质更为复杂和特殊有着直接关系。

文学不同于科学，不是通过概念、判断和推理，而是通过艺术形象反映现实生活和人的内心世界，这决定了"文学意义以不确定性为特征，文学阐释也是仁者见仁，智者见智的问题"。所以，面对同一部文学作品，不同的人由于身份和经历不同，可能会有完全不同的理解，与此相关的是文学作品所发挥的熏陶、感染乃至启发、教育作用，当然也就因人而异。这些必然影响到对于文学经典的不同认识和理解，使文学经典问题复杂化。对此，只要看一些近年来关于文学经典的各种不同的定义和解说即可一目了然。

文学经典的建构需要外部要素和内部要素，外部要素虽然也是必备的条件，但却带有很大的不确定性；内部要素则完全不同，作为文学经典必须具备的本质特征，内部要素容不得任何偶然性的存在。从这个角度看可以说内部要素更为根本和不可或缺。

就我国来说，我国古代有多种不同的道德精神理想，文学经典作为古代特定历史环境中的产物，不可能完全摆脱这些道德精神理想的影响，而是不同程度地打上了它们的烙印。但是，我国古代的文学经典的思想精华又绝不仅仅限于此，而是有其更为人性化的丰富而深刻的内涵。事实上，正是这些人性化的思想内涵才构成了我国古代文学经典内容最为基本的成分。

对于文学经典来说，除了道德精神理想的崇高之外，表现这一道德精神理想的力度和广度同样重要，因为它直接决定着内容的丰富性和深刻性。这主要表现在文学描写和揭示的现实生活是否宽广和准确，内心世界是否隐蔽和深刻以及感情是否充实和厚重，只有足够宽广、准确、隐蔽、深刻、真实和厚重，才能使其潜在的多重不同内涵形成无限丰富的意义世界，真正使作品蕴大含深。

所以，对于生活和自然的由衷热爱，对历史和文化的虔诚敬重，特别是对于人的生存状态和命运遭际的深切关注及其所表现的对生命的珍惜，对于真、善、美的追求和向往以彰显人性的美好，对于假、恶、丑的揭露和鞭挞以表现对于良心的拷问等，正是这一切构成了文学经典的不朽内涵。

从我国古代文学经典的实际情况来看，艺术形式要素主要表现在两个方面：一是高度审美理想，二是艺术表现方式具有开创性或独特性。前者要求思想境界的崇高和艺术趣味的高雅，体现着艺术作品的追求和品位；后者要求艺术表现方式的开拓和创新，使作品的内容得到完美又恰到好处的表现，达到二者之间的高度统一。

综上所述，具有上述特征的内容与形式的完美统一是建构文学经典的不可或缺的内部要素，而发自作者崇高心灵的强烈爱憎和美好愿望使作品能够从时代最高真理和人性视角的高度直面人生，直指心灵，正是这一切最终决定了文学经典的不可同化的原创性、超越时空的永恒性和不可穷尽的可阐释性。文学经典的价值和研究文学经典的意义。有一种观点认为，文学经典既无关根本的经国大略，也无关日常的生活琐事；既不能满足任何实际需要，也不能解决任何理论问题，似乎是没有任何用处，而只是用以点缀生评和附庸风雅的摆设。对于这种观点和认识，庄子曾用"拙于用大"来评价惠子对于"大瓠"的态度和认识。现在看来，这句话也可以说是对于"文学经典无用论"的最为恰当的回答。

关于阅读文学经典究竟有什么用的问题，可以分为两方面：对于普通读者来说一般是指其非专业目的，对于文学研究人员来说除此之外还有其专业性目的。

普通读者之所以阅读文学经典是因为"文学是一种与人生最密切相关的艺术"，通过它可以加深认识生活，感受自然，关注社会，理解人性；同时可以怡养和健全性情，丰富内心世界，多方面和谐地发展人性，反省和形塑自己，从而使人获得高尚人格和理想的人生。关于阅读文学经典的非专业性目的，在时下这方面的论著很多，论述最为全面、深刻又比较具体的，当属朱光潜先生的《文学与人生》一文，有兴趣的读者可以参看下。

总而言之，先秦八代三朝文学的艺术精神和成就及其所体现的原创性特征，充分体现了中华民族文学经典的"美学尊严"，从而使中华民族文学艺术以其鲜明的民族特色在世界上独树一帜，为人类的文学艺术园地增添了灿烂辉煌的一页。

民族文化精神传统除反映在文学经典中以外，还表现在其他方面，诸如哲学思想、宗教观念、伦理道德、审美兴趣和风俗习惯等。对于认识、理解和借鉴民族文化传统来说，与抽象的哲学思想、宗教观念、伦理道德等各种意识形态相比，文学经典具有不可比拟的优越性。这主要决定于文学作品的特殊本质，即当代德国著名哲学家伽达默尔所说的"同时性"特征：文学作品作为审美对象与我们发生审美关系只能在文学作品所营造的"现场"时空，这个现场时空与我们之间不存在任何距离："无论这作品产生在什么时代或什么地方，审美经验都是此时此刻的经验，消除了时空的距离。在直接的艺术鉴赏中，我们的兴趣不是历史的，而是审美的，是此时此刻的体验。"所以，古老的文化传统，千百年前的历史场景和人物，在文学作品中都已经不是木乃伊，而变成了"活的文化"，因而会给人带来更加强烈的冲击和震撼：不但启迪人的思想，而且激发人的感情，触动人的心灵。总之，正是文学作品的这种"同时性"特征，加之其反映现实生活的广泛性和揭示内心世界的深刻性以及内容涵盖各种意识形态的丰富性，最终决定了它在民族文化传统传承过程中起到了更为突出的作用。

第二章 文学阅读的媒介

第一节 口语媒介与"民间"接受

口语媒介是人类通过口语进行思想交流的声音符号系统，是人们进行日常交际的主要方式。口语是语言的初级形式，口语的产生经历了一个漫长的发展过程，其最先是表达感情的音符，通过不断地编排，慢慢地形成了能够让人理解所指事物的口语。通过口语，人们不再用简单的肢体语言和面部表情来表达自己的情感和思想。

一、口语媒介的产生

基于人类早期的生活需要，人类通过体态逐渐发出其有意义的声音符号，这些声音符号的产生大多源于一些重要或激动人心的场合，随着习俗的延续，人们对同样的声音符号逐渐有了相同的理解。声音一旦独立使用，原来体态语的意义就被接管，口语符号系统就逐渐形成起来。与此同时，口语也被广泛地用于原始人类在祭祀仪式上的歌唱。原始人将声音与特定的经历或行为联系起来，这些声音就具有了行为的意义。人类逐步在抽象的过程中发展自身的认知能力，同时也在发展和完善的过程中创造和发展口语。人们用歌谣、谚语等口头形式，将生活的规律、庄稼种植的规律一代代地传下去，表现出口语媒介的巨大作用。在文字、书籍、期刊等媒介诞生之前，口语媒介是最方便、最流行、最广泛的交流方式。在社会政治生活中，口语媒介是表达民意的主要方式。尽管现代社会是一个高度组织化的社会，每天都可以从大众传媒中获得大量的新闻，但是人类仍然通过口头媒介来传播大量的信息。

事实上，人类何时会说话这个问题目前仍旧没有明确的答案，似乎也不太容易得到精确的答案。正如现代德国哲学家伽达默尔所言，追究语言是何时开始的，就等于问孩子是何时第一次认出自己的母亲。亚里士多德的描述对理解这一点更有帮助。他说，这类似于军队面对追兵逃跑时的情况，起初他们惊慌地逃跑，然后有人停下来看看敌人是否还在追他们，最后危险解除了，整个军队都停下来了。在这里，我们不能说整个军队被一个士兵，或被某个士兵停止了前进的步伐，那么军队是什么时候停下来的呢？

语言形成时的问题也是如此。关于语言的出现和产生，只有一件事是肯定的，那就是语言的出现和社会的形成两者之间是相互伴随，同时发生的。因为社会的形成无非是一个由人相互组成的共同体或联盟，首要存在的前提就是彼此之间的互动，也就是所谓信息的传播。脱离交流和沟通，这个社会也就不存在了。国际教科文组织在国际传播报告《多种声音，同一个世界》中也指出：人类的语言是人类思维的集中体现，是人类从事社会实践活动的必要前提。

二、口语媒介的"民间"接受

口语是人类交际使用的第一种媒介，口语交际时代已成为人类交际史上的第一个发展阶段。这一阶段大致使人类逐步摆脱简单的相互独立作业，而使其相互交流逐渐形成社会的初始状态，直到文字的出现。简而言之，从人类的口语媒介到手写经历了漫长的岁月。美国学者威廉斯在书中形象地用表盘直观地显示了人类交流方式的历史阶段所占的时间比例。在 24 小时的刻度盘上，代表了西方智人以后的三百六十多个世纪。在反映整个人类交际历史的时间刻度上，从 00：00 时语言的产生到 20：00 时文字的出现，都属于我们的口语媒介时代，约占一天的 5/6。在剩下的 4 个小时中，文字时代约占 2.5 小时，印刷传播时代持续时间不到一个半小时，至于我们生活的电子信息时代，它被限制在最后三分钟。从这一点可以明显看出，口语媒介时代的漫长。

口语媒介交际的特点注定了它传播的宽度和广度，但这并不意味着口语媒介的落后，相反，相对于其他传播媒介，口语媒介更便于人们所使用及掌握，口语媒介的传播方式更加的健全。与其他现代化媒介相比，口语媒介所蕴含的内在文化与风俗，更容易让民间百姓所接受。对于人们的日常生活活动而言，在人类交际活动中，最方便、最普遍的媒介就是口语媒介。用列宁的话来说，语言是"人类最重要的交流工具"。即使在通信卫星和互联网媒体进入家庭的今天，这种重要性也没有减弱，因为我们只需要想象一下，如果电视上的人不说话那么会发生什么呢？此外，语言不仅是最原始、最重要的媒介，也是最基本的媒介。也就是说，只有语言是独立自主的，任何其他媒介，无论是古代的灯塔还是当代的网络，都是以语言为基础的，都是语言媒介的扩展和延伸。例如，文字似乎是一种独立的媒介，但事实上，文字只是语言的一种代表，代表了语言的表达。人们总是有话要说，然后才能够写下来。美国语言学家爱德华·萨丕尔曾经用一个比喻来说明语言和文字两者之间的关系。他说，语言是一种真正的商品，而文字单单是一种促进商品销售的货币。此外，除了文字，其他媒介也是如此，它们仅仅只是代表同一种商品的不同货币。

因此，口语媒介作为最重要的媒介方式，在传播过程中起到信息的交流与传承的作用。口语媒介经过漫长的发展，已经深入民间，深入到每一个普通百姓的生活当中。在不断地发展与变化的过程中，更加具有深厚的底蕴，更被民间所接受。与其他的媒介方式相比较，口语媒介是最基本、最重要的媒介，具有独立性、真实性、便捷性的特点，更能直接、有效地表达出自身的需求与情感。

第二节 物质媒介与"精英"阅读

"媒介"一词最早出现在《春秋左传》中。所谓媒介，在传播学上是指通过利用媒质进行存储与传播的工具，物质媒介就是其媒质进行存储与传播所搭载的物质工具。物质媒介同时也可以是一种职位，如媒体专家、媒体策划人、商业媒体等。

一、物质媒介的定义

物质媒介包括两个要素：一是包含媒介所承载的信息或内容的容器，如书籍（龟骨、竹简、绢书、纸质书）、照片、录音带、电影胶片、录像带、影碟等；二是用于传播信息的技术设备、组织形式或社会机制，包括通信类（驿站、电报、移动设备等）、广播类（通知、报纸、杂志、广播等）和网络。在当今社会，物质媒介一般指搭载信息的书籍、杂志、广播和互联网等。它们都是向大众传播新闻或影响大众阅读信息的传播工具，都是信息的载体。

在英语中，媒介"media"是单词"medium"的复数形式。它大概出现在 19 世纪末，它的意义是指物质之间发生相互关系的介质或者工具。这种广义定义下的媒介，在人们日常的生活中和文学作品中都经常遇到。在麦克卢汉的书中就写下了媒介即是万物，万物即是媒介，而物质媒介涉及更广，所有与人发生相互关联的媒介皆可称之为物质媒介，如书籍、交通工具、信息、日常用品，都可以看作是各种关系的延伸，物质媒介存在于各种形式当中，无处不在。因此，对物质媒介的广义定义可以认为其是能使人与人之间、人与各种事物之间发生关联及关系的物质都可以称之为物质媒介。

在狭义的定义方面，人们对物质媒介的定义存在一定的差异。有时将物质媒介与符号相混淆，认为其是信息的物质形式，其包括物质实体和物质能。前者包括各种有象征意义的信息与载体，如符号、印记及相关的印刷品及影像资料等，后者则包括声、光、电等自然内存在的物质。

二、物质媒介的表达

物质媒介是人感官能力的延伸和扩张，这是理论家麦克卢汉在《理解媒介：论人的外延》一书中提出的概念。在他看来，平面媒介是视觉的延伸，声音媒介是听觉的延伸，影视媒介则是二者的综合延伸，或者说二者是人的综合感官的延伸。不同物质媒介的不同表达方式，都是在改变着人不同的感受，进而作用人产生不同的心理感受，从而达到最外部世界的全新认识和感知。当这些物质媒介发生改变时，人的主观感受也就随之发生改变。

物质媒介的表达通常是通过文字、图画、影像等方式传递出来。文字是其最基本的表现形式，文字常常以诗歌、文学作品等方式表现出作者的思想情感及其认知。在文字的媒介表达过程中，诗歌等作品常常通过不同的形式、结构来诉说其思想，在其中加以不同的情感认识。图画相比较于文字，更加生动形象，图画这种物质媒介更容易通过直白、鲜明的色彩勾勒出简单易懂的物质形式。同时，在绘画的创作过程中，物质媒介的表达可以通过作者手中的画笔充分地诠释出来，观赏者可以通过绘画来感受作者内心的状态，感受作者在作品的创作过程中是充满激情还是处于低沉，内心是慷慨激昂还是低迷不振，都可以通过图画方式的物质媒介表现出来。影视方式的物质媒介是伴随着科学技术的发展，通过信息处理技术将原有的文字物质媒介与图画物质媒介二者有效地结合起来，影视媒介的特点是较前两者更加生动，更容易传递思想与内涵。

物质媒介的表达，同其表现方式和表现风格紧密相关，情感通过物质媒介进行表达，同时在传递的过程中受到物质媒介的作用而产生新的思想与情感，继而迸发出新的思想与感官认知。

三、物质媒介下的"精英"阅读

通过不同的物质媒介，我们可以获取不同的感官认识，得到不同的思想认知和感悟。在物质媒介的作用下，我们可以产生更多的高于自身的精神能量。在现实中，每个人在生活和成长过程中，都会受到各方面的阻力和压力阻碍其进步与成长。在这种情况下，我们难免会多多少少存在抱怨，内心有畏惧的想法，为什么别人就能轻易成功而我们自己却是这么艰难呢。在这种情况下，我们难免会退缩，难免会裹足不前，因为我们想寻求答案却无从寻起。

面对众多的物质媒介，众多的信息咨讯，我们却无从下手。怎样在这样的环境下去寻求帮助，找到一条积极、正确的道路去实现我们的目标。我们可以通过"精英"阅读去阅读那些名人、伟大人物的传记，通过阅读可以让我们懂得，每个人的成功都是来之不易的，在成功的道路上，每个人都是充满荆棘的，没有谁的成功是随随便便的。我们通过删选，在众多的物质媒介中删选出那些能够帮助我们提升自己，帮助我们走出困难的"精英"阅读，这些"精英"阅读可以是人物传记，也可以是具体的方法论，区别与一般的咨讯，这些资源将更有利于个人的成长与成功。

我们都知道，很多商业精英都酷爱读书，无论有多忙，每天都要抽出固定的时间去读书，面对风云变幻的商场，昨天的很多认知明天都可能被打破，唯有不断地进行学习，充实自我，强大自我，通过物质媒介下的"精英"阅读更好地完善自我，才能提升自己人生的高度，成就更强大的自我。"精英"阅读需要我们在资讯庞大的物质媒介中去细心甄别，去除糟粕，留其精华，更好地完善自己。

第三节 电子媒介与"大众"阅读

电子媒介是指现代信息传播过程中用于存储和传递信息的电子信息技术及其相关的载体。在电子媒介中，最先出现的是电报、电话，随后出现了广播、电影、电视、移动电话通信、互联网等媒介方式，每一种类型都有其特有的信息存储、传输和接收方式。20 世纪 90 年代以后，随着网络技术和数字压缩技术的迅速发展和应用，各种电子媒介开始数字化，信息容量、传输速度和其传输质量都有了很大的提升。随着互联网的发展，一些传统的电子媒介，如电报，已经逐渐消失视野。

一、电子媒介的传播及其特点

电子媒介给信息传播带来的变化不仅仅是空间和速度上发生的巨变。从人类社会信息系统的发展来看，电子媒体在其他方面也同样具有里程碑式的意义。伴随着摄影、录音和影像技术的发展，人们不仅实现了声音和图像信息的大规模复制和大规模传播，也实现了它们对历史资料的保存。我们当下研究古代社会时，只能根据相关文字记录和考古来想象和推测。当未来人们研究我们这个时代的社会时，他们可以通过这些电子媒介更加直观地倾听我们的声音和观察我们的形象。这使得人类文化的传承更丰富、更直观、更具体。总之，它在人类文化积累和历史传承方面有了质的突破和全新的飞跃。与之前人们通过口头、书信、印刷等传统方式传播相比，有了前所未有的突破。

电子媒介在信息传播中具有以下特点：（1）及时性；（2）蔓延；（3）活力；（4）技术性电子通信媒介是指需要使用专门的电子收发设备来传播信息的通信媒介。它以无线电波的形式传送声音、文字和图像，使用专门的电子设备来发送和接收信息。电子媒体主要包括广播、电视、电影、录音、视频、幻灯片放映、多媒体计算机和网络。在这些媒体中，不仅有用于人际沟通的音频和视频，也有用于小组沟通的视频和幻灯片。还有广播、电影和电视等大众传播工具。互联网是一种特殊的媒体，既适合人际交往，也适合群体和公众。

电子媒介在信息传播中具有以下特点：（1）时效性；（2）传播性；（3）便捷性。电子媒介需要通过专门的信息发生与接收装置类进行信息的传播，它的传播形式多样，包含文字、声音、图片、视频等。随着互联网技术的发展，以互联网为载体的新型小视频的传播方式，较以往的传播方式相比更加便捷、高效，在小视频中信息量更加集中，其搭载的信息也更加完善。同时互联网这种高效的传播媒介也更容易被大众接纳，在互联网搭建的平台上，人们更加便捷的交流与互通，突破了以往时间和空间上的束缚。

在电子媒介快速发展的同时，传统印刷媒介正受到电子媒体前所未有的冲击，使得电子媒介与印刷媒介的比例正在发生着巨大的变化。与传统的印刷体产品不同，电子媒介产品突破了有形载体的束缚，是存在于互联网上的无形数据。然而，传统印刷出版物只能通过印刷企业的生产成为产品，而电子媒介的特点是跨越时空，以媒体的形式实现实时传递信息和更新信息，这是传统媒介无法达到的。与传统的印刷方式相比，电子媒介模式具有传播范围更广、传播速度更快、影响力更大、运行成本更低的优势，因此电子媒介的繁荣成为必然。

二、电子媒介下的"大众"阅读

随着电子媒介的迅猛发展，大众的阅读习惯也慢慢地发生了改变。影响较大的是在互联网伴随下长大的年轻人，由于其在成长过程中深受互联网的影响，其阅读方式也更倾向于借助电子媒介进行阅读。电子媒介不单深受年轻人的喜爱，由于其信息更新速度快、信息量大的特点，也深受商务人士及科研技术人员的推崇。

伴随着手机产业的迅速发展，原有的以报纸、书籍为载体的大众阅读也逐渐被手机阅读所取代，由于手机阅读在便捷性及高效性上都比以往的纸质媒介有极大的提升。因此，在快节奏的当下，随和人们生活节奏的加快，人们可以在搭乘地铁等交通工具的同时，更便捷地通过手机获取更快的咨询。据不完全统计，我国目前拥有移动阅读用户的3.6亿，其庞大的移动阅读群体在很大程度上促进者移动电子媒介的快速发展。同时，相关电子书产业也呈现着快速的发展，电子书与传统的纸质书相比，更加便于携带和阅读，在快节奏的当下，人们较难有大量的时间和机会去进行阅读，电子书更适于人们通过碎片化时间来进行学习。

同时，在互联网的快速发展的同时，逐渐兴起的自媒体和小视频相关产业，也在电子媒介中占据着举足轻重的地位。自媒体和小视频的快速崛起，为大众传统的阅读方式提供了新的窗口。在搭载小视频和自媒体的同时，更多的普通民众也成了自由撰稿人，通过自媒体与小视频平台，普通民众能够将自身的感受与想法表达出来，同时更多的普通民众有了更广阔的平台去阅读与获取信息。

在电子媒介快速发展的同时，大众的阅读方式也发生了巨大的变化。大众有了更多的方式去选择，去进行阅读，在阅读的同时也成了信息的传播者，加快了信息的传播。在互联网信息化技术发展的今天，通过借助电子媒介平台，我们每一个人都可以是信息的制造者与传播者，在阅读信息的同时，将自身想法与理念经过语言加工，赋予其新的生命与思想，为信息的传播提供更为广阔的空间。

第三章 文学阅读的类型

第一节 小说的阅读

小说，是以刻画人物形象为中心，通过完整的故事情节和环境描写来反映社会生活的文学体裁。人物、情节、环境是小说的三要素。情节一般包括开端、发展、高潮、结局四部分，有的包括序幕、尾声。环境包括自然环境和社会环境。小说按照篇幅及容量可分为长篇、中篇、短篇和微型小说。按照表现的内容可分为神话、仙侠、武侠、科幻、悬疑、古传、当代、浪漫青春、游戏竞技等。按照体制可分为章回体小说、日记体小说、书信体小说、自传体小说。按照语言形式可分为文言小说和白话小说。

小说是一种叙事性文学体裁，它通过描写完整的故事情节和典型的环境，塑造具有典型性格的人物，来反映社会生活。小说阅读能力的考查离不开小说的文体特点。它首先要求考生能够分析小说的情节、人物、环境这三个要素，在此基础上能进一步把握小说的主题，鉴赏小说的艺术特色。

小说的阅读是根据小说的体裁特点提出的一种阅读方法。小说是一种叙事性的文学体裁，它的特点是以刻画典型人物为中心，通过完整的故事情节和人物活动的环境来描写，来反映复杂的社会生活。典型人物、故事情节、典型环境是小说的三个要素。阅读小说与阅读一般的记叙文有很多相似之处，但同时还应注意以下几点。

一、分析小说中的人物

要重点分析主要人物的性格特征。分析人物可从三个方面入手：分析人物外貌、动作、细节、语言、心理活动的描写，从多方面准确地把握人物形象的特征；着重分析人物与人物、人物与环境的矛盾冲突；思考和发掘人物形象的思想意义。

二、熟悉并分析故事情节

熟悉情节可采用朗读、编写提纲、复述内容等方式；分析情节，要与分析人物性格结合起来，因为小说的任何一个情节都是为塑造人物和表现主题（中心思想）服务的。分析时既要掌握情节发展的连贯性和完整性（从开端、发展、高潮、结局的全过程来全面地理解作品的思想内容），又不能对情节发展的各个阶段平均用力，应当把主要精力放在分析情节的发展和高潮部分。

三、分析环境描写的作用

如鲁迅先生在《祝福》里多次描写祝福的情景，并在写景时总是紧扣人物的思想感情来着笔，把写景和叙事糅合在一起，以揭示悲剧产生的历史根源和社会根源，对主题（中心思想）起了有力的烘托作用。分析环境描写，不应孤立地进行，而要与人物形象的分析结合在一起，当然，有时为了弄清小说的写作特点，也可以单独抽出环境描写来分析，但要在分析了思想内容以后再进行。以上各点并不是在阅读每篇小说时都要面面俱到，而是要根据各篇小说的特点和读者自己的具体情况（如阅读目的、时间、水平等），可以有所侧重。

小说在具体的阅读过程中，可以根据小说的情节、人物关系及事件的发生，分为三部进行。

第一步：切分层次，厘清情节

小说是否成功，关键在于构思的精巧别致。巧妙的构思首先表现在新颖、独特、有悬念、有起伏、结构精巧。小说的构思精巧还表现在含蓄曲折。所以阅读小说时，分析作品的层次，厘清作者的情节脉络，既是小说的一个考查点，也是阅读小说的一个突破口。小说的情节一般分为开端、发展、高潮、结局四个部分，有的作品前边还有序幕，后边有尾声。在作品中，情节的安排取决于作者的艺术构思，有的有着完整的开端、发展、高潮和结局，有的把高潮安排在结尾，总之，这四个部分并不是缺一不可的，但不论故事情节如何安排，情节的发展总是为塑造人物服务的。厘清小说情节主要途径：概括每一自然段段意，切分层次，回扣开端、发展、高潮和结局，进而厘清小说的情节。

第二步：关注描写，认识人物

描写是小说区别于其他文学样式的最大特点。不管是白描还是工笔，都是使小说展现的场面逼真、人物显得栩栩如生的基础。注重小说描写的类型，如人物的外貌、神情、语言、行动、心理描写。

认识人物的方法：（1）认清人物的身份、地位、职业等情况；（2）关注小说对人物的描写，如关注人物的外貌、神情、语言、行动、心理描写尤其是细节的描写，因为这些描写能揭示人物思想感情和性格特征；（3）认识人物形象独特、鲜明的个性，还需要结合人物的身份、地位、经历、教养、气质等因素去考虑人物特点。在阅读时也需要关注作品中的这些语句。

第三步：分析环境，思考作用

在小说作品中，环境是形成人物性格、驱使其行动的特定场所，是人物成为某种形象的原因。鉴赏小说的环境描写，不能不注意理解环境与人物的关系，努力发掘它深刻的思想意义。

社会环境是事件发生和人物活动的社会条件，是人物性格形成、发展的土壤，影响着人物的思想、性格和人物对客观生活的理解、认识，从而使人物对现实生活采取不同的态度。如《祝福》中祥林嫂的悲惨命运也是在"祝福"那种环境气氛中显现出来的，其中无不包含着作者对主人公的同情和对黑暗社会的不平，以唤起人们的觉醒与反抗。

自然环境描写可以将人的特殊境遇、独特经历细细写出来，给读者创造出一种身临其境的感觉，这样使读者关心小说中人物的命运，与小说中的人物同喜同悲，陶醉于小说情景中而不自知。当然自然环境的描写还要依据情节发展的需要，能够真实详尽与人物心情相符地逐一展现。

第二节 散文的阅读

散文是与诗歌、小说、戏剧并称的一种文学体裁，指不讲究韵律的散体文章，包括杂文、随笔、游记等，是最自由的文体，不讲究音韵，不讲究排比，没有任何的束缚及限制，也是中国最早出现的行文体例。通常一篇散文具有一个或多个中心思想，以抒情、记叙、论理等方式表达。以文字为创作、审美对象的文学艺术体裁，是文学中的一种体裁形式。特点是通过对现实生活中某些片断或生活事件的描述，表达作者的观点、感情，着重于表现作者对生活的感受。散文主要分叙事性散文、抒情散文、哲理散文、议论性散文。

阅读散文想要在朴实自然的语言中读出蕴含丰厚的底蕴和雅致的趣味，首先就要重视朗读。朗读是初步感知散文语言理趣之美的最好方法，它能将自我的情感与作品的情感积极交融，产生强烈而深厚的情感反应，进而深入体味文章丰富的内涵。如朗读"虎啸深山，鱼游潭底，驼走大漠，雁排长空"这种整齐的句式就能把感情抒发得酣畅淋漓，有一种诗韵美。朗读"廿四桥的明月，钱塘江的秋潮，普陀山的凉雾，荔枝湾的残荷等等，但是色彩不浓，回味不浓。比起北国的秋来，更像是黄酒之与白干，稀饭之与馍馍，鲈鱼之与大蟹，黄犬之与骆驼"这种工整中有变化，在变化中有整齐，长短错落，曲折回旋，波澜起伏的语言，也是一种享受。

同时，在进行阅读散文时，要善于透过"形"抓住"神"，体会作者所要表达的思想情感，要抓住文章的结构和线索，要注意欣赏优美的语言。散文，有的重在叙事，有的重在抒情，有的重在议论。散文作者通常把本意情感作了艺术化的处理才形成含蓄美。往往通过以下手法来实现：一是托物言情，借物言志；二是寓情于景，景之神乃作者之情；三是虚实相生，借助设想、想象，曲折地表达好恶与爱憎；四是运用象征或调动多种修辞手法将真意婉转而出。因此，我们在阅读鉴赏散文时，应该把握好这四个方面。

对于散文，无论是阅读还是写作，都需要具备一定的文学理论知识与语言文字方面的修养。在语言文字修养中，词语的辨析与运用是一项重要的基本功。词语辨析主要是指成语的辨析与实词（主要是同义词）、虚词（包括关联词）的辨析。而这些词语的辨析又是同病句修改、修辞常规、语言得体等语文素质综合在一起的。

在阅读散文的过程中，我们需要会理散文的线索，散文具有"形散"的特点，其实"散"的外在形式里蕴含着一条贯穿全文的线索和明晰的脉络。我们首先要认真阅读全文，了解作者的写作思路，注意抓住两条线：一是明线叙述线索，可按场景的转换、观察点的转移、事情的发展等展开；二是作者的感情线索，这是暗线往往蕴含着作者或多或少的感情在里面，作者对人态度的变化、对景的喜好程度、对事情的判断，我们都要抓住。在此基础上整体感知，有助于我们把握住文章的精髓所在。

同时，我们需要会品散文的语言。散文的语言有一种特殊的美，它像诗词而凝练、优美、形象、含蓄；它又像口语浓淡皆有，自然流畅。我们品析时，首先要坚持："字不离词，词不离句"的原则，把品析的语言放在具体的语言环境中；其次注意把握好角度，一般从准确性、严密性、句式、修辞、意蕴等角度分析。

除此之外，要学会抓散文的重点句：一般要注意散文的三种句，一是起始句，它往往出现在文章或段落的开头，紧扣主题，蕴含着作者的感情，容易把握作者的情感；二是过渡句，往往是场面的变换、叙述角度的变化的过渡，抓住它能理清文章的脉络；三是点明主旨句，它常常出现的文章的末尾，抓住它能把握住文章的主旨。

总体来说，我们可以从以下几点好好把握，提高散文的阅读能力。

1. 寻找散文的线索是散文组织安排材料的"纲"。阅读散文要紧紧抓住这条"纲",弄清它安排组织材料的规律,从而沿着这条"纲"去分析文章的内容,明了作者的写作思路及其选材、组材的意图。例如,阅读杨朔的《荔枝蜜》一文,就要找出"作者思想感情的变化过程"这条线索。

2. 分析散文的语言散文语言优美、畅达,富有节奏,同时也凝练、干净、富有哲理。因此,阅读散文时,就要认真分析散文的语言优美、凝练、畅达的特色,从而在形式上对散文加以赏析。例如阅读朱自清的《春》一文,我们可以从那"红的像火、粉的像霞、白的像雪"的美妙佳句中感受到桃花的火爆热闹、杏花的如霞似锦、梨花的素淡皎洁,领略到由浓到淡的色彩变化过程,并体会《春》一文在形式上的美。

3. 进入散文的意境优美的散文可谓"无韵之诗",其意境可以与诗相媲美。阅读散文时,就要善于通过自身的感受,进入散文所描绘的意境中去。例如读柳宗元的《小石潭记》一文,就要充分发挥想象力,想象作为柳宗元的同游者,和他一道欣赏竹树环抱、水清鱼游的自然美景,并且与作者一起来感受小石潭的清凉荒寂,"情怆幽邃",从中体会出文章的言外之意,弦外之音。

4. 把握散文的技巧即散文的写作特色,包括谋篇布局、遣词造句等多方面的特色。善于把握散文的技巧,不仅可以帮助我们理解散文的内容,而且有助于提高我们写作散文的能力。例如阅读杨朔的《荔枝蜜》一文,就要注意把握此文的借物抒情,托物言表的写作技巧。

第三节 诗歌的阅读

诗歌作为四大文学样式之一,是文学领域里一颗璀璨夺目的明珠。无论是我国古典诗歌,还是中外现当代诗歌,都有着诱人的魅力。在进行诗歌阅读时,我们需要具备赏析诗歌的能力和鉴赏诗歌的能力,怎样才能更好地对诗歌进行阅读,我们可以通过以下几种方式来实现。

首先,诗歌要跨界阅读。对于诗歌爱好者而言,可能会经常抽取空闲的时间阅读诗歌,同时我们也应该多读一些与诗歌反差较大的文学作品。如果我们一味地陷于诗歌,有可能远离诗歌,丧失诗歌。大量同质化或个人重复严重的诗歌,会使我们的阅读目乱神迷,无所适从,也会使自己的诗"绕树三匝,无枝可依"。

其次,诗歌要跨风格阅读。有些人习惯于只读一些跟自己趣味、风格相近的作品,并轻易将其他作品弃之一旁,这当然是个人的阅读选择自由,但这种"偏食",可能会因阅读自身而造成一定程度的营养不良。阅读是一回事,认同、喜好、追慕是另一回事。阅读是为了了解诗歌创作的概貌,知道经典诗人或其他诗人写过、正在写些什么。你或许不赞成某种风格，但是你也可能从中汲取风格之外有益的东西，这与你对自己风格的坚持并不矛盾。相反，多读一些与自己喜欢的诗风差异较大甚至完全相悖的诗歌，比单纯读与自己观念、风格相近的诗作收益或许更多。这种阅读，能助推我们有效消除过早形成的观念偏见和美学趣味重复。

再次，诗歌批评要兼容阅读。真正、健康的诗歌批评是与各种个性化批评的精神较量，这绝对好于无原则吹捧和老好人式的中庸。只要不是意气之争，只要不是山头主义的派别排斥，只要不是没有批评理据的概念性纷争，都不妨拿来一读，这种阅读应该不存在否定预设。诗歌批评相比其他文体的批评往往言辞偏于激烈，甚至因为作者对某种诗学观念的固执坚持而产生新的诗学偏见，但只要归在讨论的范畴，大可忽略不计。诗歌争论就其根本，无结果，无输赢，但它的意义也就在于此。诗歌有一些基本和共同的法则，但这种共同性将越来越少，所谓诗歌原则的垄断性会逐渐失效，既如此，那就让大家各抒己见。我们的阅读除了要提高对读品的甄别和见识力，还要细细品味其中的道理并为我所用。即便要商榷辩论，也要首先明白对方辩手的观点。你的胜利就在兼容，就在建立在兼容基础上的个性存在。

第四节　戏剧文学的阅读

"戏剧文学"是指在舞台上表演戏剧的文学剧本。戏剧不仅可以用于舞台表演，而且作为一种独立的文学风格供人们阅读。阅读剧本是培养和提高语言运用能力的有效途径。就培养写作和语言表达能力而言，读剧本比读诗歌、散文和小说更有益，这是由戏剧文学的特点所决定的。

从具有强烈戏剧冲突的戏剧文学中，我们可以借鉴其处理人物关系的方法和情节安排技巧，培养自身设计故事和布局故事的能力。在集中方面，我们可以借鉴其对生活横切的方法，将戏剧冲突、人物、事件浓缩成具体的片段，从而培养我们对材料的选择和剪切能力，从学习高度个性化及表达性的语言开始，发展自己的语言技能。为此，阅读、欣赏戏剧应把握以下几个方面。

一、分析戏剧冲突

戏剧冲突是戏剧文学表现人物性格及其关系的主要手段和方式，每个主要人物的性格特征和角色之间的相互关系在戏剧冲突中得到了充分而清晰的表达。通过分析戏剧的冲突，我们可以准确把握人物的性格，明确戏剧中的人物关系，借鉴的方法和技巧塑造人物形象和处理的人物之间的关系，并培养我们的写作能力。同时，通过对戏剧冲突的分析，可以准确把握戏剧文学作品的主题。

二、分析剧本的情节

安排剧本的情节往往是偶然性和必然性的结合，情节曲折，情节生动，设计巧妙，意想不到又合情合理。分析戏剧的情节安排可以培养和提高我们构建故事的能力。

三、分析剧本的场景设置

一个剧本的作者必须在两三个小时内，在几个有限的场景里，表达出剧中人物几年或几十年的生活经历或命运。关键在于场景的设置和选择。如果场景设置和选择得好，负荷就大，内容就多，思想表达就强，通过对该剧场景设置的分析，借鉴剧中对生活横切、人物和冲突集中的手法，可以培养我们挑选和剪切材料的能力。

四、分析戏剧文学的语言

戏剧文学不同于其他文学风格的根本特征是通过人物的语言塑造艺术形象，表现人物的个性，表现矛盾和冲突，表现作品的思想和主题。多阅读、多分析戏剧语言是提高语言运用能力的有效途径。

第四章 文学阅读的方法

文学学习的首要任务就是培养良好的阅读能力和写作能力，因此，阅读方法一直是文学教育中的重要组成部分，叶圣陶、朱自清等老前辈也曾多次明确地强调阅读的重要性，在《精读指导举隅》和《略读指导举隅》中作过相关论述，把阅读和写作提到了同等重要的位置，阅读是基础，要提升写作能力首先要抓读的训练。阅读对写作具有促进作用，但阅读的目的并不仅仅是为了写作。

叶圣陶先生把阅读分为"精读"和"略读"两种，他认为"精读"是主体，是准备，"略读"是补充，时运用，略读是以精读为基础，略读在于开阔眼界、增长知识，精读在于深入钻研、理解知识，两者互相配合、互相补充、相辅相成的。充分发挥"略读"和"精读"的作用，培养和提高读者的阅读习惯和阅读能力，在当下"知识爆炸"，信息碎片化、阅读碎片化、思维碎片化的时代是值得当代人们探讨和研究的话题。

第一节 精读方法论

一、精读的概念

在文学教育当中，阅读是最基础的能力，因此，重视阅读的作用，尤其是精读。既能够丰富读者的文学底蕴，也能够让读者阅读能力提高。那么什么是精读呢？叶圣陶老先生说过："一字未宜忽，语语悟其神。"精读就是"细细的琢磨的研读"，讲求细磨细品、细推细敲、咬文嚼字，对文章不仅要了解文章大意，还要体会文章的言外之意，从而将文章的含义了然于心。了解每一篇文学作用的大意，揣摩每一篇作用的寓意，把握每一篇作品的精髓，弄清每一篇作品的写作手法，读懂每一篇作品传达的知识。

二、精读的特点

（一）精读的对象

并不是所有的文学作品都需要我们精读，因为人的精力是有限的，因此，精读的对象首先要是优秀的文学作品，具有较为深厚的文学内涵，禁得起推敲的文章。

（二）精读的目的

精读的目的是在培养读者对字、词、句、篇的理解能力，对文章分析和评价的能力以及朗读和笔记的能力。这些能力的提升个体能够对文学作品进行自我深入钻研、吃透内涵，理解知识，增长见识，从而达到开阔眼界。

三、精读的技巧与习惯

文学的学习过程中，阅读是最基础的技能，是促进个人文学素养提升的重要途径。教师应该把握时机，向青年学生传授正确的阅读训练方式和良好的阅读习惯。帮助青年能够从精读文学作品中体会文章的语言之美、意境之美和视野之广，久而久之受其熏陶，提升个人文学素养。

人们提到精读，不外乎觉得就是要读得慢一点，一字一顿地读，其实不然，精读并不是磨洋工和持久战，无论读书的时间安排还是读的具体方法都特别的讲究，对于文学作品精读的训练方法，可以总结为从整体到部分，再到整体的过程，逐步深入、反复领会，具体说来说，我们一般将整个精读过程分作五步，下面分别加以介绍。

第一步，粗读全文，了解大意。

以平时浏览报纸的速度快速浏览一篇文章，了解文章的写作目的以及大致内容，留一个初步印象。发现生字生句，不要急着去细究、深究，只要求流畅地将全部内容读完。任何一篇文章都是整体统领部分，不从整体入手，很难读懂部分。如一本十万字的文学作品，这一过程大约需要两周时间。粗读全文之后，带着粗读过程中的问题，再去细读，这样就更容易把握全文。这种方法对于对提高学生语感、锻炼他们快速把握和理解海量信息有着特殊的意义。

第二步，逐段逐句细读，划分段落。

这个步骤是从整体到部分，可以总结为以下几个方面：按阅读内容或者段落进行大体划分，概括出每一部分的中心思想、分析写作特点以及一些好的词句，读一段、想一段。在精读之前可以准备好笔和本子，在读的过程中做好笔记和注释，读到精彩或者含义深刻的词句可以用笔圈画出来，并注上自己当下的感想，事后还可以向别人请教，这个过程大致耗费 1~2 个月。

第三步，圈画点评、剖析语言。

这一步也是从部分再回到整体，在细读全文后，是对文章整体的总结品读，对文章表达的中心要义、布局谋划等要反复揣摩，体会感情。语言就像一片片的砖瓦，要善于欣赏文章中富有表现力的语言，深究推敲，掌握其写景细腻的语言运用方法。如《壶口瀑布》中对于瀑布的描写："河水从五百米宽的河道上排排涌来，其势如千军万马，互相挤着、撞着，推推搡搡，前呼后拥……山是清冷的灰，天是寂寂的蓝……"，《背影》中对"背影"的四次描写，车站送别、父子告别、儿子的回忆等场景中，运用质朴语言，没有任何华丽的辞藻，表达的情感却直穿人心，将"父亲"背影特征描绘得淋漓尽致。再如诗仙李白的《行路难》中："闲来垂钓碧溪上，忽复乘舟梦日边"表达受到权贵排挤、远走他乡的无奈之情，只有了解了典故的前提下，才能够理解李白作这首诗的意图。这一步的精读可以最大限度地学习到海量知识、挖掘文字内涵，同时起到总结凝练和分析感悟的能力，对文学素养的提升有极大的帮助。

第四步，作简要的读书笔记，其目的是锻炼思维、提高写作能力。

这一步骤区别于第三步骤的点评、识记，而是侧重于写出自己对重点内容和观点写出自己的体悟，可以是对主人公性格的理解，也可以是对粗读过程中疑难问题的理解，也可以对文章社会背景、时代的感悟，结合自身的经历或者想法，写出通读作品后自己的真实感受，因此，这一步要放在精读全文、认真思考之后再写。

第五步，精彩段落背诵。

这一步的做法和意义不言自明。每一篇文章都是由词汇与语句构成，它们为情感累积，共同编织了一个"世界"，由此可见语言对于文章的重要性。可以把摘抄的经典段落、经典语句进行背诵，从而加深对文章中的语言运用和把握，继而提高语言构建能力，进一步增强写作能力。

事实证明，在鼓励广泛略读的基础上，激励学生进行有步骤有目的的精读，对学生语感、思维、口头表达、学习习惯、生活态度、性格气质等各方面的影响是深远的，只要坚持努力、步步抓实，其效果非泛泛而读所能比拟的。

第二节 略读方法论

略读，作为古今文学阅读的一种方式，均已有之。古有："读书敏速，十行俱下。"即使是大文豪高尔基也离不开略读的方式欣赏文学作品，据说他可以几页几页地翻阅图书，短时间内获得大量知识。

文学作品的略读与精读相比较而言，后者显得简约、粗线条。叶圣陶先生曾经说过："精读是准备，略读是应用"。在日常生活中，略读比精读的运用率更高，略读可以让读者在短时间内获得大量有效信息，为读者节约了大量的时间。

一、略读的概念

什么是略读？是简单的读读还是浏览？略读就是在没有老师或者别人详细指导的情况下，自己通过"略读"可以大致地指导文章的基本内容，虽然说文学作品的略读提倡"简"和"略"，不需要进行详细的指导，但是"略读"也同样离不开别人的指导，但是这种指导只是提纲挈领，否则这种略读就成了"泛读"。略读既不是"粗略的读"，也不是"忽略的读"，不是不需要精读，而是需要更集中、更突出的"精读"，对理解知识的准确性更高。对于青少年来说，教师可以辅助其找出适当的突破口，划出作品重点、精彩之处。"学生从精读到略读，譬如孩子学走路，起初有大人扶着牵着，渐渐地大人把手放了"。根据叶圣陶先生的话，略读上可以通过群体略读、个体略读两个阶段，来实现对于学生略读能力的培养。

（一）群体略读

群体阅读是由于许多读者在阅读的初级阶段，缺少在短时间内阅读有效信息的能力，没有形成一套自己的阅读方式。考虑到并不是每个人都有条件可以得到专业老师的指点和辅导，因此，可以考虑群体略读，这种略读方式通常适合在校学生的培养。

（二）个体略读

个体略读适合个人在闲暇时间段、选择自己喜爱的文学作品进行略读。在这个阶段可以向别人讨教一些阅读的技巧和方式，阅读整篇著作作品，因此在阅读的效率上有了很大的提高。

二、略读的特点

略读可以在较短时间内帮助我们获取所需要的有效信息知识，进行有效的学习。特别是我们现在处于科学飞速发展、"信息爆炸"的时代，略读非常适合快节奏的现代社会，可以快速接收大量新的信息知识，没有略读的能力，不能掌握略读的方法，很难适应当今社会的发展。西方发达国家一直很注重培养学生的略读能力，略读可以促进青少年开阔视野、增长知识和灵活的思维，只重视精读而忽略略读，势必会影响国人的阅读量。

略读要明确单一的目标，略读不像精读，是对每一个重点和知识点进行细致的推敲，略读是一定要抓住主次，一定要选择最突出的问题成为重点内容，如果重点太多，也就没有了重点，略读要把精力放在有限的重点内容上，对其他的内容可以暂时忽略。但略读不是"粗略的读"，也不是"忽略的读"，而是更加"精准的读"。

群体略读的特点，群体略读可以有效避免学生阅读中带来的挫伤感。在青少年的初级阶段，由于知识积累和生活阅历等原因，使得青少年在自由阅读过程中，对于阅读理解范围以外的文学作品可能会挫伤他们的阅读积极性，而采用群体略读法，可以加强青少年之间的交流相互，促进共同的进步。

三、略读的方式和方法

略读的目的是为了让读者可以扩大阅读广度，不要求深度，在掌握作品的全篇大意的前提下，抓住文章的中心、重点和难点。阅读时，要求分清主次，要敢于忽略一些细枝末节，对于一些细节的描写可以有意绕行、跳过不读，对于晦涩难懂的点可以置之不顾，这就是略读和精读最大的区别。诗人陶渊明曾说过："读好书，不求甚解"，意思对文学作品的品读不在于字词句段上，而是要抛开枝节，取其精华、得其旨意。略读时让读者以全面的角度去分析作品，在通读全文时候捕捉到作品的中心意思，进而找出作者的写作意图。与此同时，阅读范围的扩大也能为文学爱好者带来更多的体验，帮助其积累更多的素材，有效地提高写作能力，加深文化底蕴，从而为未来的文学课程学习奠定基础。

在对文学作品的略读之前，可以对文章的序文、作者背景、内容摘要、目录等进行了解，通过对这些的了解，有利于把握文章的纲领、层次和内涵，有助于读者与作者之间的情感交流，使读者知道读这本书对自己来说，有什么意义、会有什么收获。在对以上的内容进行了解后，有助于对文学作品的情境进行创设。良好的情境创设可以快速将读者与创设的情境融为一体，有利于增加读者的思维积极性和情感的投入力度，调动学生观察思考能力和加深对语言文字的理解都大有帮助，可以促进学生动手、动脑、动口等方面能力的均衡发展。

做好略读笔记。俗话说："好记性不如烂笔头"，有学者表明，通过记笔记可以加深对知识点的记忆力，并且更容易在阅读的过程中，对获取的有效知识点进行很好的分类，表现出更强的逻辑性。

运用好默读。由于人的声音速度慢于阅读时眼睛扫描的速度，因此，略读的同时最好只用眼睛看、用大脑想。其次，略读比精读更要求思想上高度集中，尽量避免繁杂的多余的动作，比如有些人喜欢在阅读的过程中转笔，略读时最好去掉这些多余的动作。另外是要扩大"视野"，即增大眼睛的扫视范围，由原来的一字一词地看书，变为一句一行地看书。最后，略读时抓住关键字、词联想。如看到"恨铁"就联想到下面可能是"不成钢"，这样做可节约一半的时间。

第三节 快速阅读方法论

一、什么是快速阅读

快速阅读也可以称为整体阅读、浅层阅读，有别于深度阅读（分析阅读，分析的目的就是理解，而快速阅读的目的不是理解，而是知道）。快速的阅读，不是说让学生囫囵吞地读几行就可以了，而是让学生注意力高度集中，眼睛快速地在文段中阅读，就是古人讲的一目三行，将看到的信息迅速地存在大脑里面。所以，快速阅读可以训练学生高度注意的良好阅读习惯，也能提高他们的学习效果，是非常好的一种阅读方法。在庞大的信息量中，如果学不会"速度"，就无法适应社会的发展，无法适应快节奏的生活节拍，那么学习的效率肯定上不去。

快速阅读不是为了理解，而是为了知道一些你原本不知道的信息，对应阅读的第二种目的：获得资讯。快速阅读的方法论可以总结为五个字：五步抓五点。

五个步骤分别是：

1. 看包装：从外部看一本书的类型、主题和价值；
2. 看整体：从目录和序言看一本书的结构；
3. 看细节：从索引和正文看一本书的重点；

4. 下判断：判断是否值得读、什么时候读、用什么方式读；

5. 粗阅读：从整体上加深对一本书五个点的认识。

五个点分别是：

1. 类型：图书类型；

2. 主题：写作主题；

3. 结构：写作框架；

4. 重点：找重点而不是理解重点；

5. 价值：判断这本书的价值、对你有什么用。

二、课内快速阅读的方法指导

书读百遍，其义自现。这句话说明书读多了方法也就慢慢掌握了，因此我们要教给学生一些方法。

培养学生的注意力是培养他们快速阅读的第一步。首先，教师要给学生讲明白道理，一心不可二用，读书要注意力集中才行。之后教师就要有目的地培养，让学生集中精力读一段，看看时间是多少，再读一段再看看时间，这样反复训练，学生知道三心二意是不行的。还有一种办法，就是让学生一口气读 3~5 行的文字，如果注意力分散，根本就无法读下去的。笔者常常用这种方法训练学生的快速阅读能力，效果是非常好的，大家不妨试一试。吸一口气，然后吐出来，这个过程非常的短暂，文章如果是现代白话文，可以读 3~5 行左右的文字；如果是古文，最多是三行；如果是唐诗的话那就是一口气读完一首诗。具体情况还要看文章中的生字多不多，如果生僻字很多那就慢了，如果是口语居多，速度肯定是很快的。我经常在讲课前让学生速度，其实就是一种稍微变化了的浏览。

三、课外快速阅读方法的指导

略读就是大概地浏览一下，是一种快速阅读的方法。精读当然是细细阅读了，好的段落反复读，好的字句段落抄录到自己的读书笔记上。

快速读书的方法很多，布置一本书，规定时间让学生读完，然后组织他们进行讨论。如果他们不读完，书中好多的情节他不知道；如果他阅读不仔细，就不知道书中的内容。这样学生就会快速地阅读，细心地阅读，如果读完后，其他同学知道的内容比他多，就说明他的阅读有问题，这时老师可以再次布置阅读。这样反反复复训练，大概需要一学期的时间甚至于更长的时间，学生才能掌握，才能见到成效。但是在急功近利的大环境下，目前，大多数教师靠题海战术让学生死记硬背，机械地记忆，这样就扼杀了学生学习的积极性，更不用说发挥学生的创新性了。

四、快速阅读的重要意义

快速阅读的意义非常重要，学生可以从书本上汲取丰富的知识，这些知识在生活中是没有的，丰富的知识可以帮助学生提高认识社会生活，认识人生的意义，从中汲取前进的力量，向着既定的目标前进。快速阅读可以帮助学生积累写作素材，为写作打下坚实的基础。所以，快速阅读是一种本领也是一种积淀的过程，一定要长期坚持下去。

总而言之，快速阅读是学生必备的基本功，是他们知识储备的必要手段，是提高学生综合能力的最好的方法，是衡量一个学生的重要指标，切不可等闲视之。

第五章　文学经典对大学生的影响

第一节　文学经典对大学生道德教育的现实意义

道德教育是进行道德活动的主要方式之一。在现实生活中，它是具有一定道德准则与道德经验的群体，通过自身的道德要求，对他人产生道德影响的一种活动。在当今社会中，大学的作用不仅是进行专业技能的传授，还是培养具有专业技能的专业人才，同时也是培养具备自主思想、健康的感情、完善的人格和完美道德的人。正如《礼记》所言："大学之道在于明德，在于亲近民众，在于安于完美。"

德国文化教育家斯普朗格也曾经说过："教育不是简单的文化传递，教育之所以称之为教育，因为它是一种人格的'觉醒'和灵魂的'觉醒'，这是教育的核心。"当前，在高校德育工作中，灌输和说教的倾向严重，德育工作逐渐陷入困境。然而，加强对大学生的道德教育，提高大学生的道德素质，使其最终走向社会，实现人生价值，是十分必要和迫切的。道德教育作为优秀传统文化的重要载体，承载着中国传统文学经典的道德价值观，同时道德教育经过不断沉淀与积累，体现着道德中崇尚真理的内在价值，具有超越时间和空间的艺术魅力。艺术的极致必须是美学与道德的统一，即美学包含道德因素，道德在不断完善中又包含审美力量，道德在不断反思的过程中形成的自由，与审美体验中激活的自由是完全和谐的。在当前社会道德教育的大环境下，加强大学生道德教育，通过不断地挖掘传统文学经典中所包含的道德之美、文学经典中的理想主义和爱国主义精神，并将其转化为校园中的道德教育建设，对提高大学生的人文素养以及道德素养具有十分重要的意义。

一、文学经典中蕴含着极其丰富的道德教育资源

（一）文学经典中忠贞不渝、心系国家和人民的爱国主义思想；自强不息、奋发图强的民族精神

增强爱国主义和民族凝聚力是当代大学生道德教育的重要主题。中国传统经典中蕴含着极其丰富的道德教育资源。在中国古代古典神话中，精卫填海，大禹治水，夸父逐日都蕴含着及其深厚的民族精神。在儒家经典《周易》中，"天行健，君子以自强不息；地势坤，君子以德才兼备"中蕴含着雄健有力的精神气节；《论语》中的殉道意识，即"官以道为目标"和"明知不可为而为之"；在战国时期屈原所著的《离骚》中，"虽九死其犹未悔""路漫漫其修远兮，吾将上下而求索"中表达的真挚热烈的爱国情怀。南宋爱国将领岳飞在《满江红》中写道："怒发冲冠，凭栏处，潇潇雨歇。抬望眼，仰天长啸，壮怀激烈"，即使过了千年我们再去读他，仍能感受到强烈的爱国主义情感。在古代文学经典中，蕴含着爱国主义精神和民族精神的文学作品比比皆是，这些作品激励着一代代的中华儿女砥砺向前、不懈奋斗。因此可以说，在中华传统文学经典中，以儒家思想为代表的入世精神和使命感，成为古代文人墨客政治生涯的重要准则，指引者他们不断地前行。

从古到今，爱国主义和对人民的忧患意识始终是紧密相连的。热爱祖国，首先我们应该热爱养育我们的这片热土。在屈原的《离骚》、杜甫的《自京赴奉先县咏怀五百字》、范仲淹的《岳阳楼记》等作品中，无不表现出作者本身的忧国忧民意识，在关爱国家的同时不忘关心普通百姓的疾苦，这些古代优秀的文人、政治家和我们今天的政府官员一样对百姓的民生十分重视。可以说，从古到今，中国传统文学经典的永恒主题就是对民族苦难的关怀、对苦难的同情、对生者的怜悯和对和平的渴望。传统古典文学所体现的忧患意识、关爱人民的普世价值和自强不息的进取精神，已成为中华民族文化的重要源泉和民族精神的重要基础。

大学生通过传统文学经典的阅读和学习，并将其转换为现代的人文精神，有助于培养自身良好的社会责任感和强烈的历史使命感。因此，将个人的道德完善与群体道德升华有效地组合在一起，能够成为促使大学生肩负民族复兴而具有的强大的精神动力。

（二）文学经典中含蓄、质朴而丰富的情感内涵；至深、纯净而完美的人性之美

文学经典在道德和情感教育中发挥着独特的作用。德国哲学家卡西尔曾

坦言，伟大的艺术可以展示我们内心生活的所有形式，艺术以一种全新的广度和深度展现出了生活，它通过对人类命运中的痛苦与诠释，让我们对自身的生活有了全新的认知。与此相比，我们普通的生活显得那么的平淡与单调。衡量艺术的尺度不是它的吸引力，而是它的明暗程度。中国传统文学经典是一种具体的、含蓄的文学。它以生动饱满的艺术形象打动了读者的心，具有深刻的寓意、质朴而丰富的情感内涵和动人而纯粹的人性之美。在传统的文学经典中，许多著名的爱情作品都可以成为大学生爱情道德教育的典范。《诗经》中的"执子之手，与子偕老"，这就是中国传统的爱情誓约，表达出中国传统爱情观中的生死相依，白头偕老。唐代诗人白居易的《长恨歌》中"在天愿作比翼鸟，在地愿为连理枝"讲述了皇帝和他的妃子之间的真爱故事，超越了时间和空间的束缚，不分阶级。北宋著名词人苏轼的《江城子》告诉我们，即使我们被阴阳分开，我们忠诚的爱是永恒的。晋代诗人袁浩文在《摸鱼儿》中写道："问世间，情是何物，直教生死相许？"更是道出了爱情的凄婉与缠绵。

在元代诗人王实甫的《西厢记》中，崔、张唱出了"愿天下有情人终成眷属"的誓言，表达了在封建制度下，男女青年对自由恋爱的渴望。汤显祖的《牡丹亭》中杜丽娘与柳梦梅的爱情向世人昭示着爱情具有起死回生的伟大力量。在《红楼梦》贾宝玉和林黛玉更是演绎出千古绝唱的爱情。传统文学经典中的爱情，真挚感人、千古流传，它真实、纯洁的情感力量，会积极地影响着当代大学生的恋爱观。

其实，除了爱情之外，亲情、友情和故乡情怀也是文学经典中不变的主题。《论语》中有"父母在，不远游"，唐代孟郊《游子吟》中有"慈母手中线，游子身上衣"。千百年来，这颗简单的哺育之心，简单的母爱感动了无数人的心。王勃《送杜少府之任蜀州》中的千古名句"海内存知己，天涯若比邻"启示我们，真正的知己不在乎距离的多远，而在于心灵是否相通。李白在《赠汪伦》中写道："桃花潭水深千尺，不及汪伦送我情。"直到今天，当我们阅读这两句古诗时，还能被李白和汪伦两人之间的友谊所感动。传统文学经典作品中对亲情、友情以及故乡情感的诠释，都将激发学生积极健康的审美情趣和情感追求，使他们在欣赏文学作品的同时，也能够很好地提高自己的道德素养及精神追求。

（三）文学经典中和谐、自由、独立、高雅的人格追求

中国古代传统思想，特别是老子提出的道家思想，其追求的是人与自然和谐统一的生活状态，道家思想重视个体的内在生命价值和主体人格的独立

性。在《庄子》中，不顾名利，遨游天地间。东晋诗人陶渊明的"采菊东篱下，悠然见南山"，提出了一种独有的世外桃源的境界，在高度发达的现代社会中，我们更难得去独寻这一方清幽，阅读这些作品有助于我们去寻找内心的宁静，同时能够帮助我们去体会内心真正的感受。王维《鸟溪》中的"人闲桂花落，夜静春山空"。通过阅读这些诗句，能够让我们感受到诗人内心与大自然和谐相处时怡然自得的心境，这同时给我们当今急于追求物质享受的生活带来了一些启迪。李白在《将进酒》中"天生我材必有用，千金散尽还复来"的气概，《梦游天姥吟留别》中"安能摧眉折腰事权贵，使我不得开心颜"的豪迈气魄都让我们感受到了李白强大的人格魅力和自信。

大学生作为社会现代化建设的中坚力量，是我们民族和国家的未来与希望。他们大多数都有为国家和人民勇担风险的强烈责任感。然而，不可否认的是，在大学生群体中仍然存在着一些不健康的导向，如追求物质欲望和强烈的功利主义。正如赫柏特·马尔库塞在《一个维度的人》中所说："先进工业文明的奴隶是被提升的奴隶，但他们仍然是奴隶。"因为它是否是一个奴隶，不是由服从或工作的状态决定的，而是作为一种工具，由他纯粹的奴役形式所决定。在一定程度上，许多人被高度发达的工业社会所异化，逐渐丧失了主体性。事实上，赫柏特·马尔库塞提到的现代社会的异化现象在大学生中并不鲜见。很多人患有网瘾、手机依赖症，对于大自然和现实社会是脱离和逃避的。在这种情况下，许多人变得越来越偏离社会，中国传统文学经典中所包含的独特的审美特征有助于激发当代大学生追求美和追求真理，文学经典有利于丰富当代大学生的内心，缓解现代人独有的精神焦虑，建立一个充满爱和希望的精神家园，同时有利于完善当代大学生的道德情操，促进其内心健康、积极的发展。

二、文学经典对大学生的道德教育有积极的影响作用

在对文学经典的鉴赏过程中，许多优秀文学作品对培养学生的自我修养、自我反思和独立人格的培养，建立完善、高尚的道德品质起到了很好的作用。孟子"富贵不能淫，贫贱不能移，威武不能屈"的坚毅品格，使学生可以从这些脍炙人口的警句中提高自己的人格品质。通过在文学经典中与古人的精神交流，学生不仅得到了心理上的升华，同时促进了学生健康人格的塑造。

文学经典的阅读能够给大学生营造出一个健康积极的生活方式和人生态度。通过文学经典的阅读，学生在积累知识的同时，还能够掌握良好的学习态度和正确的思维方式。通过文学经典的阅读，让学生懂得了儒家经典中"仁义"的思想，从而在日常的生活学习中更好地规范自己的行为，确定正确的

价值观与道德观。同时，通过阅读文学经典，可以帮助学生将现实生活与文学作品联系起来，比如普希金被沙皇流放期间写的《假如生活欺骗你》。在遇到困难时，诗人并没有失去希望，他一直在与生活进行斗争，他始终热爱生活，执着地追求理想，从诗歌中我们可以感受到他顽强的意志和坚强乐观的情感。使学生读后学会积极地面对困难，培养学生进取、不屈不挠的毅力，使学生始终保持一种积极乐观的学习精神和生活态度。

文学经典的阅读可以帮助学生形成健康的人文素养，提升大学生的道德情怀。在文学经典的阅读过程中，使学生发自内心地热爱文学经典，掌握文学经典的要义。如白居易的《钱塘湖春行》中"乱花渐欲迷人眼，浅草才能没马蹄"。大学生通过阅读和欣赏不同类型和风格的文学作品，会获得不同的审美和情感体验。在文学知识的学习过程中，学生不仅能掌握语言所蕴含的意境美和思想美，而且能积累文化知识，形成更高的情感及智慧。通过对文学作品的理解，学生不断地分析文学作品的相关知识，这不仅是一种精神上的洗礼和道德思想的提升，而且也使学生明确各种美的表现形式，通过文学经典的阅读，能够有效地提升自我的审美能力。

文学经典的赏析能够在对学生积极影响的基础上，更好地开拓学生的视角，更好地增强了学生的创新能力。文学经典本身就隶属于社会科学的范畴，文学经典不同于自然科学研究的逻辑思维，其更有利于培养学生的发散思维、形象思维及创新思维。例如，诗歌有时候读起来让人浮想联翩，如苏轼的名句"横看成岭侧成峰，远近高低各不同"，不同的人读到这句诗就会有不同的联想。严格地说，文学经典多能带给我们更多的想象力，完全超越了科学知识。因为科学知识是有限的，而想象力是没有界限的。文学经典能够带给我们更多的全新视角的感受，有利于我们培养学生开拓视角，塑造健康的人格。

文学经典对大学生道德教育具有更多的现实意义，这是由我国的国情决定的。我国高中教育中的文理分科较早，理工科大学生的人文素养相对较弱。因此，通过文学经典的学习，有助于加强大学生的文化素养的提升，同时，文学经典的学习对培养大学生的审美能力、个人道德水平、文学修养都有积极地推进作用，但是文学经典的学习是一个漫长的过程，只有经过长时间的学习和积累，才能对我们产生积极的帮助与提高。但同时，想要在短时间内取得很好的效果也是较为困难，因此需要教学工作者的不懈坚持与努力。

根据当前大学生对历史文化知识的了解，结合高校教学的实际情况，促进思想价值和艺术生命力的积极发展，为大学生提高人文素养提供了丰富的作品。文学经典的学习是一个不断积累的过程，短期内不可能达到明显的效果。因此，将文学经典欣赏课程作为高校的必修课程，对于培养学生的人文素养具有十分重要的意义。文学经典中充分揭示了生命的真实状态，传承了中国传统文化的精髓，其中蕴含了伟大的生命精神，以艺术的方式诠释了对真善美的追求，文学经典是大学生德育的重要资源。同时随着社会的快速发展，加强大学生道德教育工作的开展十分必要，在道德教育工作的开展中，我们也可以充分探索和使用传统的文学经典，使之与高校的道德教育工作结合起来，利用文学经典中蕴藏的道德情怀，更好地感染和教育当代的大学生，使之更加健康、全面的发展。

第二节 文学经典对大学生思想政治工作的作用

想要建立一个完善的社会主义文明秩序，首先应该注重文化建设和思想政治建设。当前，随着社会的不断发展，大学生思想政治教育的形式和内容也在不断地发生变化。文学经典作为传统优秀文化的重要组成部分，凝聚着无数人的心血和才华，深得当代大学生的喜爱。因此，文学经典作品对大学生的思想状态有着极大的影响，尤其是对大学生的人生观、价值观和理念信仰的影响。因此，在高校思想政治教学工作中，应重视文学经典作品，并将其合理地应用于当代大学生思想政治教育教学当中。

作为一个有着五千年文明历史的古国，我们有着灿烂辉煌的文学经典，它们历经沧桑，在时间的长河中展现了历史的印记，对当代大学生的思想、言行都产生了巨大的影响。当前身处信息时代的大学生，由于思想受到许多外部因素的影响，难免会产生一些错误的观念，或多或少地限制了其综合素质的发展。因此，高校思想政治教育工作应有机地结合文学经典，通过采用现代的教学方式，将文学经典中的文化与智慧传递给当代大学生，更深一步地加强其文化素养和道德修养，以便培养出与时俱进的现代化人才。

一、文学经典在大学生思想政治工作中的意义

（一）文学经典的加入使得大学生思想政治教学工作更加充实饱满

由于大学生思想政治教学工作在一定程度上受到政治因素的影响，因而在教学过程中具有较强的社会意识形态。当前我国高校思想政治教学工作需要逐渐弱化其政治色彩，然而这并不是说不依照政治方针开展教学工作，而是需要打破原有教学体系的束缚，采用新的多元化教学方式，这样的教学方式使得思想政治教学工作更加具有文学性与艺术性，使得思想政治教学工作的开展更加顺畅。文学经典作品，就是采用较为艺术、舒缓的表现方式，运

用学生感兴趣的主题和表达方式，引导学生积极接受主流政治观念和社会正确的价值观。在实际的思想政治教学工作中，有效运用文学经典可以潜移默化地影响学生的政治观点，培养学生正确的政治思想。因此，在当前高校思想政治教育中，文学经典的加入可以改变以往思想政治教学工作过于单调、生涩的现状，使得思想政治教学工作更加生动，从而提高了思想政治教学工作对学生的影响力。

（二）文学经典中的优秀作品有助于大学生思想政治工作的开展

在大学生思想政治教育过程中，要重视传统文学经典内部营养的吸收。传统文学经典具有美学性、形象性和感染力的特点，其中蕴含着丰富的优秀思想、价值观和行为规范，这些蕴含的宝贵财富同样也是我们开展思想政治教育课程的初衷与目的。传统文学经典的优秀作品通常是经过提炼后的作者的生活经历、情感故事以及爱国情怀，通过学习文学经典能够使我们更容易地体悟到其内在的深层价值。同时，文学经典中蕴含的真善美更让我们感受到生活的美好，更容易培养我们健康、乐观的人格。思想政治工作的开展通过与文学经典相融合，借助文学经典中的优秀资源，更容易让学生在学习过程中感受到民族的价值规范、道德情感，有利于我们思想政治课程的学习。理性与辩证是我们正确对待传统文学教学时应当采取的态度，将优秀传统文学经典融入思想政治教学当中，也是认识中华民族传统文化的价值并继承这份珍贵文化遗产的自觉行为。

（三）文学经典中的人文精神是大学生思想政治工作重要的一部分

人文精神的培养是大学生思想政治工作中不可或缺的一部分。除了学习专业知识，大学生还需要丰富自己的精神世界。当前，一些大学生存在着价值取向扭曲、社会责任感缺失、勤奋意识淡化、团结协作意识淡薄等问题。而文学经典具有启迪、塑造和促进自我反思的功能，是一种人文关怀的体现。传统文学经典中有很多优秀的作品，通过学习吸收它们的养分对大学生思想政治教育有很大益处。首先，传统文学经典具有极强的忧患意识、进取意识和创新意识，对完善当代大学生的自我修养，完善健全的人格具有极强的帮助作用。德国哲学家雅斯贝尔斯提出："教育是对人类灵魂的教育，而不是简单的知识的积累。"传统文学经典蕴含着深刻健康的世界观、人生信仰和人生观。优秀的传统文学经典可以很好地提升大学生的人文素养和审美能力，对树立正确的人生观有积极的影响作用。同时，传统文学经典能完善、强大学生的人格，提升学生的意志品质，帮助学生树立面对困难、战胜困难的信息和决心。

二、文学经典作品在大学生思想政治工作中的合理运用

（一）始终坚持马克思主义思想，坚持树立正确的政治观

在不断推进文化体制改革的背景下，我们对文学经典的运用应保持一种取其精华，去其糟粕的谨慎态度。优秀文学经典作品作为思想政治教学的有利武器，不断地丰富思想政治教学工作的内容和方法，充分发挥文学经典作品的作用，提高思想政治教学工作的整体效率。在进行思想政治教学工作中，思想政治教育工作者要始终坚持马克思主义为指导思想，在选择文学作品时，要确保文学作品是符合社会主义核心价值观的前提下，通过我们的再加工使之与时代发展相结合，在满足社会主义现代化建设总方针的前提下，充分发挥文学经典作品的作用，突显出其在思想政治工作中的价值。

（二）有效提升细想政治教育工作者的文学素养与专业水平

思想政治教育工作者在思想政治教学中发挥着至关重要的作用，要加强文学经典在高校思想教学工作中的合理应用，就首先需要提高教师相应的专业水平和文学修养。教师要想在思想政治教学工作中充分结合文学经典作品，加强学生的思想政治教育，就需要提高自身的文学修养。在课前就要充分解读文学经典作品，不断挖掘文学经典的内涵，并将其合理高效地结合在思想政治教学工作中。其次，提高思想政治教师的教水水平，使其更好地发挥文学经典的有益作用，在向学生介绍文学经典作品时，要积极引导学生树立正确的欣赏态度，培养学生的鉴赏能力。教师可以根据学生的自身情况，向学生推荐一些适合自己学习的文学经典，使其在文学经典的学习过程中提升自身的综合素质。

（三）通过引导学生自主学习，进而加强其思想政治教育工作

采用传统的思想政治教学方式，由于课程内容的枯燥，容易使学生产生消极抵触的情绪，一方面减弱了学生的学习兴趣，另一方面又难以实现思想政治教育的最终目标。由于大学生处于思想活跃的时期，普遍具有较强的表达欲与探索精神。因此，教师应充分利用其这一特点，进行教学探索与改革，培养学生的自主学习与创新能力。思想政治教育工作者应鼓励学生对不同的文学经典作品表达其不同的观点，加强学生彼此之间对文学经典作品的探讨，如阅读中国的四大名著和外国的经典名著。通过多种文学经典的引导学习，间接地提升学生的思想水平，间接地开展思想政治教学工作。

中国传统文学经典的发展和演变是建立在中华民族文化传承的基础上，

传统文学经典中包含着中华民族的情感表达、道德规范、价值观念等，是民族精神和传统文化的载体。理性与客观是我们正确对待传统文学经典时需要坚守的原则，只有坚守这样的原则，才能取其精华，去其糟粕，将优秀的传统文学经典作品纳入到思想政治教育当中，同时这也是对中国传统文化价值的自觉认识和对这份非物质文化遗产的良好继承。同时，在当代大学生思想政治教育工作中，由于工作本身的特点，存在一定的烦琐和芜杂，为了能够进一步加强大学生思想政治教育教学工作的实效性，将文学经典与之融合，应采用全新的教学方法，引导学生通过文学经典的学习，加强自身的文化修养和道德情操，进而达到思想政治教学工作的目的。

第三节　文学经典与大学生核心素养培养探究

所谓"大学生核心素养"，主要是指学生应具备的，能够适应终身发展和社会发展需要的必备品格和关键能力。核心素养是关于学生知识、技能、情感、态度、价值观等多方面的综合表现；是每一名学生获得成功生活、适应个人终生发展和社会发展都需要的、不可或缺的共同素养；其发展是一个持续终身的过程，可教可学，最初在家庭和学校中培养，随后在一生中不断完善。

一、大学生核心素养的内涵及表现

中国大学生发展核心素养，以科学性、时代性和民族性为基本原则，以培养"全面发展的人"为核心，分为文化基础、自主发展、社会参与三个方面。综合表现为人文底蕴、科学精神、学会学习、健康生活、责任担当、实践创新六大素养，具体细化为国家认同等十八个基本要点。根据这一总体框架，可针对学生年龄特点进一步提出各学段学生的具体表现要求。

其基本内涵为：

（一）文化基础

文化是人存在的根和魂。文化基础，重在强调能习得人文、科学等各领域的知识和技能，掌握和运用人类优秀智慧成果，涵养内在精神，追求真善美的统一，发展成为有宽厚文化基础、有更高精神追求的人。

1. 人文底蕴

主要是学生在学习、理解、运用人文领域知识和技能等方面所形成的基本能力、情感态度和价值取向。具体包括人文积淀、人文情怀和审美情趣等基本要点。

2. 科学精神

主要是学生在学习、理解、运用科学知识和技能等方面所形成的价值标准、思维方式和行为表现。具体包括理性思维、批判质疑、勇于探究等基本要点。

（二）自主发展

自主性是人作为主体的根本属性。自主发展，重在强调能有效管理自己的学习和生活，认识和发现自我价值，发掘自身潜力，能有效应对复杂多变的环境，成就精彩人生，发展成为有明确人生方向、有生活品质的人。

1. 学会学习

主要是学生在学习意识形成、学习方式方法选择、学习进程评估调控等方面的综合表现。具体包括乐学善学、勤于反思、信息意识等基本要点。

2. 健康生活

主要是学生在认识自我、发展身心、规划人生等方面的综合表现。具体包括珍爱生命、健全人格、自我管理等基本要点。

（三）社会参与

社会性是人的本质属性。社会参与重在强调能处理好自我与社会的关系，养成现代公民所必须遵守和履行的道德准则和行为规范，增强社会责任感，提升创新精神和实践能力，促进个人价值实现，推动社会发展进步，发展成为有理想信念、敢于担当的人。

1. 责任担当

主要是学生在处理与社会、国家、国际等关系方面所形成的情感态度、价值取向和行为方式。具体包括社会责任、国家认同、国际理解等基本要点。

2. 实践创新

主要是学生在日常活动、问题解决、适应挑战等方面所形成的实践能力、创新意识和行为表现。具体包括劳动意识、问题解决、技术应用等基本要点。

"中国大学生发展核心素养"基本表现包括：

（一）文化基础——人文底蕴

1. 人文积淀重点

具有古今中外人文领域基本知识和成果的积累；能理解和掌握人文思想中所蕴含的认识方法和实践方法等。

2. 人文情怀重点

具有"以人为本"的意识，尊重、维护人的尊严和价值；能关切人的生存、发展和幸福等。

3. 审美情趣重点

具有艺术知识、技能与方法的积累；能理解和尊重文化艺术的多样性，具有发现、感知、欣赏、评价美的意识和基本能力；具有健康的审美价值取向；具有艺术表达和创意表现的兴趣和意识，能在生活中拓展和升华美等。

（二）文化基础——科学精神

1. 理性思维重点

崇尚真知，能理解和掌握基本的科学原理和方法；尊重事实和证据，有实证意识和严谨的求知态度；逻辑清晰，能运用科学的思维方式认识事物、解决问题、指导行为等。

2. 批判质疑重点

具有问题意识；能独立思考、独立判断；思维缜密，能多角度、辩证地分析问题，做出选择和决定等。

3. 勇于探究重点

具有好奇心和想象力；能不畏惧困难，有坚持不懈的探索精神；能大胆尝试，积极寻求有效的解决问题方法等。

（三）自主发展——学会学习

1. 乐学善学重点

能正确认识和理解学习的价值，具有积极的学习态度和浓厚的学习兴趣；能养成良好的学习习惯，掌握适合自身的学习方法；能自主学习，具有终身学习的意识和能力等。

2. 勤于反思重点

具有对自己的学习状态进行审视的意识和习惯，善于总结经验；能够根据不同情境和自身实际，选择或调整学习策略和方法等。

3. 信息意识重点

能自觉、有效地获取、评估、鉴别、使用信息；具有数字化生存能力，主动适应"互联网＋"等社会信息化发展趋势；具有网络伦理道德与信息安全意识等。

（四）自主发展——健康生活

1. 珍爱生命重点

理解生命意义和人生价值；具有安全意识与自我保护能力；掌握适合自身的运动方法和技能，养成健康文明的行为习惯和生活方式等。

2. 健全人格重点

具有积极的心理品质，自信自爱，坚韧乐观；有自制力，能调节和管理自己的情绪，具有抗挫折能力等。

3. 自我管理重点

能正确认识与评估自我；依据自身个性和潜质选择适合的发展方向；合理分配和使用时间与精力；具有达成目标的持续行动力等。

二、文学经典对大学生核心素养培养的作用

在大学生核心素养培养的过程中，大学生的人文素养、艺术素养及相关的健全人格、批判性思维、科学精神及社会责任等，都可以通过文学经典的阅读与学习进行培养。其他能力，如沟通合作能力、公民与社会的参与能力，也可以通过文学经典的反复学习来进行体会和反思。总体来说，文学经典有利于促进大学生核心素养的培养，并促进大学生形成健康完善的意识形态。文学经典对大学生核心素养的培养起到了显著的构建作用。

文学经典的人文素质的构建作用在很早就已经体现出来了。作为文学经典的共识，早期文学经典作品大多来源于古代神话。在文学经典的研究过程中，叶淑贤教授提出了由神话衍生的早期文学形态具有疗伤和抚慰民生的功能。在早期，由于人们缺乏充足的科学知识，面对一些无法治愈的疾病的时候，"巫师"和"萨满"通过他们的所谓超自然力量实现了治病的功能。在古代，由于人类对自然现象缺乏足够的认识，把无法解释的自然现象定义为"超自然"的神、鬼，于是在这样的情况下产生了一系列的神话小说。在《诗经》和《楚书》中，我们也会发现中间夹杂着不少这样的故事记载。在远古时候，祭祀是人与"超自然能力"之间的对话，为了避免灾害的进一步扩散，只有通过祭祀的方式来实现对大自然的对话。早期的文学作品中关于祭祀活动有较为详细的记载，这时经典文学作品的作用主要是通过记载这些活动，来实现安抚人们心灵的作用。不可否认的是，这时候的文学经典除了在安抚人们心灵起到显著的作用外，还在不同程度上丰富了人们内心的情感世界，对陶冶人们的思想情操、净化心灵、构建人文素养等方面起着重要的作用。伊格尔顿引用了早期牛津大学教授乔治·戈登的话："文学经典首先拯救了我们的灵魂和治愈了我们的国家。"可见，无论中外文学经典，都在抚慰民众内心、

净化人文素养方面起到了一定的作用。

叶淑娴曾提出，文学经典作为人们精神世界的家园，有着重要的调节情感、理性与感性的作用。文学经典在维持人内心平衡，保持人们内心身心健康、滋养和完善人性方面有着不可替代的作用。当代大学生由于在生活和学习过程中受到外化世界的影响，难免存在焦虑、迷茫、不安的情绪，文学经典中蕴含着经典的人文素养能够很好地帮助大学生解决自身生活学习中遇到的一些问题，更好地帮助大学生完善自我的人文素养。

三、文学经典对促进大学生核心素养培养的方法和策略

文学经典的阅读和学习对大学生核心素养培养有巨大的推进作用。然而，在当前的工业化、信息化时代，文学经典的阅读与学习并不能一蹴而就，需要我们一步步地进行。在两者之间的结合方面，我们需要将文学经典的学习与当前高校的教学科学、有效地结合起来，同时进行有效地指导，才能取得更好地效果。在此基础上我们可以从以下几点着手。

（一）积极开设相关文学经典的课程

文学经典相关的课程原先只是在一些文学专业中开展，我们可以进一步加大该课程的开设，将该课程作为高校的基础课，在文学专业以外的专业进行开设，这将更有利于更多的学生接触到文学经典，对高校大学生整体核心素养的培养有很好的提升作用。当读文学经典成为大学的一种传统时，可以通过文学专业有效地带动了其他的专业，进而整体提升高校文学经典学习的氛围，让学生充分感受文学经典中的美。

（二）专业教师给予追踪性指导

在文学经典专业课程的开设过程中，应该组织专业教师给予追踪性的指导，定期组织学生开展研讨活动，在研讨活动中与同学分享彼此心得，有针对性地指导学生更好地阅读学习文学经典，通过以上这些方法，能够更好地调动学生学习文学经典的积极性，在无形之中有效地提升了学生的核心素养。

（三）邀请文学教师以论坛方式讲学

可以在学校范围内，邀请高水平的文学专业的教师以论坛方式为主的讲学，通过这种方式，能够拉近学生与高水平的文学专业教师的距离。一方面，能够帮助学生有效地解除日常学习中的困惑；另一方面与高水平的教师的近距离接触，可以营造出更好的文学氛围，能够帮助学生更好地提升自身的文

学修养，能够更好地促进高校大学生核心素养的培养。

文学经典具有陶冶情操、增加内心修养的作用，在高校开展文学经典的相关学习，能够有效地提升高校大学生的核心素养。但是由于当前大学生的日常生活习惯已经受到互联网、手机阅读等多重方式的影响。因此，文学经典的学习与阅读的开展必将会面临一些阻力和苦难，但是只要我们坚持正确的方式和方法，同时经过时间的积累，在学校以及老师的正确引导和帮助下，必然会取得显著的效果。

人们常说习惯的力量是巨大的，贵在坚持。因此，只要高校大学生能够将文学经典的学习与阅读纳入到日常的学生生活当中，使阅读成为一种简单的习惯，假以时日，文学经典必然会对提升自身的核心素养有显著的作用。

第四节 文学经典与大学生社会主义核心价值观的培育

大学生，作为当代中国特色社会主义的建造者和事业的接班人，对其进行社会主义核心价值观的教育是十分迫切和必要的。主要具备正确的社会主义核心价值观，才能在社会主义现代化建设过程中，充分发挥自身能力，将自身充分地投入党和国家的社会主义现代化建设当中。

当前，由于社会持续高速的发展，难免会出现一些不良的现象，这些现象或多或少都会影响到大学生的社会主义核心价值观。在这样的情况下，我们高校的教学工作者经过不断探索，最终发现通过文学经典的教学和熏陶，能够帮助高校大学生建立一个健康、健全的社会主义核心价值观，通过文学经典能够帮助高校大学生在建立健康、自信人格的同时，使其具备完善的人格和信仰，更利于其更好地成长。

一、社会主义核心价值观的内在含义

高校大学生社会主义核心价值观的具体含义，主要包含以下几个方面。

（一）要勤学，下得苦功夫，求得真学问

知识是树立核心价值观的重要基础。古希腊哲学家说，知识即美德。古人说："非学无以广才，非志无以成学"。大学的青春时光，一生只有一次，应该好好珍惜。为学之要贵在勤奋、贵在钻研、贵在有恒。鲁迅先生说过："哪里有天才，我是把别人喝咖啡的工夫都用在工作上的。"大学阶段，"恰同学少年，风华正茂"，有老师指点，有同学切磋，有浩瀚的书籍引路，可以心无旁骛地求知问学。此时不努力，更待何时？要勤于学习、敏于求知，注重

把所学知识内化于心，形成自己的见解，既要专攻博览，又要关心国家、关心人民、关心世界，学会担当社会责任。

（二）要修德，加强道德修养，注重道德实践

"德者，本也。"蔡元培先生说过："若无德，则虽体魄智力发达，适足助其为恶。"道德之于个人、之于社会，都具有基础性意义，做人做事放在第一位的是崇德修身。这就是我们的用人标准为什么是德才兼备、以德为先，因为德是首要、是方向。一个人只有明大德、守公德、严私德，其才方能用得其所。修德，既要立意高远，又要立足平实。要立志报效祖国、服务人民，这是大德，养大德者方可成大业。同时，还得从做好小事、管好小节开始起步，"见善则迁，有过则改"，踏踏实实修好公德、私德，学会劳动、学会勤俭，学会感恩、学会助人，学会谦让、学会宽容，学会自省、学会自律。

（三）要明辨，善于明辨是非，善于决断选择

"学而不思则罔，思而不学则殆。"是非明，方向清，路子正，人们付出的辛劳才能结出果实。面对世界的深刻复杂变化，面对信息时代各种思潮的相互激荡，面对纷繁多变、鱼龙混杂、泥沙俱下的社会现象，面对学业、情感、职业选择等多方面的考量，一时有些疑惑、彷徨、失落，是正常的人生经历。关键是要学会思考、善于分析、正确抉择，做到稳重自持、从容自信、坚定自励。要树立正确的世界观、人生观、价值观，掌握了这把"钥匙"，再来看看社会万象、人生历程，一切是非、正误、主次，一切真假、善恶、美丑，自然就洞若观火、清澈明了，自然就能做出正确判断、做出正确选择。正所谓"千淘万漉虽辛苦，吹尽狂沙始到金"。

（四）要笃实，扎扎实实干事，踏踏实实做人

道不可坐论，德不能空谈。于实处用力，从知行合一上下功夫，核心价值观才能内化为人们的精神追求，外化为人们的自觉行动。《礼记》中说："博学之，审问之，慎思之，明辨之，笃行之。"有人说："圣人是肯做工夫的庸人，庸人是不肯做工夫的圣人。"青年有着大好机遇，关键是要迈稳步子、夯实根基、久久为功。心浮气躁，朝三暮四，学一门丢一门，干一行弃一行，无论为学还是创业，都是最忌讳的。"天下难事，必作于易；天下大事，必作于细。"成功的背后，永远是艰辛努力。青年要把艰苦环境作为磨炼自己的机遇，把小事当作大事干，一步一个脚印地往前走。滴水可以穿石。只要坚韧不拔、百折不挠，成功就一定会在前方等你。

健康、健全的社会主义核心价值观的养成绝非一两天能够实现的。需要

青年自身不断地严格要求自己，将社会主义核心价值观体系融入日常的生活学习当中，形成自觉的信仰。在遇到困难的时候，也不能轻易被困难所打倒，要始终坚持信念，坚守自己的道德底线和社会主义核心价值观的底线。

二、当代高校大学生社会主义核心价值观建设过程中存在的问题

如今的大学生大多是 90 后，甚至 95 后。这一时期出生的孩子最大的特点是矛盾突出，思想价值观多元化，各种信仰并存。这就致使了我们单一的价值观，即社会主义价值观遭受到冲击。同时，符合我们历史道德观念的社会主义道德价值观也遭受到了极大的影响。当前，大学生的世界观、价值观受到了严重的冲击，有些价值观甚至与社会主义核心价值观不相容。当前大学生的价值观总体上来说是健康的，有利于国家、社会和个人的发展。但社会主义核心价值观也仍然寻在缺失的情况，其主要表现为爱国意识淡薄、敬业精神不足、诚信严重缺失、情感冷淡等多方面。

（一）爱国意识淡薄

在社会主义核心价值观的深刻内涵中，爱国主义作为个人价值层面的要求，一直被放在第一位，这是大学生个人价值观要求中最基本、最重要的一点。爱国意识同时也是一个公民最基本的道德，这是符合我们传统道德观念的。从古到今，有很多强调爱国的经典名言，最脍炙人口的一句就是"天下兴亡，匹夫有责"，这句名言从根本上将国家的利益与个人的生死仅仅的绑在一起。但随着时代的进步，当代大学生的爱国意识反而出现了下降，大量大学生对社会主义核心价值观理论学习认识不足，认为没有必要去学习。多数学生对国家当前的政治不感兴趣，对国家的最新发展也漠不关心。在触及国家利益的事件上，一些学生甚至认为，国家利益的维护是领导干部层面关心的问题，与自身并无多大关系。从这些问题我们可以看出，当代大学生更多的是考虑自身的利益，爱国主义情怀和社会主义核心价值观念弱化较为明显。

（二）缺乏敬业精神

敬业精神是一个人面对工作时的态度。敬业精神是社会主义核心价值观的具体体现，当代大学生作为社会主义事业的建设者和接班人，是否具有敬业精神显得尤为重要。这是关系祖国富强、民族复兴和实现中国梦的重要因素。然而，当前存在一定数量的大学生过多重视眼前的利益，把待遇作为选择职业的首要因素，缺乏足够的敬业精神。如今，对薪水的不满已经成为大学生换工作的主要原因。与此同时，一些学生换工作是因为他们与领导和同

事相处不好，觉得自己的工作没有前途，没有晋升的机会。"敬岗爱业的传统美德观念，已经逐渐被当代大学生所抛弃。当前，大学生选择工作的标准首先是看是否收入高、舒适，很多毕业生在工作时投机倒把，不安心工作。

（三）严重缺乏诚信

诚信作为中华民族的传统美德，也是社会主义核心价值观的具体体现。诚信是人类行为的根源，是道德修养的源泉。当代大学生是实现社会主义现代化的后备力量，这就要求他们必须具有诚实守信的价值观。然而，事实上当代大学生诚信缺失现象极为严重。首先，学术不端和考试作弊是当代大学生诚信严重缺失的重要表现。这些现象普遍存在于当前的大学生中，许多学生甚至认为考试作弊太过正常。在高校各种考试中，雇佣"枪手"、利用电子技术作弊的现象并不少见，这就导致了校园考试作弊问题的严重性。其次，高校为了提升自己的影响力，鼓励学生发表论文，这就致使一部分学生为了发表学术论文进行学术造假，大量抄袭甚至雇佣他人代写造假，这些都影响到了高校的教学氛围，造成了极其严重的不良影响。

三、文学经典对高校大学生社会主义核心价值观的培育及其影响

从当代大学生社会主义核心价值观教育的现状来看，社会主义核心价值观教育存在问题的主要原因是高校大学生在自身学习的过程中缺乏文学经典的学习及其相关文化的熏陶。中华文学经典内蕴含的经典智慧能够有效帮助当代大学生树立健康的社会主义核心价值观。

首先，文学经典可以帮助学生建立正确的道德价值观。社会主义核心价值观培养的基础就是健康完善的道德观念。当今社会物欲横流，充满了诱惑。只有利用文学经典中的智慧才能帮助大学生建立坚定的信念，才能获得分辨是非的能力。例如，中国文学经典作品《论语》和《大学》中有很多文章能够帮助大学生树立正确的道德观念。这样，大学生的培养才能由内而外逐步加强，使大学生走上正确的道路，坚持自己的信念和理想而不受诱惑。此外，文学经典也是培养社会主义核心价值观的重要手段，古人留给我们的文学经典内充满智慧哲理，可以直接帮助我们树立良好的道德观念。

其次，文学经典可以帮助当代大学生培养坚毅的意志。随着生活水平和经济条件的提高，大多数大学生缺乏吃苦耐劳的精神，这严重影响了社会主义核心价值观在大学生心中的确立。然而，在文学经典中有很多勤奋励志的例子，如悬梁刺股，凿墙偷光等等，通过这些文学经典的学习，可以帮助大学生建立起吃苦耐劳的品质。

最后，我们要充分利用文学经典中的教育方式。兼听则明，偏信则暗，充分调动其多样的学习方法，改善当前单一的教学方式。在社会主义核心价值观的培养与教学中，我们应该吸取文学经典中的开放思想，改变原有单一、固化的教学方式，通过吸引学生的学习热情，达到事半功倍的教学目的。同时，用文学经典中的教学方式，培养学生独立思考问题的能力，让学生自身认识到社会主义核心价值观学习的重要性，只有这样才能有效地提高教学的效率和质量。文学经典中可以给学生带来民族自信和文化自豪感，有利于其健康价值观的形成。

综上所述，随着社会主义改革的进一步加深，社会各方面的变革也在不断地加剧。在社会主义现代化建设过程中，当代大学生作为中坚力量，将在未来起着至关重要的作用。因此，社会主义核心价值观的培养就显得尤为重要，只有把握大学生社会主义价值观的现状，才能对大学生社会主义核心价值观教育进行正确的指引和导向。通过文学经典的提炼与升华，我们可以将其蕴含的丰富的文化与智慧与高校大学生社会主义核心价值观的培养相结合，从而在本质上提升当代大学生的人文素养和精神层次，为社会主义的现代化提供优质的后备力量。

第五节 文学经典与大学生审美素质培养

席勒说："人必须从纯粹的无性境界，经过审美境界，进入理性或道德境界，而理性或道德境界只能从审美境界发展，而不能从物质境界发展。"文学经典以其简单的文字为读者"变成奇形怪状、生动形象"，而这些"形象意境"是一种审美境界。读者对文学作品的阅读，实际上是在这一审美境界中与智者对话，在精神家园中进行心灵之旅。由此，你可以得到感官的享受和精神的愉悦，从而净化灵魂。

一、当代大学生审美素养的现状

（一）缺乏审美修养

当前，就业的压力破使大学生把全部精力都投入到"考试"和"证书"上，严重制约了其他方面素质的发展。当前，部分大学生普遍缺乏敏锐感、直觉、理解力和气场。他们倾向于以一种模式化和程式化的方式看待问题，同时，审美修养的缺乏也使他们的心理状态、文化素养和生活态度与他们的专业知识水平不匹配，严重制约了他们向更高层次的发展。

（二）审美情趣庸俗化

随着经济的发展，大学的净土越来越受到物质和金钱欲望的影响，使得一小部分大学生陷入了消费误区。从表面上看，人们从歌厅、舞厅、茶馆、酒馆，到居家卧室，仿佛置身于"美丽世界"之中，其实，这只是一种缺乏文化品位的感观刺激。如果学生长时间完全处于这种感官刺激中，会造成身心的伤害，甚至畸形。如今，以娱乐、休闲、休闲为特征的流行文化已成为一种时尚。在一些影视作品中，低俗内容的传播对大学生产生了负面和消极的影响。严肃优美的文学经典被忽视，通俗浅显的文学作品在大学生中流行起来。在审美趣味上，他们不再崇尚含蓄、质朴，而是追求露骨的金钱关系。在价值观上，主要表现为享乐主义的物质生活倾向和颓废主义的精神生活取向。

二、文学经典的美育功能

（一）人的文化积淀扎实

文学经典作为一种"文化文本形式""在最小的区域内凝结最大数量的文化精神和审美信息""塑造民族性格，影响民族心理，增加民族智慧""为大学生认识社会、认识他人、认识自己打开了一扇窗口"。因此，作为文学经典浓缩的文化结晶，学生通过阅读可以"与来自不同文化背景的人进行最深入、最有效地沟通和交流"。

（二）建立精神的基础

文学名著因其"深刻的直觉"，已经渗透到人性内在需求的冲突和现实的功利欲望之中，以便使得人类精神全面发展、人类个体生命健康成长、人与自然和谐共生。因此，阅读文学经典就是用别人的故事来补充自己的经历，用别人的经历来拓展自己的精神境界。它能使人"从生活和学习的起点就占据精神的制高点"。欣赏文学作品其实是与智者的对话，是心灵在精神家园的旅程，是与"真、善、美"的相遇。在"对话""旅程"和"相遇"中，读者的情感得到升华，思想得到调和，智慧得到提升。苏州大学卢树元教授说，他小时候读过《卖火柴的小女孩》，有一种自然的冲动是：如果我在街上遇到这个女孩，我会把我所有的零花钱都给她，带她到我家，给她一碗甜土豆玉米粥。这种冲动是一种对弱者的同情，一种发自人性深处的爱和善良，是一位伟大作家的文学作品在遥远国度里一个城市的小巷里，在一个孩子心中所激起的反响。五十年后，那回音依然萦绕在我的心中，就像庙宇里那安静而丰富的钟声，成为我工作和生活的基础。"可见，文学经典的精神种子一旦根植在读者心中，就会发芽、开花、结果。

（三）提供审美体验

文学经典具有"诗性"的特征，"它是一种基于感性生活、精神需要乃至个体和集体无意识的对世界的独特审美把握"。这种审美把握，通过原汁原味的主题内涵、人物形象、情感心理、修辞手法等方面的努力，蕴含着丰富多彩的精神世界和鲜活丰富的真实生活。因此，文学名著向读者展示的是心灵的节奏、思想的潮流和智慧的闪光。读者在阅读作品时，往往会被其深刻的思想和独特的品质所征服，这是文学经典独特的艺术魅力。可以说，读者每次阅读都会体验到一种审美体验。

（四）促进人的健康全面发展

文学名著是创造者智慧的结晶，它"往往根植于时代背景下，展示了不同的时代精神，历史现实的特点，总结和揭示了深刻而丰富的文化内涵和人类，且具有超越开放的特点。阅读文学经典可以让大家"重温人性的温暖与美好""窥见人性的黑暗与深度""遐想，增强野心，期待，找到生存的勇气"。生活中无法达到的境界，在文学中几乎都能得到满足，文学经典作为一种启迪读者心灵的因素，一旦被学生理解和掌握，就可以在读者心灵中建立起"指导标准"，起到强身健体的作用。因此，文学经典可以提升大学生的人文素养，促进大学生健康全面发展。

三、大学生审美教育的途径

（一）构建阅读文学经典的审美空间

文学经典要发挥其美育作用，首先要使读者产生情感上的共鸣和精神上的震撼。因为"审美客体总是感动着审美主体，具有深刻的意义"，所以，仅仅让审美主体有直接的情感反应和灵敏的感官是远远不够的。要接受和理解客体的意义，审美主体也必须具备理解能力，而要具备相应的理解能力，就必须有知性和理性的参与。只有"知性"与"理性"的共同参与，审美主体才能"超越单纯的情感兴奋与知性理性的理解，用一生的时间去处理审美客体的开放的终极和本源的'道'或'存在'层面"。这就要求在文学经典阅读教学中，要努力使课堂成为一个充满真情实感和生命力的审美空间。这个审美空间首先要让大学生有兴趣，才能激活大学生的潜意识；其次，让大学生沉浸于情感中理性思考。

（二）创造文学性阅读的情境

语言符号的抽象性使翻译的意象和情感失去了直接的感性，要想通过文本感受艺术形象，就必须用炽热的情感体验融化语言符号，重构形象，将作者的体验和情感从凝固的物化形式转化为流动的概念形式。创造品味阅读的情况也是激发学生的情感，调动学生的经验，所以，他们可以用自己的血肉情感体验融化语言符号，努力把作者的经历和情感从流动的凝固物质形态概念的形式。从本质上说，审美感受的前提是审美主体的情感流向审美客体，碰撞产生火花，所以，教师通过引导学生品味文本，使学生走进文本，与作者产生共鸣。

要创设品味阅读的情境，教师首先要用"陶醉"来唤起学生的情感。品味阅读在一个"产品"字上，"产品"也是一种审美活动。学生能否进入这个审美活动的情感完全取决于他们是否能准确理解和把握文本中包含的情感因素，以及促进学生准确地理解和把握文本的情感因素，这就要求教师要"把感觉穿进课文"被美感染，然后用一点"陶醉"来撩拨学生的情感"波浪"。其次，要善于捕捉"燃点"。每一部文学名著都有自己的"燃点"（即审美切入点），要抓住这个"燃点"，引导学生去品味和理解。

（三）搭建学生个性宣传平台

文学阅读心理过程，应充分发挥读者的想象力和理解力，来填补文本空白，因此，文本内容以图式化框架的形式向读者展现新鲜事物。也就是说，文学作品丰富的审美意蕴只有通过读者的阅读欣赏活动才能体现出来。这就要求文学阅读教学为学生搭建一个平台，让他们在自由、轻松的氛围中发挥想象，张扬个性。

搭建这个平台需要教师敢于走出权威的阴影，允许学生说"不"。接受美学启示我们，学生接受的是预设结构，文本是一个预设系统，而不是一个既定系统。只有敢于走出"权威"的阴影，才能提出自己独特的见解。当学生敢于说"不"的时候，也意味着他们真正进入了文本，与文本的作者产生了共鸣。他们可以在这种审美活动中积累自己的经验，从而获得一种个人的体验，并在心灵深处进行积累，从而受到美的启发。因此，只有当学生被允许说"不"时，他们才能在阅读中展开想象的翅膀，实现事物美的真谛。

（四）让文学阅读成为学生的一种生活方式

从本质上讲，教育只有使受教育者把感性的积累转化为理性，才能发挥作用。文学经典必须能够使学生沉淀情感体验，并将其转化为理性的营养，从而达到育人的目的。当读者阅读作品时，通过外在的语言形式去感受文本的内在意义，理解作者的思想感情，需要一种"解码"的能力，而要有这种"解码"的能力，首先我们要感受很多美好的事物，在脑海中收集很多美好的形象，然后逐渐认识到为什么美是自然的，才能区分美与丑。只有这样，人们才能通过审美对象的外在形式来感受美，理解美的博大精深，理解美的内在。鼓励学生大量阅读文学名著，就是让他们尽可能多地感受那些"美好的事物""收集美的形象"，让文学名著中的美元素沉淀在他们的内心世界。文学经典对人的自我约束既有隐性影响，也有长期影响。因此，为了真正提高大学生的审美素质，有必要大量地阅读，让文学阅读成为他们的一种生存方式，以形成对经典作品的敏锐感知。

总之，面对大学生审美素质缺失的现状，高校教育应重视审美教育，努力提高学生的审美素质，文学阅读教学应在美育实施中发挥主要作用。因此，重视文学经典阅读，积极探索审美教育途径显得十分重要和迫切。

第六章 大学生文学经典阅读现状及存在问题

第一节 大学生文学经典阅读现状

随着社会信息化进程加速，以数字技术为基础，以网络为载体的信息传播普及，新媒体时代来临，人们阅读载体更加丰富，除传统的纸质书籍之外，通过电脑、iPad 和智能手机等数字终端阅读成为常态，大量的网络资讯、网络文学进入了人们的阅读视野，文字与图片、视频、音频结合的形式，增添了阅读的趣味性与休闲性，但也带来快餐式阅读、碎片化阅读、效率低下、深入思考不足等问题。

文学经典是指具有极高的美学价值，在漫长历史中经受考验被公认的伟大作品，是作家对于人生、社会、历史以及艺术最深刻的理解和体悟。（一）文学经典是人文价值的主要载体，"文学经典与普通的文学作品的差别在于，前者是文学修养的必知之书和必读之书；后者则是文学修养的选择之书和非必读之书。"（二）读文学经典能陶冶情操、增加才情，高校加强文学经典阅读教育，对于当代大学生的人文素质培养、社会文化传承以及社会主义核心价值观的塑造具有非常重要的意义，是铸魂育人的重要方式。新媒体时代，大学生的文学接受方式经历"纸媒—网媒—图媒—微媒"的线性转变，但是阅读文学经典的情况却不容乐观，本章节将在前人的研究基础上，就大学生文学经典阅读现状、原因和对策进行调查研究。

我们通过设计网络问卷和走访询问形式，选取了几所高校调查。调查对象中大一学生占 39.79%，大二学生占 22.51%，大三学生占 36.13%，大四学生占 1.57%；文史专业占 85.56%，理工类专业占 14.44%，共发放问卷 400 份，有效回收率达 95.25%。问卷围绕"阅读的经典文学作品类型""文学名著及畅销书刊的阅读"等问题，力图细致了解新媒体下大学生文学经典阅读的具体情况。

通过对调查结果的具体分析，发现大学生文学经典阅读存在以下几个方面问题。

一、文学经典阅读效率低下

网络对生活的影响越来越大，有同学认为借阅书刊不如网络查找便捷，自觉选择网络阅读；也有同学认为书价较贵，所以选择电子设备进行阅读。网络阅读虽然具有内容丰富、查询方便、成本低下等优势，但缺点也十分明显。例如，阅读过程中，不时弹跳出的网页广告、夺人眼球的标题链接都会干扰阅读的专注力与整体性，导致想看的没认真看，可有可无的信息浏览了一堆，造成阅读的碎片化。

因此，手机阅读挤占了大学生阅读时间，是阅读质量降低的重要因素。据调查数据显示，仅有 33.3% 的学生对自己的阅读质量和速度满意，66.67%学生都认为文学经典的阅读在速度和质量上有问题，认为自己大多凭借网络来阅读文学经典，但往往是泛阅读，阅读局限于表面化、浅层次，缺乏深入探索与思考，读书效率低。还有学生是为了完成作业进行功利性阅读或者找不到感兴趣的文学经典读物，这都造成经典阅读粗糙而不深入。

二、文学经典阅读存在理解障碍

大学生在阅读文学经典时，会因阅读的难易来选择书目。调查中 66.41%的大学生喜欢阅读现当代文学名著，17.59% 大学生经常阅读中国古代文学名著，16.01% 的同学经常阅读外国文学名著，主要原因是古代经典历史久远，以文言文或文白交杂的语言写就，而阅读外国文学名著时也存在译语与源语之间的语言文化差异，这就造成大学生的阅读障碍，难以深入领会。而阅读的难易选择往往与大学生自身文化修养有关。

三、文学经典阅读时间少、阅读量匮乏

大学生可供自我支配的时间很多，但由于缺乏阅读的自觉性和自控力，加上没有形成对阅读的良好认知，往往会被其他因素干扰，从而挤压了阅读经典的时间。在对影响文学阅读时间的原因进行调查时，61.42% 的同学回答是上网聊天、游戏或观看影视作品等，50.66% 的同学认为是学习忙，还有同学是因为参加学团组织或社团活动没时间阅读。

数据显示，大学生文学经典阅读时长每日平均不超过 2 小时，每月各类型书籍的购书费用在 50 元以内，每年精读文学经典的数量在 1~2 本之间。由此我们可以发现，地方院校的大学生用于购买图书的费用不高，其所花费的

阅读时间不长。在调查学生最喜爱的文学名著时，仍有大多数学生回答四大名著，显示出大学生对于中国古典名著的认同。有部分学生喜爱《简·爱》《钢铁是怎样炼成的》等外国文学经典，极少数学生表示喜爱日本作家东野圭吾的《白夜行》和中国网络作家南派三叔的《盗墓笔记》。可以发现，有些学生并没有真正理解文学经典的含义，将市面畅销书籍与经典名著混为一谈，概念不清，此现象皆可以说明学生经典阅读数量的匮乏。

四、文学阅读氛围欠佳

在调查"文学阅读方面遇到的主要问题"时，有 59.58% 的大学生认为是缺少阅读氛围，而在阅读地点的选择上，50.66% 的大学生选择在寝室阅读，14% 和 12% 的同学分别选择在图书馆和教室阅读。寝室环境显然是缺少阅读氛围的，虽然舒适温馨，但室友说话、打游戏、整理内务等干扰因素较多，有种种原因打断计划，选择在寝室阅读而不是教室和图书馆，很大程度出于自身的惰性和对舒适的要求。

五、网络小说影响审美感知

新媒体时代，大学生阅读接受也在发生变化，经历了"审美愉悦—知识获取—视觉冲击—猎奇好异"的转变。在调查大学生阅读的文学类作品时，发现网络小说占了较大比例，网络小说直白单一的叙事逻辑、跌宕起伏的故事情节、缠绵悱恻的爱情以及大团圆结局迎合了大学生的补偿心理，使其在虚幻中经历期望的人生，进而获得感官愉悦。许多大学生对于猎奇题材小说阅读兴趣较大，玄幻、宫斗、架空历史、幻想重生、穿越类小说成为大学生逃避现实、缓解压力、消磨时光的借口，由此改编的影视、动漫、游戏更是受到追捧，例如，网络上十分火爆的《三生三世十里桃花》《凤囚凰》《斗破苍穹》等，这些网络小说虽然也有精彩之作，但大多都文笔粗糙、结构套路化、情节离奇化、作者年轻化，只是为了满足阅读主体消遣娱乐的内在需求，难以带来人生价值的引导。大学生沉浸其中，只关注故事性、可读性，不追求阅读的内涵和深度，必然会造成审美水平下降，面对情节复杂、手法丰富、内涵深刻的文学名著难以静心阅读，更谈不上获得审美愉悦。故而，长期阅读网络小说并不能丰富大学生自身的知识储备，反而易使大学生沉浸于虚幻世界，弱化阅读能力和求知欲，造成思维僵化，进而影响其长远发展。

六、文、理、工、医等不同院系区分显著

对全校各专业学生进行了调查问卷的发放与数据统计，通过分析后得出文、理、工、医等不同院系区分显著，文、理专业学生阅读情况明显好于工、医专业学生，而文科学生的阅读情况又优于理科学生的调查结果。

文、理专业学生对于经典名著拥有更高的认同，他们多会选择纸质的经典读物，对于阅读活动有一定的自主安排与时间规划。而工科与医科学生表示，他们普遍认为有必要阅读经典读物，但不会花费太多时间阅读。他们对于文学名著的喜爱程度不高，自身兴趣匮乏。另外，他们需要花费更多的时间进行课外实践，因而课下可支配时间少，也成为其不能花费太多时间阅读文学经典的重要原因。

文、理专业学生的阅读情况也有明显区分，文科学生阅读量高于理科学生。对文科生而言，阅读兴趣浓厚，并会接受各类文学性质的课程，学习环境成为酝酿经典阅读氛围的培养皿。而理科学生缺乏文学性质课程的熏陶，以阅读专业书籍为主，他们阅读经典在于想要通过阅读提升自己、消磨时间等。

七、各年级阅读情况呈现差异

本研究按照年级、男女比例来划分，致力于对比不同层面大学生的阅读情况。调查后发现，男女阅读情况没有明显区分，但各年级阅读情况不同。大二年级阅读情况最好，大四年级阅读情况较差，这是因为大二年级课程设置较松，有较多完整时间进行阅读。大三年级情况次之，其阅读原因在于考研需要。考研需要阅读大量专业书籍，其中也包括文学名著的阅读。对比来说，大一与大四年级阅读情况最差，大一年级初入大学，对于大学生活没有良好的规划，未来目标模糊不清，因而较易受到外来诱惑的干扰；大四年级临近毕业，准备工作的同学与考研的同学形成显著的分水岭，前者因忙于找工作与实习，阅读量明显下降，而后者选择阅读名著某种程度上是为了缓解压力。可见，由于各年级情况不同，经典阅读情况也会呈现差异。

八、与大城市本科大学生经典阅读情况表现不同

学界有关研究表明，全国范围内大学生阅读情况不尽如人意。根据我们的调查，地方本科院校大学生与大城市本科院校大学生的阅读情况存在着一定差异。与北京某大学为代表的大城市院校学生经典阅读情况相比较，两方学生都显示出新媒体时代网络发展对其产生的诱惑，导致学生阅读经典的情况不容乐观。大学生都认识到自身对于传统经典名著理解的不足，因而阻挡

其阅读的脚步。另外，两方学校的学生都以大二年级为阅读主体，其他年级的阅读情况稍次之。不同之处在于，大城市院校学生对于经典阅读有着完备深入的认识，思想方面成熟于地方院校大学生。虽然他们同时受着新媒体网络的冲击，大城市的学生内心对于经典名著有着高度的认同与归属感，这是地方院校的学生所缺失的。地方院校大学生对于经典阅读兴趣的缺失与其形成鲜明对比，在经典阅读中，大城市学生存在一个由精读到泛读的过程，由于地方院校大学生阅读基数小，因而在此方面表现不显著。总体来说，大城市学生的阅读情况较地方院校要好。

九、功利化阅读呈发展态势

一些大学生在潜意识里形成了一切从利益出发来衡量人的价值，追求奢华、享乐，攀比、无度。重功利，讲实惠，重物质，轻精神，淡化社会追求和人格追求，忽视人生理想和社会价值。尤其是考级、考证、考研等实用主义的现实需要及就业的压力，无形中造成了大学生阅读的短视行为，使他们缺乏提高综合素质的长远目标和对自身发展的长远规划。调查中发现，在学生有限的阅读中，其首选为实用之书，如英语及各种证书考试辅导书，还有所谓的走捷径、玩权术的成功之书，即便是文学书籍，也是快餐书多而经典书少。央视主持人白岩松在接受采访时表示："走进书店，全是一些有用的书，考试类的、健康类的，还有工具书等。这个社会都在倡导有用，但什么叫有用呢，跟钱、权、名利有关，就有用？这种风气只会导致社会大众视野越来越狭窄，心态越来越浮躁，这是一个非常危险的信号。"

通过调查，发现新媒体时代，阅读的多元化、大众化、功利化和娱乐化趋势对文学经典阅读的时间、数量、质量都产生了很大影响，大学生文学经典阅读现状不理想，这种现状并不单单缘于大学生自身，学校和社会都应该肩负起干预和改善这一现状的责任。

第二节 大学生文学经典阅读存在的问题

文学经典的阅读，是人们认识人生、丰富情感、陶冶情操和形成健全人格不可替代的手段。文学经典之所以是文学经典，就是因为"它所折射出的东西，是可以贯穿始终的，过去有，现在有，未来还会有的东西"。大学生之所以要读文学经典，就是因为能够从中读人性、读人生、读社会，进而帮助树立正确的理想和信念，明辨是非，确立正确的生活方式和行为方式。

关于"新媒体"的概念，清华大学熊澄宇教授认为是指"在计算机信息处理技术基础上产生和影响的媒体形态，包括在线的网络媒体和离线的其他数字媒体形式"。随着新媒体时代的快速发展，文学经典已经逐渐被大学生所淡化，多数大学生阅读文学作品，首选的不是经典作品，而是网络小说。针对新媒体时代大学生文学经典阅读的现状及对策，众多专家学者对此问题进行了探讨，本章即是在他们研究的基础上试图找到比较切实的解决方法。基于此，我们走访了多所高校，通过问卷及现场提问的方式进行了调查，目的是全面了解大学生阅读情况，以便更有针对性地进行教育与教学。新媒体环境下，大学生文学经典的阅读呈现出功利化、娱乐化、浅阅读及阅读能力弱化，大学校园缺乏人文内涵，家庭缺乏阅读氛围等状况。大学生文学经典阅读存在的问题具体表现在以下几个方面。

一、休闲娱乐成为阅读的重要目的

随着网络、手机、电子阅读器等电子传媒的全方位覆盖，大学生阅读呈现出一种生活化的特点，追求愉悦已成为阅读的目的。"务实性"成为时尚，"娱乐化"成为流行。大话、戏说、颠覆等的庸俗化，武侠、言情等的泛滥对大学生的负面影响越来越明显，导致阅读重感性体验、轻理性思考，重娱乐八卦、轻冷静沉思，重感官刺激、轻深刻透视。

二、浅阅读成为主要的阅读方式

新媒介的出现给大学生的阅读带来了深刻影响，网络媒体和手机媒体以前所未有的方便快捷吸引着大学生。他们把越来越多的时间花费到新媒介上，网络游戏、QQ 聊天、微博、微信、手机短信占据了大量的课余时间。特别是网络文学与电子版图书的流行，越来越多的大学生选择浏览性和跳跃性的阅读方式，有人称之为"读图时代""浅阅读时代"。特别是微信的出现，使得大学生在获取资讯时有了更便捷的方式，他们不再花费大量的时间看书读报。这种现象的存在造成阅读上重网络轻文本，大学生难以构建自己扎实的知识结构，达不到阅读对于自身发展与人生理想的深度思考。

三、校园缺乏人文内涵

学校教育是一个人一生中所受教育最重要组成部分，校园文化的构建、大学课程的设置、教师的讲授与引导对学生的学习至关重要。但在具体实施过程中，重知识传授，重技艺技能掌握，轻人文陶冶，教化作用的现象依然存在。如《大学语文》在有的高校就没开设，即便开设，课时量严重不足，而英语、计算机课程则占了相当多的课时量，使得许多高校的人文讲座坚持不下去，教师的指导成效不大，文学社团活动开展不了，影响了学生对文学的兴趣及对文学经典的阅读。著名学者杨叔子先生说："一个国家、一个民族，没有科学技术，就是落后，一打就垮；然而，一个国家、一个民族，没有人文精神，就会异化，不打自垮。"可见人文素养对一个人、一个民族的作用是何等重要。

四、家庭缺乏阅读氛围

家庭教育是教育的重要组成部分，家庭的藏书量、家长的阅读习惯、文化修养等对孩子具有潜移默化的影响。受到社会大环境的影响及文化背景的差异，不读书、读书少的家长不在少数，因而家庭难以创设良好的读书氛围。调查中，大部分家庭藏书量有限，其中一部分家庭没有一本藏书，受浮躁和急功近利的影响，不少家长把挣钱作为最重要的事情，他们片面地认为给孩子创造好物质条件就是尽到了责任，而忽视自身素养的提高。家庭缺乏阅读的氛围，孩子良好的阅读习惯的养成将无从谈起。

五、大学生阅读能力的弱化

新媒体的出现改变了大学生的思维方式，使得他们过于依赖图像获取信息，而不习惯通过阅读文字获取知识并进行独立思考，从而厌恶阅读。调查中发现大学生阅读热情低，阅读数量少，阅读质量差，阅读能力弱，同时有相当一部分的文学经典卷帙浩繁，内容博大精深，特别是古代文学及外国文学经典语句艰涩难懂，阅读起来有相当的难度，一定程度上影响了他们对原文的深度理解。阅读不足直接导致大学生知识面狭窄，逻辑思维能力弱化，论述问题就事论事，不深入、不全面；词汇贫乏，语言表达不流畅；文字书写及标点符号使用不规范等。

六、大学生文学经典阅读边缘化

在市场经济的冲击和就业竞争的压力下，阅读和学习讲究实效，成了大学生的普遍心态，他们已经无法像以往那样保持宁静平和的阅读心境，将阅读当作人生享受，而更多的是将它作为一种寻求个人更高社会经济地位的"敲门砖"。笔者查阅了多个高校图书馆的热门借阅书籍情况，外语、计算机等级考试辅导，考研、公务员、报关员考试辅导等考证类辅导书和职场成功学类图书都榜上有名。学校周围的书店里，各类考试教辅书籍热销到断货，而文学经典类书刊只占了角落里很小的一块空间，备受冷遇。

现代社会竞争的加剧，大学生脑力劳动强度和内心压力的加大，使得他们的阅读情趣受到压抑，在必需的课业阅读和实用阅读之外不愿意费力气钻研和深思。大众休闲读物通俗易懂、娱乐性强，无须深刻的思考，就能够自我放松，也能获取一定的精神慰藉，因而成为大学生阅读的宠儿。戴建陆、张岚在对东北大学、辽宁大学等沈阳地区 8 所高校近 1500 名在校本、专科生及研究生的课外阅读行为调查中发现，在"大学生课外阅读主要图书类型"一题中，选择"休闲娱乐类书"占样本总数的 62.11%，明显高于经典名著（35.12%）及其他选项。据笔者 2012 年对江苏大学 600 名大学生阅读行为的问卷调查结果，课外阅读主要内容中，消遣娱乐类读物所占比例高达 52.7%，而文学经典类仅占 25.1%，前者也明显高于后者。经典阅读在娱乐消遣阅读面前的地位竟是如此尴尬，对于有着十几年阅读经历的大学生来说，这一现状真是令人大跌眼镜。再加上受视觉娱乐文化的吸引，不少大学生热衷于感官娱乐体验，欧美大片、娱乐综艺、卡通动漫、港台和日韩电视剧等所表现出来的东西似乎更能吸引他们的眼球，迎合感官愉悦、具有快餐性质的娱乐流行文化成为这些学生追逐的风尚，他们逐渐满足于直白的刺激，对厚重的精神营养不屑一顾。

在调查中还发现，尽管大学生对文学经典阅读的价值普遍有一定的认知，但在实际阅读行为上却没有表现出对经典阅读的重视。多数学生一年阅读全本的数量不到 5 本，甚至有学生 1 本都不读；阅读过经典的学生涉猎范围也普遍狭窄，列出的读物多集中于一些知名、易读的经典，如中国的四大名著、《骆驼祥子》《家》等，外国的《飘》《简爱》《傲慢与偏见》等，其中不少都是中学时期已要求读过的作品，大量有价值的经典读物还未能进入到大学生的视野中。大学生文学经典的阅读深度也远远不够，绝大多数学生对读物内容一览而过，理解流于表面，没有潜心体会其中的思想内涵，极少撰写阅读笔记和定期重温。此外，许多学生在阅读经典时不是去阅读原本，而是直接阅读改编解读作品，"被读"现象十分突出。如受《百家讲坛》的影响，于丹的《论语心得》、易中天的《品三国》等通俗化的"经典"受到了大学生的欢迎，各类原著的图文精华版也在大学生中有较高的阅读率，这些改编和解读作品当然具有一定的价值，但毕竟是别人对经典内涵的理解、切割和重塑，不去阅读原本在某种程度上会限制读者自身对原著的深刻理解、独立思考和自由想象。更为严重的是，有不少学生以看改编电视剧和连环漫画代替阅读原本，习惯于被动的信息接收，而取消了掩卷沉思的契机，甚至乐于阅读戏说、水煮、大话等含有恶搞性质的"经典"，歪曲误解了经典阅读的本意。

新媒体时代，信息传播的方式、主体和内容都不同于以往。传统媒体，如报纸采用的是"点对面"的单项式传播方式，受众只能"被动"接受信息，很少有机会主动去选择信息。但新媒体的交互性使得传播方式发生了巨大变化，每个人既可以是信息的传播者，也可以是接受者，而且每人都有选择信息的主动权，主动去发现信息，选择、利用信息，传播信息。故而，新媒体时代，信息传播的方式、主体、内容都呈现出多元化的状态，这是一个多种传播主体、多种信息源、多种传播媒介共同作用的一个时代。

以往文学经典价值的存在和传承主要靠口耳相传、书籍刊印等，这确保了文学经典的权威性和传承的稳定性。新媒体时代，大众传媒的发展，使以往依靠文学经典传承的民族精神、价值观念等，在当代大学生这里可以通过多种渠道获得，而且更为便利和快捷。再加上当代娱乐消费文化观念、功利主义和物质主义至上的影响，整个社会呈现出浮躁的风气，文学经典的外在生存空间和环境不可避免地受到了影响和挤压。久而久之，文学经典在高校中就被边缘化，不再受大学生的欢迎和重视或被束之高阁。故而我们在问卷调查"你每周课外阅读文学经典的时间是多少"中看到，有 59.65% 的学生阅读时间少于 2 个小时，也就是说平均每天不到 20 分钟；而另外 28.45% 的学生阅读文学经典的时间在 5 个小时之内，即便如此平均每天也不到一个小时。文学经典无用论弥漫在众人之中，大学生不再涉足文学经典原著，高校课程之中也很难寻觅文学经典教育课程，文学经典逐渐被边缘化。

七、大学生经典阅读的发展态势整体较差

经典文学来源于现实生活，而网络文学在很大程度上却与现实生活脱节，他们一般叙写虚无缥缈的内容，宣扬纸醉金迷的物质生活，表达无病呻吟的情感。按照作品内容，网络文学大致可以分为玄幻、武侠、科幻、言情、游戏，而其中部分又被搬上大荧幕，像《小时代》《华胥引》《何以笙箫默》，使读者更容易接触到这些作品，这其中尤以青年大学生为代表。但网络文学的模式僵化，抄袭成风，不能揭示现实生活，不能给予读者以思想上的启发，文学价值不高，这样的作品与经典作品相比，注定只能是消遣文化，最终会被历史的浪潮淹没。

"书中自有黄金屋，书中自有颜如玉"，读书在古时候便已有了些许功利色彩，为了一举登第，为了荣华富贵。而现如今，阅读的功利化如今仍然大行其道，当前大学生读书大多以自我利益为前提，比如大学生为了考证，主要阅读相关的教辅用书，而那些探讨世界的起源和历史的变迁、传递人文思想和传统文化的古典书籍无人问津，他们以能够获取一些好处而去阅读书籍，很少能够真正静下心来慢慢地品阅经典文学。

所谓"浅阅读"是指阅读内容多为网络小说或者新媒体平台的碎片化文

章，阅读方式多为浅尝辄止的快速阅览。电子阅读由于具有方便快捷、内容丰富、设计人性化等特性，越来越受到大学生群体的青睐。高校里很多学生在去往教室、食堂的路上，或是戴着耳机听着有声读物，或是捧着手机看着电子书籍。但是这种阅读方式多是为了娱乐消遣，获得的是碎片化信息，容易导致思维惰性。正如《娱乐至死》一书的作者尼尔·波兹曼所言："一切公众话语都日渐以娱乐的方式出现，并成为一种文化精神，阅读变得轻盈的同时，也开始变得不再严谨。"

八、消费娱乐化的文化价值观致使文学经典被戏说、大话改编

传统时代，教育和价值观念的阐释是以社会上的文化精英为主。新媒体时代，人人都是社会信息的传播者和参与者，社会时代的主导力量开始由精英转向大众，由贵族精英所消费的文学经典开始进入普通大众的视野。"随着经典主导力量的变化，文学经典也就在以消费文化为主体的时代，被纳入普通大众日常的消费活动中去，成为满足大众欲望的手段之一。"为了反叛和解构传统并凸显自己的话语权，大众开始一改贵族精英对文学经典的教育和阐释观念，对文学经典进行大肆地戏说、改编、大话等以彰显大众文化的消费价值观念。这些文化价值观念很快开始在大众中传播，而站在时代前沿的大学生对此更是拍手称快。所以，在问卷"您接触新媒体的主要动机是什么"的调查中，有73.98%的同学选择了"休闲娱乐"；在问卷"如今您最常用来接触文学经典的途径是什么"的调查中，有16.76%的学生选择了"看改编自文学的电影、电视剧、网络视频等"；在多选问卷"现在很多学生不热衷于阅读经典文学，您认为原因可能是什么"的调查中，有54.58%的学生选择了"看过相关介绍或影视作品、游戏等，对内容不感兴趣"的选项。可见文学经典的大话、戏说、改编等在当代大学生中的流行程度之广。

大学生受到大众传媒时代这种娱乐消费文化价值观的影响，对传统文学经典开始疏远或解构并再结构，不再关注传统文学经典书籍，而转向网络言情小说、武侠通俗文学、颠覆式的戏说、游戏等，即便如此，也是以浏览快餐式文化的方式阅读电子书籍，更遑论阅读文学经典纸质书籍。以至于在问卷"您阅读过以下哪几部文学经典作品"的调查中，仅有5.95%的学生阅读过《牡丹亭》，14.88%的学生阅读过《高老头》，10.8%的学生阅读过《荷马史诗》，19.18%的学生阅读过《边城》，即使被称为中国四大名著之一的《红楼梦》阅读率也仅有60.42%。但大学生对当代不同文学经典的"大话""戏说"却是信口拈来。由此可见，文学经典作品对当今大学生的影响力日渐式微。

第三节 大学生文学经典阅读存在缺失的原因分析

文学经典作为人类宝贵的文化遗产，凝结了不同民族的智慧。经典之所以能够成为经典，其中必然含有隽永的美、永恒的情、浩荡的气。经典通过主题内蕴、人物塑造、情感建构、意境营造、语言修辞等，容纳了深刻流动的心灵世界和鲜活丰满的本真生命，包含了历史、文化、人性的内涵，具有思想的穿透力、审美的洞察力、形式的创造力，因此才能成为不会过时的作品。随着新媒体时代大众传媒的发展，消费文化的盛行，大学生对文学经典的阅读更是呈现出了碎片化、浅阅读甚至是不阅读等特性，而文学经典教育也被各高校置于可有可无的境地，致使文学经典在大学校园处于边缘化的尴尬状态，但网络新媒体是把双刃剑，它的出现和发展也为大学生之间的交流、学习带来了诸多便利。如何利用新媒体时代大众传媒的便捷性探索新的文学经典教育路径，最大程度上减少、甚至避免新媒体对大学生文学经典教育带来的弊端，积极发挥新媒体的积极性，从而破解新媒体时代文学经典教育面临的困境。

一、读书习惯致使文学经典教育和阅读表层化

阅读书籍能够促使学生进行深度阅读和思考，"读者在阅读散发着油墨味的纸质文本时可以任由自己的想象参与作者创作时创设的想象空间，在与作品中的人、事产生共鸣的同时最大限度地发挥了自己的想象"。但随着移动互联网的发展，大学生的阅读习惯和方式发生了重要转变。"科技发展带来的变化，最直观的感受是速度的提高，在一切都是快节奏的形势之下，图像观看比文字阅读占据更大的优势。"在大众传媒时代的今天，我们进入了一个文字与图片共生的知识传播空间，读图俨然成为大学生的日常生活中的一部分，无怪乎海德格尔早在 20 世纪初就喊出了"世界被把握为图像"的豪言。

二、地方本科院校大学生文学经典阅读匮乏的原因

（一）浮躁社会风气的影响

社会浮躁作为一种急功近利、好大喜功的病态心理，对社会各界产生广泛影响。文化界的浮躁风气表现在对于销量的过分关注，出版商追逐利益，大批量发行畅销书，而某些作家为了迎合大众的口味，文学作品浅薄平庸，

难出经典。文化界受到浮躁心态的影响，在社会层面难以对国民形成有益的阅读引导。浮躁心态也普遍体现在高校大学生群体中，这种风气导致大学生在经典阅读过程中急功近利，追求看得到的效果，不能专心致志、持之以恒。大学生更愿意阅读专业教辅书籍，以提高自身的专业技能，阅读经典名著不能立刻收效卓著，因而文学经典不是大学生阅读的首选书籍类型。

（二）科技发展及网络盛行的弊端

科学技术的发展与网络的盛行逐渐暴露出不可忽视的弊端。某些大学生沉迷网络不可自拔，深受"网瘾"的荼毒，没有良好的生活方式与学习习惯，更遑论通过阅读经典名著来提升自我。部分大学生阅读形式也从经典的书籍阅读发展到视觉媒体、互联网等日益复杂多样的"泛阅读"形式。这种传统经典的阅读到世俗泛滥的大众俗文化阅读的转化，将对文学经典的传承产生冲击。对于地方院校的学生来说，又普遍存在自我控制能力较差的特征，因而科技的发展与网络兴盛成为致使经典阅读匮乏的重要原因。

（三）地方院校大学生自身的影响

1. 自我约束能力较差

笔者在直接访谈中发现，大学生在探究经典阅读缺失的原因中，普遍表示该校没有对相关内容进行强制性引导。究其根本，是其自身的约束能力较差。大学生笼罩在浮躁社会风气与网络盛行的情境下，没有良好的阅读氛围，而独自阅读经典将变成一件"特立独行"的事情。为了不显示自己的"特立独行"，有时大学生将忽视事件本身的含义与价值，以确保自身能够有效融入社会群体中。

2. 功利性价值观的缺陷

大学生虽然文化素质较高，但因缺乏社会实践的磨炼，辨别是非的能力较差，自律意识不强，因而对于功利主义中的消极方面抵抗力较弱。当大学生阅读一部经典著作后，发现实际收效甚微，并不能得到明显提升，便会失去阅读的兴趣。他们将很快投入到兼职、家教等有实际收益的活动中，或有的学生进行体育锻炼、用摄影旅游来陶冶自己。大学生所存在的功利性价值观，将折损经典阅读的深刻内涵，使其看不到经典阅读的真正价值所在。

3. 经典阅读认识的缺失及兴趣的缺乏

学生对于经典阅读没有正确的认识及阅读兴趣的缺乏是自身阅读匮乏的原因之一。工科学生显示出明显的认识缺失，他们阅读经典数量少，但对经典名著形成了"枯燥、乏味、看不懂"的定性观念。大二年级的学生表示，经典阅读不过是缓解理科学习压力的方式之一。另有大学生认为网络小说的趣味性更浓厚，他们更喜欢唐家三少、南派三叔等作家，而对中外著名作家莫言、爱丽丝·门罗等仅是听说过而已。

4.专业所限及理解能力的偏差

阅读经典无用论几乎成为理工科学生的共识，专业属性拉开学生与阅读之间的鸿沟。地方学校针对理工科开设的大学语文，以实用为目的，主要教授实用文的写作，较少涉及相关名著文章的分析，因而理工科学生很难在课程中受到文学的熏陶。部分学生也表示出对于经典阅读的浓厚兴趣，但阅读后发现因自身理解能力的限制，不能很好地接受作者所要表达的意思，阅读后处于一种朦胧的状态。因理解能力存在的偏差，部分大学生在经典阅读中被打消了积极性。

（四）地方本科院校所呈现的局限性

1.图书馆馆藏资源较少

图书馆是学生阅读的主要场所之一，而地方本科院校图书馆存在资源不足的问题。图书馆图书类型收藏不均，校内重视实用书籍的采购，因文学专著价格高的情况而不断削减采购数量。另外，学校不重视文学专著的更新换代，或受经费限制，图书馆藏书常年不进行更新，所藏书籍大多老旧，甚至有的已经被图书市场所淘汰。

2.引导力度不足

地方院校对于大学生阅读经典存在引导力度不足的情况。单从校内授课来说，大学语文为理工科学生唯一接受的文科类公共课，其实用性的本质不能起到很好的引导学生阅读经典的作用。另外，校内缺乏营造良好的阅读氛围，没有举办适合鼓励学生进行阅读的活动。例如，将加综测的方式换成参与活动的推动，也将收到显著效果。

3.各地方本科院校缺乏交流

地方本科院校学生的经典阅读情况必定大同小异，存在相通的问题，然而各地方本科院校没有很好地联系起来，对问题进行沟通、交流，这是地方高校的缺失。各地方高校应对本校学生阅读经典的情况高度注视，加强地方之间的交流，这样不仅能够共同寻找策略促进学生阅读，也能够有效加强地方各兄弟院校间的情谊。

三、大学生文学经典阅读边缘化的原因

（一）大众快餐文化的冲击

网络时代变化多端，随着经济和文化的激烈转型，生活节奏的加速以及

选择多样化、利益优先化、信息碎片化等因素的影响，人们加快了阅读的节奏，促成了快餐文化的诞生。这种快餐文化的特点是轻松、刺激、时尚、变幻莫测，阅读过程中不需要太多的深思熟虑，能使在快节奏中忙碌的人得到暂时的愉悦和放松，缓解竞争带来的心理压力，因而受到大学生的青睐。快餐模式的养成使得阅读时很多有价值的内容成为了过眼烟云，而一些肤浅刺激的东西却能占据记忆中的一席之地。这种浮躁的情绪潜移默化地影响着大学生的阅读态度和行为，他们更加注重短期收益和视觉听觉的感官刺激，逐渐忽视了成长过程中精神世界必须汲取的深度养分和阅读持续积累的重要性，难以再静下心去读一本真正意义上的好书了。

（二）文学经典的阅读难度

所谓文学经典，是经受时间的长期洗礼与历代读者的不断审验而流传下来的、具有跨时空穿透力和持久影响力的作品。虽是人们渴望的阳春白雪，但它的思想深度和阅读难度在一定程度上造成了文学经典的曲高和寡，难以在普通大众中普及。经典包含着作家独特的审美体验、深刻的人生智慧、驾驭文字的高超技能和使用语言的非凡手段，任何一部文学作品，无论其成书年代和传承经历，其本身就是一个时代的表征、是一段无法追溯的历史沉淀、是一种无法复制的美的凝结。创作文学经典需要天才的作家，读透文学经典也需要非同一般的知识积累和文化素养，若想与大师比肩对话，就需要自身修养和理解力够能触及大师的高度，这其实是有一定难度的，需要在阅读过程中逐渐积累、锻炼和培养。经典阅读的难度也使得不少大学生望经典而却步，更谈不上深入钻研和反复品味了。

（三）学校、图书馆经典阅读教育引导力度不足

许多高校仅有大学语文这一门课程是规范性教学经典相关阅读的内容，且非中文专业的学生也不都必修这门课程。仅靠大学课堂上的经典阅读教学也还是远远不够的，阅读量小，被动的语文说教方式难以调动大学生经典阅读的积极性。而对学生阅读能起一定指引作用的高校教师又多把工作重心放在了专业教学和科研上，忙于教学任务和科研课题，自身对文学经典阅读就无暇深入，推荐给学生阅读的亦多是专业方面的参考书目，难以很好地指导学生文学经典阅读行为。高校图书馆在经典教育引导方面也存在不足，多看重文献检索等信息技能的培养，忽视了阅读人文教育的重要性，经典导读工作多还停留在简单的书目推荐和不定期的文化学术讲座上，未能根据大学生的阅读需要和阅读特点，定期的、分层次的、持续有计划性地进行阅读推广和开展有针对性地导读服务。

四、读图时代对文学经典阅读的冲击

随着当今信息技术和网络的高速发展，人们不知不觉进入了一个全新的时代——读图时代（也叫新媒体时代）。读图时代的到来也意味着文学传播的媒介不再单一化，而是变得多样化，例如电子媒介、数字媒介等新媒介的产生都严重冲击着传统的书面文字媒介。读图时代的一个显著特征就是以文本形式呈现的语言文字的吸引力遭到弱化，以图像方式呈现的视觉材料得到强化，对于乐于接受新事物的大学生来说，这是不需要通过阅读文本的语言来营造的一个头脑的世界。大学生似乎在视觉娱乐中见证了真实的历史和现实，不再需要通过阅读文学经典这种传统的形式来了解中华文明的起源和发展，不得不说这是一种令人担忧的现状。如今在大街、公交车、餐厅等公共场所中，随处可见的是大学生手里拿着手机、iPad 等电子产品目不转睛地看着电视剧、电影、综艺节目等，却很少看见大学生在这些公共场所中手捧着文学经典在阅读，大学生茶余饭后谈论的焦点往往是日韩明星、英美球赛，而不是中国文人、民族英雄，所以我们不得不承认读图时代的到来对文学经典阅读产生了前所未有的冲击。

五、快节奏的生活对文学经典阅读的阻碍

现今是一个注重速度、追求快节奏的时代，任何人都不想落在别人后面，更不想被时代所淘汰，每个人都呈现出一种与时间赛跑的状态，普遍信奉物竞天择，适者生存的法则。接受过高等教育的大学生群体更是紧跟时代的步伐，紧抓时代的脉搏，其一切行为都追求一个"快"字。他们拼命奔跑，在他们的周围充斥着快餐式文化、快餐式消费，也正是这种快节奏的生活，让如今的大学生无法静下心来去细细品读文学经典，更不必说去思考人生、体味人生。阅读文学经典本应是一个陶冶情操、净化心灵、传承文化的过程，但在部分大学生看来，阅读文学经典却是一个既费时间又费精力的过程，一个付出与回报不成正比的过程，一个与时代节奏不符甚至是与时代节奏相悖的行为。我们暂且不论他们的这种想法是否正确，但我们不得不承认快节奏的生活的确让部分大学生无暇阅读文学经典，毋庸置疑，快节奏的生活对大学生文学经典阅读的展开是一个不小的阻碍。

六、大学生面临的压力对文学经典阅读的阻挠

作为接受过高等教育的群体，大学生似乎是许多人所羡慕的群体，在常人看来，他们有知识、有文化、有思想，俨然天之骄子、时代宠儿，但实际

上，在这个竞争日益激烈的 21 世纪，他们却面临着前所未有的挑战和让人窒息的压力。众所周知，20 世纪八九十年代的大学生在数量上远远少于 21 世纪的大学生，当时仅仅读一个普通大学，毕业后也往往有几份合适的工作等着他们去挑选。

相比较而言，21 世纪，除去那些名牌大学毕业的大学生，大多数普通院校的大学生面临的是"毕业即失业"，试问在这种情况下他们哪有心情去阅读文学经典？他们把时间和精力用在考各种证书，培养各种技能，参加各种社会实践上，力求在毕业后这些能成为面试时取胜的筹码，他们认为阅读文学经典并不能为他们的职场加分。事实上，表面光鲜亮丽的大学生有来自多方面的压力，父母施加的压力、老师施加的压力、社会施加的压力，这些压力让他们紧张得喘不过气来。阅读文学经典应该是在一种身心放松、自由自在的状态下进行的，试问在重重压力下，在一种紧张得几乎喘不过气来的状态下，大学生怎么能无所顾忌、自由自在地捧本文学经典，静静品读呢？由此可见，大学生面临的多重压力严重阻挠了他们对文学经典的阅读。

第七章　大学生文学阅读行为影响因素

第一节　大学生文学阅读需求、类型影响

本研究采用简单的随机的方法，对目标大学的大学生分别发放了纸质问卷和自填问卷。经认真筛选，对收集的有效问卷进行深入分析。通过对问卷项目的分析，发现问题的辨别性较好，可以在初试后的正式调查中使用，其调查结果如下。

一、阅读需求和阅读类型的性别差异影响阅读行为

调查结果显示，就性别而言，女孩比男孩更有分享文学的需求。可能是因为女生的情感更加丰富细腻，所以比男生更倾向于与他人交流、分享自己的感受，这与之前一些研究学者的研究大致相同。此外，在阅读的类型上，男性和女性也存在着差异。男生偏向于阅读幻想类、武侠类、游戏类、体育类的作品，女生则喜欢阅读城市类、现实类、女生网类等相关的作品。因此，性别差异也是导致阅读需求、阅读类型和阅读行为显著差异的主要因素之一。在对性别差异的解释中，社会文化发展中性别角色的差异所导致的男女之间明显的生理差异以及性格和兴趣的差异直接影响着阅读需求和类型的选择，最终导致阅读行为的差异。

二、不同年级学生的阅读需求和阅读类型的差异影响阅读行为

在具体的调研中，我们看到，大一和大的三学生对文学阅读的需求明显高于其他年级的学生。从阅读需求调查来看，思想需求并不是文学阅读最重要的需求，这可能也是大学生群体的需求特征之一。另外，从数据上看，新生的思想需求在所有年级中是最高的，而且读者数量也是最多的。与其他年级的学生相比，新生入学时间较短，课程相对简单，时间较为充裕，对阅读的需求也较大。因此，在盲目性与娱乐性并存的情况下，选择语言生动、通

俗易懂、娱乐性强的文学来阅读、期待满足内在思想上的需求就变得合理了。事实上，在相关的学者的研究上表明。发展国家阅读行为在数字时代，整体读者对内心思想的要求阅读并没有削弱，随着数字时代的到来，显示了逐渐增加的趋势。最明显的是，读者失去耐心是变化的一个重要标志。

在阅读类型上，大三年级学生对作品中追求刺激的需求较高。总体上看，高年级的学生在题材上更为偏向历史类型的文学作品。根据内蒙古大学图书馆快讯微信公众号发布的内蒙古大学 2017 年读者利用情况报告显示，南北校区 2017 年中文图书借阅排行榜前十名中，小说类就占了六部，小说一部为《盗墓笔记》、历史小说一部《大秦帝国》、探险类小说两部为《藏地密码》《藏地密码 4》，此外还有金庸的传统武侠小说《天龙八部第 2 版》、日本作家村上春树小说《1Q84》，另外还有一部与历史相关的书籍为《内蒙古通史》。由此可见，历史题材与神秘刺激类型的文学作品，一直受到大学生读者的追捧。

除了在阅读需求和类型上，这里还对阅读平台的使用习惯进行了调查，大四年级及以上的学生，在文学阅读中，较其他年级更爱使用电子阅读器进行阅读。选择电子阅读器阅读的原因，可能是由于高年级学生，在日常课业或者学位论文写作当中，需要查阅大量的相关资料书籍，阅读的目的性、功利性和针对性相对于其他年级而言更强，大量的纸质版书籍并不方便携带、手机用来阅读的屏幕小且干扰较多、平板等设备的续航能力不足，由此看来，电子阅读器存储量大、便于携带、类似纸质书籍的墨水屏幕不仅阅读体验简洁，而且续航能力也强，这些特点使得电子阅读器成为大四年级学生进行阅读的首选工具。

三、不同专业学生阅读需求和阅读类型的差异影响阅读行为

调查结果显示，社会科学和自然科学这两个专业的学生对阅读文学知识方面的需求较高，人文科学相关专业的学生对阅读的需求较低。我们从阅读类型来看，自然科学及社会科学类的学生更倾向于阅读军事作品，而人文学科学生阅读军事作品的倾向较低。由于专业不同造成的阅读需求和阅读类型的差异主要内在原因是在于文科和理科的差异上。自 1997 年恢复高考以来，高中文理分科制度一直备受争议。2014 年启动的机构改革预计到 2020 年完全完成，将终结文理分科的历史。但目前，从高中开始，文科生和理科生所接受的思维方式不同，高校文科生和理科生的课程设置和思维方式存在明显差异。因此，文科生和理科生可能对信息的处理方式不同。瑞士认知心理学家皮亚杰在其关于儿童成长与发展的研究中提出了认知图式的概念，并被广泛应用于心理学及教育学的领域。人类认知行为的基本模式，或心理结构、认

知结构或认知引导结构。因为基模具有开发转换集群的知识、对知识的功能预测和决策控制的特点，所以文科生，理科生认知图式完全可能存在差异，如罗伯特信息处理模型描述的基本模型理论中所阐述的那样，文理科学生在激活自己思维相关的基础模式上存在差异，影响他们对阅读内容的理解和记忆，满足不同阅读需求，喜欢不同类型的阅读，最终导致他们阅读行为的差异。

四、不同利他性引起的阅读需求和阅读类型的差异影响阅读行为

较高的利他主义是同情、合作、信任和爱帮助他人，而较低的利他主义通常是竞争性格。本研究将利他主义分为五个层次：低利他主义、挑战利他主义、调停利他主义、包容利他主义和高利他主义。结果显示，在阅读需求方面，低利他分享需求较低。包容利他主义的人在知识需求、娱乐需求和思想需求上有更高的选择。包容利他主义对知识的要求高于宽容的人，只是在知识方面，包容利他主义对知识的要求高于宽容的人。在阅读类型上，包容利他主义只喜欢城市和现实的作品。此外，他们对其他类型作品的需求也比较低。与高收益者相比，低收益者对各类作品的需求分布更加均匀。基于他们对城市和现实主义作品的偏好，他们也更喜欢科幻、幻想的文学作品。高利他主义学生只阅读主流作品，而低利他主义学生除了都市、现实等主流作品外，对科幻、超自然、幻想等作品需求较高，阅读动机相对较高。因此，在阅读文学作品时，低利他主义的学生可能会更有动力。

五、不同道德意识水平引起的阅读需求和阅读类型的差异影响阅读行为

道德感也被称为责任感。较高的道德感表现为可靠、自律、严谨、有计划、有追求的特征。本研究将道德感分为低、灵活、均衡、集中和高五个层次。结果显示，在需求层面上，道德感低的人对思维的需求较高，而道德感高的人对思维的需求较低。道德水平低的学生的整体需求强于道德水平高的学生。其次，在偏好类型上，专注的学生更喜欢阅读现实和幻想类文学作品，对科幻和超自然作品的需求较低。从整体上看，专注的学生比道德感低的学生对阅读类型更感兴趣。所以，对于文学阅读而言，低道德感的人可能比高道德感的人更有阅读的动力，但是就阅读的类型而言，低道德感的人所涵盖的题材并不广泛。

第二节 大学生人格差异影响

一、不同水平的适应性带来的阅读需求和阅读类型的差异影响阅读行为

适应性也称为情感适应性。它是指个体经历不愉快情绪，陷入焦虑和愤怒的倾向，可以反映一个人的情绪和心理稳定性。需求动机调查结果显示，适应性强的人对审美和知识的需求较高，而对共享和信息的需求较低。相反，适应性较弱的人对共享和信息的需求较高，对审美和知识的需求较低。对于适应能力较弱的人来说，分享和阅读信息更有可能缓解自己适应能力较弱所带来的心理和情感压力，通过与他人分享和获取信息与外界沟通，进行情感排解和宣泄。

从阅读类型来看，适应性较弱的人不仅喜欢阅读城市和现实主义作品，对科幻、历史、武侠等作品的需求也较高，尤其是阅读动机最明显的作品。情绪不稳定、易怒和焦虑的大学生可以通过阅读预测未来的科幻小说、发生过的历史小说或英雄武侠小说来控制自己内心的不稳定。在某种程度上，它可以减少自然焦虑、易怒和情绪不稳定的发生率。理解阅读需求和阅读类型是理解阅读动机的基础。一般心理学认为，需要是动机的基础，需要越不同，动机就会越不同。因此，最终的阅读行为必然会受到动机差异的影响。

二、不同水平的社交性对阅读行为的影响

不同水平的社会适应能力所表现的阅读需求及阅读类型差异影响阅读行为社交性，这也可以被称为社会交往方面的互动，或者是情绪性，这可以表现为一个人的不愉快情绪、焦虑或者愤怒的倾向。据调查，首先在阅读需求方面，低社交性的人对消遣需求和刺激需求的要求较高，远高于外向人群，但对分享需求、资讯需求的要求明显较低。外向人群对消遣需求的要求最低，但对知识需求的要求却较高。低社交性的人在人际交往方面的能力可能要低于高社交性者，在社交活动中，本身也更加倾向于独立的、自我排解的方面，因此，对消遣方面的需求可能就较

高。低社交性的人通常对刺激性的要求较低，但调查中低社交性的大学生却对阅读的刺激性的要求较高，并且远高于外向性人群，这也可能是学生在阅读文学作品时，期望获得娱乐消遣的满足感，对追求刺激的需求普遍、泛化的一种特征。

其次，在阅读类型方面，低社交性的人除了对都市类作品的喜好外，对科幻、奇幻类型的作品也较为喜好，对体育、二次元和武侠类型的作品喜好程度较低。外向性的学生虽然也对奇幻类型的作品较为喜欢，但其程度远低于低社交性的学生。并且，外向的学生还喜欢阅读现实、历史和二次元类型的作品。在研究中发现，匿名性可以使低自尊的、害怕交往的人克服交往的障碍，满足其生活中所缺乏的社交需求，这样的结果与科幻、奇幻等虚拟类作品的阅读，满足了不喜好和外界接触的低社交性大学生娱乐消遣、追求刺激的需要的结果相类似，并且在使用满足方面基本保持相同。

三、不同程度的开放性

不同程度的开放性所带来的阅读需求和阅读类也存在差异，体现了人们的认知方式、对待新鲜事物以及知识的好奇、创造力以及对新奇事物的偏好。研究将开放性分为五个层次：低开放性、保守性、中等开放性、开拓性和高开放性。调查显示，首先，在需求方面，开放度高的学生对娱乐、知识、信息的需求较高，对思想、审美的需求较低；开放度低的学生对娱乐、思想和知识的需求较高，但低于开放度高的学生。开放度高的学生对知识的追求和认知可能更积极、更有上进心；开放性低的学生对思想娱乐的需求可能与其性格的稳定保守有关。其次，在偏好类型上，开放性低的人更喜欢城市类、现实类、军事类、历史类作品，而不太喜欢奇幻类、奇幻类、精神类、科幻类作品。开放度高的人群差异明显。除了现实，他们还喜欢游戏和幻想。偏好类型的调查更明显地反映了阅读动机对人格的影响。传统保守的学生对现实主义、军事和历史作品更感兴趣，而活跃、幻想、非常规的学生对幻想和游戏更感兴趣，这也与欧纪华的研究结果一致，开放性越高的人更容易阅读非理性、新颖性和时尚性的信息。

第三节 大学生文学阅读心理因素影响

一、不同专业大学生在阅读态度、阅读意图、主观规范以及感知行为控制上的差异影响阅读行为

（一）性别的影响不明显

调查结果显示，男女学生在阅读态度、阅读意向、主观规范、知觉行为控制、阅读行为等方面没有显著差异，说明性别不是这些因素的主要原因。因此，第一部分跳过了对性别的分析，把校园因素和专业因素的讨论放在了第一部分。

（二）理科专业学生的阅读意愿和阅读行为高于文科专业学生

在阅读意向和阅读行为方面，理科生比文科生更活跃。所以，专业的不同也会存在重要的影响。因此，有必要对该行业的影响进行进一步的分析。

（三）影响感知行为控制水平的主要因素

文科生比理科生感知行为控制水平高，在对比不同的专业学生，在阅读态度、阅读目的，主观规范的差异。最终发现，专业因素只是对知觉行为给的控制存在差异，其他方面影响力不大，其中人文科学专业学生的知觉行为控制水平最高，自然科学专业学生的知觉行为控制水平最低，社会科学专业学生的知觉行为控制水平最高。不同专业的学生对于阅读自己喜欢的文学作品的态度和意愿是一致的。此外，在学校环境中，主观规范的影响因素大致相同，影响群体不会因学生专业的不同而产生改变，对知觉行为的控制就是对自身行为的一种控制。文科与理科专业在此方面存在的影响可能是由于感知上的差异，进而导致控制方式的差异。

二、不同年级的阅读态度、阅读目的、主观规范、感知行为控制差异影响阅读行为

结果显示，大三学生的阅读态度、主观规范、感知行为控制的阅读，阅读意志和行为水平最高，所以，平均而言，一个大三学生可能更喜欢读文学

小说。大四学生对文学阅读的兴趣最低。根据之前的需求研究，大三学生对阅读的需求以及类型有更高的要求，大四学生可能有更有针对性地阅读，但是他们的阅读需求及类型远低于大三学生。

三、不同人格在阅读态度、阅读意图、主观规范和知觉行为控制等方面的差异影响阅读行为

结果表明，在人格开放方面，不同程度的开放程度对阅读态度有很大的影响。开放程度高的人可能有更高的阅读态度，这可能与开放性格中强烈的好奇心和新鲜感有关。作品越新颖，越有吸引力，阅读态度越高。相反，他们的吸引力越小。我们可以看出，与此同时，这也对文学作品内容的创作及作品类型多样化有了更高的要求。

四、研究不同生活方式对阅读态度、阅读意向、主观规范和感知行为控制的影响

生活方式主要分为流行倾向、独身态度、宗教信仰、质量追求、积极规划和消极倾向六类。在生活方式方面，主要讨论时间与金钱的控制，因为时间与金钱方面可能会影响文学作品的阅读。

生活质量追求对阅读态度、阅读意图、主观规范和感知行为控制变量具有显著的正向预测作用。追求品质生活的人在日常生活中更注重个人品位和生活品质。阅读作为文化精神生活的一部分是不可缺少的，享乐主义的消费态度也可以把个人感情放在首位。因此，对于高度娱乐性的文学作品来说，休闲放松的阅读态度、阅读意愿和追求娱乐放松的感性控制也成为必然的行为条件。

全面规划、流行趋势、独身态度生活形式对感知行为控制以及阅读行为是积极的显著预测，自我效能是指自我判断是否能成功完成某一行为和感知行为控制变量或规划、流行趋势和独身态度的生活状态，这些都会在不同程度上体现自我效能。社会心理学的有关研究表明，控制感和效能感很重要，有时能会产生更大的成就，由于自我效能感的提高可以增强大家面对困难时的韧性，进而保持乐观积极的态度，直到最终克服困难。知觉行为控制和自我效能感相关，自我效能往往更多的是从自信的角度出发，知觉行为控制涉及所需的条件。在控制感方面，当内部控制的效能感和外部条件具备时，它可能对最终行为的完成产生强烈的驱动作用。由于积极计划、流行趋势甚至独身态度都隐含着自我控制，因此，积极计划、流行趋势和独身态度可能与感知行为控制存在正相关关系，进而最终促进阅读行为的完成。

五、大学生阅读文学的意愿影响阅读行为

大学生阅读文学的意愿对阅读行为有正向影响。研究结果表明，大学生阅读文献的意愿对阅读行为有正向预测作用，且结果显著。由于阅读意图本身属于行为意图，其意义也指行为发生的可能性。你越愿意行动，就越有可能会有行动。大学生阅读文献行为意向的测量对阅读行为的发生有直接的预测作用。

六、大学生文学阅读态度对阅读意向有正向影响

根据相关研究的结果，验证了大学生文学阅读态度对阅读意图有正向预测作用，且结果显著。在文学阅读行为中，阅读意愿会随着阅读的增加而增加，这与张伯松对移动阅读行为的研究结果一致。学者早就证明态度可以预测行为，态度对行为意向影响的最终目的是预测行为的发生。理想情况下，只有当所有的因素都被最小化时，我们才能将主体的行为作为一个整体来看待，而不仅仅是在一个特定的时间。此外，行为态度与具体的行为有关，当被试者能够清楚地感知到自己的态度时，对行为或行为意图的预测就会更加准确。

七、大学生文学阅读体验影响阅读态度

大学生文学阅读体验对阅读态度有正向影响。验证结果表明，大学生文献阅读体验对阅读态度有正向预测作用，且结果显著。在大学生的文学阅读行为中，阅读态度会随着阅读体验的增加而增加。这与朱敬文教授关于手机阅读体验与用户黏性的研究结果基本一致。对于经验，在模型中有两个部分。一方面，阅读体验；另一方面，利用经验。在测试中，用户体验对用户态度没有直接的显著影响，而阅读体验的增加可以带来更好的阅读态度。因此，就文学内容而言，内容为王。依靠技术来丰富用户的阅读体验，一方面可能会增加阅读行为，甚至会增强读者的黏性。

八、大学生对文学的感知行为控制影响其阅读态度

大学生对文学作品感知行为的控制对其阅读态度有正向的影响。相关研究结果显示，大学生对文学阅读感知行为的控制对其阅读态度有正向预测作用，且结果显著。在大学生的文献阅读行为中，阅读态度会随着阅读感知行为控制的增加而增加。知觉行为控制的讨论与自我效能感是分不开的，感知行为控制水平越高，自我效能感越高，对阅读行为的态度越积极。这表明，

外部条件越有利于阅读，就会对大学生的阅读态度产生积极影响，最终促进阅读意愿和行为的增加。

九、文学替代的意愿影响大学生文学阅读

大学生的文学替换将会给阅读意愿带来负面影响，根据研究结果表明，大学生文学阅读代替阅读会有消极的预测功能。对替代意图的研究证明，类似文学作品对文学阅读意图仍有一定的影响。文学作品数量虽多，但在一定时期内会存在质量问题。与传统文学相比，文学作品如果能够克服自身的缺陷，使其内容的质量有较好的提高，这将有助于提高读者的阅读意愿。

十、感知行为控制影响大学生文学阅读的意愿

大学生的文学知觉行为控制对阅读有积极影响。大学生文学知觉行为控制预测阅读会有积极的效果，且结果显著，也就是说，在大学生的文学阅读时，大学生的阅读会伴随感知行为控制的增加而增加。因此，创造良好的阅读环境和条件，可以增强学生的感知行为控制力和阅读意愿。如果你选择另一种方式，你的阅读意愿会降低，你的阅读更有可能被阻塞。结论与丁明磊关于感知行为控制与创业意向关系的研究结论基本一致。在他的研究中，感知行为控制在自我效能感与创业意向之间起到中介作用，表明在阅读意向的研究中，自我效能感作为一个内在因素，也可能通过感知行为控制的中介影响阅读意向。

十一、大学生的文学阅读态度会影响主观规范

大学生文学阅读态度对主观规范有正向影响。研究结果表明，大学生文学阅读态度对主观规范具有正向预测作用，且结果显著。在一个群体中，态度的影响可能是互动的，主观规范对读者态度有影响。相反，读者可以观察到群体的态度，寻求相互的一致，从而保证群体内意见的一致性及稳定性。这种互相比照对方的行为可能与多重无知的原因存在关联。此外，群体内的影响可能比群体外的影响更加有效，这与自我强化是分不开的。此外，大学生的群体中教师或同学的比例最高，相互影响和趋同的可能性较大。所以，读者的态度更容易被感知到的主观规范性态度所强化。

十二、大学生压力影响阅读态度

压力大的学生自身的阅读态度也会受到影响。研究结果表明，大学生自身的压力对阅读态度有积极的作用，在大学生的文学阅读中，适当的压

力可以促进增加阅读态度。在研究中，大学生的压力主要来自三个方面：学习的压力、个人的压力以及消极的生活事件。适当的压力必然会促使其寻求释放的方式，从而增加读者对文学作品的阅读量，影响读者对文学作品的后续阅读。

十三、大学生的自身压力会影响阅读意

大学生自身压力对阅读意向有正向影响。结果表明，大学生自身压力对阅读意向有正向预测作用。在大学生进行文学阅读的行为时，适当的阅读的压力也可以积极影响其阅读的意图，因为适当的压力增加会对文学阅读意愿及态度产生较弱的影响，这可能和阅读的动机存在一定内在相关性，压力越大，动力越强，影响最终的阅读行为。

第八章 改善大学生文学经典阅读现状的建议

第一节 高校文学课程教学内容体系构建

高校文学课程建设与改革，在当代高等教育界是讨论得最热烈的话题之一，原因是大家对学习这门课的必要性有共识。但学什么、怎么学、怎么教，迄今还没有一个真正令人信服的定论。教学的实践和研究告诉我们，教学内容决定教学的策略和方法（包括教与学双方），内容又绝不是单一的，而是多元化、多层次、成体系的。因此，构建一个科学合理、稳定有效的教学内容体系，是解决问题的突破口。

中小学文学着重于汉语基础运用能力的培养，加之应试教育体制的压力，教与学都不可避免地重复着字（识与写）、词（辨析）、句（语法）、篇（阅读或作文）的灌输和机械训练。大学的文学教育若再重复这一模式，教与学双方都将味同嚼蜡，完全失去"教"的激情和"学"的热情。同时，"文学"仍然是中心词。既然不是"人文"，也不仅仅是"文字""文章""文学"等等，那么它仍然具备"文学"所应涵盖的基本内容，那就是听与说（即"语"）、读与写（即"文"）。简言之，其基本内容就是训练学生对母语的理解和运用，而且是更高层次上的理解和运用。因此，构建高校文学教学内容体系，首先要确立这两个基本理念。

一、高校文学仍以"母语"教学为中心

语言之功，唯在其用，大学的语言教育，包括母语和外语，应以此为教学宗旨。高校文学教学与大学英语教学从本质上讲其价值取向是一致的，即都是关于语言的理解和运用的教育，只不过前者指向的是母语，后者指向的是英语。设置大学英语课程最根本的目标，是培养学生对英语的运用能力。同样，设置高校文学课程最根本的目标，是培养学生对母语的运用能力。当

然，这种"培养"已不像中学那样定位于基础能力的培养，而应是在高等教育层面上的进一步提升，其广度、深度均应达到较高的水平。高校文学的传统教学模式是文选式，即通过精选一些典范的文学（或文化）作品来教学，而这些作品无不蕴藏着丰富的思想情感。因此，高校文学教学的附带功能和隐性功能很多。文学教育家顾黄初曾指出："文学这个工具，作为信息的载体，它在实际运用中总是承载着人们所需表达的情、意、理、趣的。因此，在文学学科中，学习文学同时也在学人们通过文学工具所表现出的情、意、理、趣，这是文学学科中文学的重要特点。"正是在这一意义上，高校文学教学才具有明显的人文性和思想性。但是，如果我们据此就认定：人文素质教育或人文精神培养是高校文学教学的核心，那么这样的推论是无法成立的，它从推论的逻辑起点上就走进了误区。

人文教育是个非常宽泛的概念，大学的诸多课程，包括思政课、大学生道德修养等公共课程，以及人文或社会科学的一些专业课程，甚至包括大学英语课，都具有人文教育的功能。人文教育绝不是高校文学课程所独有，构不成高校文学课教学的"质的规定性"，高校文学也无力承担如此沉重的责任。削弱甚至抛弃母语理解和运用能力的培养，事实上就动摇了高校文学安身立命之本，也从本质上否定了高校文学独立存在的必要性。因此，以进一步培养和提升大学生的母语理解和运用能力为根本目标，是高校文学区别于其他所有课程的"质的规定性"。课程目标决定课程内容，高校文学课程教学内容体系的构建，必须以母语运用能力的培养为核心，仍要以"母语"为中心。

二、一"语"四"文"是高校文学教学的基本格局

既然确定了高校文学仍以"母语"为主，那么，高校文学教学的基本格局是什么？这一点是构建其教学内容体系的又一个理论前提。从高校文学教学本身而言，我们可以用一"语"四"文"来建立其基本格局。一"语"指语言的理解和运用，包括听、说、读、写。四"文"指文字（一定数量的文字积累）、文章（主要指各种实用性的文体）、文学（对文学作品的审美品位和欣赏能力）、文化（对中国传统优秀文化和西方优秀文化的认识与理解）。一"语"教育，乃高校文学教学的根本目标；四"文"教育，是实现这一根本目标的具体路径。换言之，高校文学在进一步培养和提升大学生母语能力这一目标上，是借助于学习文字、文章、文学、文化这四个基本对象来达成的。需要强调的是，高校文学更多的是通过各类文学，以及包括自然科学、人文社会科学在内的各种典范作品的传（播）与（讲）授来开展教学的。在明确了基本理念之后，构建高校文学教学内容体系还需牢牢把

握三条基本原则。

（一）工具性与人文性相统一

语言是人类交际和思维的最重要的工具。高校文学教学的根本目标是进一步培养和提升大学生的母语能力，工具性目标是其根本的价值取向。然而，这里有两个问题值得注意。第一，语言和其承载的思想情感是形式与内容的关系，二者密不可分，大学生母语能力的培养和提升是不可能在割裂形式与内容的情况下实现的。正如有学者指出："文学学科就是从形式与内容两个侧面发展学生语言能力、兼具形式训练和实质训练的一门综合性的基础学科。"因此，真正实现母语素养的良好培育，思想性、人文性的内容必须融入其中。第二，正如前文所述，高校文学区别于中学文学，其中最重要的一点即是突出各类文学、文化经典作品的传播与讲授。即重视人文性、思想性内涵，是高校文学之所以为"大"的资本，也是有专家将"高校文学"改称"高等文学"的直接原因。这无疑表明，构建高校文学教学内容体系，必须要实现工具性和人文性的和谐统一。

（二）全面性与针对性相统一

文学作为基础课程，是学习其他课程的基础，也是学生持续发展、终身学习的基础。构建高校文学教学内容体系，必须要全面考虑那些适应大学生未来学习、生活和工作所必备的内容。但是，不同高校性质不一样。譬如，综合类大学与行业依托型大学（或称特色型大学），理工农医类大学和经管文法类大学，重点大学与非重点大学，本科院校与高职院校等等。另外，每一所高校内部专业不同，学习需求也各有不同。因此，构建高校文学课程教学内容体系如果整齐划一，没有针对性，就难以保证教学效果。换言之，高校文学课程教学内容体系的构建必须兼顾全面性和针对性，既要有通识教育，旨在培养提高学生对母语的理解和运用能力，又要有针对不同高校及专业的侧重点，以适应不同学生群体的需求。

（三）规定性和开放性相统一

课程论将课程分为学科课程与活动课程，高校文学既不属于纯粹的学科课程，也不属于纯粹的活动课程，而是兼有两种课程的某些特征。为了实现高校文学教学与评价的可操作性，必须有规定性的课程内容。这种规定性内容一般是预设的，即《高校文学教学大纲》所要求的纲领性的课程要素，这体现了学科课程论所要求的教学内容的逻辑组织性、系统连贯性以及预设规定性。

如前文所述，高校文学教学的根本目标旨在母语能力的培养和提高，而母语能力从本质上讲是在多次的、情境化的言语活动中形成的。离开学生听、说、读、写的具体的言语实践，母语能力是无法生成与提升的。"言语活动"是母语能力形成与进步的根本途径，这就是高校文学课的规定性所在。我们还要认识到，文学学习不能囿于课堂和学校，其学习范围的外延是生活，而学习时间的外延是一生。对生活的观察、体会和感悟，构成了文学学习的无限延伸。活动课程论所强调的"教育即生活"这一命题，对于高校文学教学而言非常适合。另外，开放式阅读以及各种途径的自主语言实践也是高校文学教学内容中不可或缺的环节。"开放式阅读"和"自主语言实践"不仅仅是学习和提高母语能力的有效方法，更是每一个大学生需要养成的良好习惯。多读书、读好书方能广搜博取、开阔眼界、涤荡心胸，多听、多说、多写方能表达无阻、沟通无碍。因此，构建高校文学课程教学内容体系，必须要把握规定性和开放性统一的原则。

教学论原理指出，教学方法的选择取决于教学内容，而教学内容的确定取决于教学目标。因此，构建高校文学课程教学内容体系，首先应确定教学目标。对教学目标研究，目前得到世界广泛认可的有两家观点。一是美国当代著名教育心理学家加涅提出的"五类说"。加涅根据学习结果的类型把教学目标分为五个方面，即言语信息、智慧技能、认知策略、动作技能以及态度。另一个是以芝加哥大学教授布卢姆为首的研究小组提出的"三类说"，即教学目标分为认知领域、情感领域以及动作技能领域。这两种教学目标分类说实际上是共通的，加涅的五种学习结果分属于布卢姆的三个目标领域：前三种学习结果属于认知领域；第四种学习结果属于动作技能领域；第五种学习结果属于情感领域。

根据上述观点，我们可以将学校教育的教学基本目标归结为三个，即知识、技能、情感。相应地，高校文学教育也要有这三个基本目标，即文学知识、文学技能以及文学情感。

文学知识，指的是文学学科关于语言以及言语（包括言语行为和言语作品）的知识。现代认知心理学家关于知识分类普遍认为，知识分为两大基本类型，即陈述性知识和程序性知识。前者是用于回答"世界是什么"的知识，是"个人具有有意识的提取线索，因而能直接陈述的知识"。从个体知识获得的心理品质来看，是属于通过感觉、知觉、记忆等心理品质获得的知识。后者则是用于回答"怎么办"的知识，是"个人无有意识的提取线索，因而其存在只能借助某种活动形式间接推测出来的知识"。从个体获得知识的心理品质来看，是属于思维活动获得的知识。陈述性知识是程序性知识的基础，学习过程的第一个阶段便是陈述性知识的获得阶段，然后逐步程序化和自动化；程序性知识的运用有助于陈述性知识的学习，包括学习策略和基本技能。

具体到高校文学课程中，其陈述性知识主要包括抽象的理论知识和具体的语料知识。前者主要包括与"字""词""句""篇""语"（语法）、"修"（修辞）、"逻"（逻辑）、"文"（文学）等相关的理论知识；后者主要包括常用字、常用词、常用短语（包括成语、谚语、歇后语以及惯用语等）、古今名句名篇，以及相关自然、社会等方面的一些文化常识。文学程序性知识，则是指在具体的语言实践中如何运用语言的知识，主要包括阅读知识、写作知识、口语交际知识以及文学学习的方法、策略的知识等。文学陈述性知识中的理论部分与文学程序性知识，事实上都是关于文学的规律法则的理论阐述。因此，我们可以用"语则"这一概念来统称这类理论知识，其他的则称之为"语料"。简言之，文学知识总体上可以归为两大类，即语则类和语料类。

与"文学技能"相比，文学学科理论界使用更多的是"文学能力"这一概念。文学能力所反映的是个体进行言语交际活动所具备的稳定的个性心理特征，是以语言运用这一专门能力为主，以智力为基础的一种综合能力。从言语主体对信息的处理这一角度来看，言语交际活动事实上有两个基本维度，即信息的输入和信息的输出，前者即读和听，后者即写和说。因此，文学能力有四个基本方面，即读、听、写、说。其中，读和写是书面的言语活动，听和说是口头的言语活动。从这一角度来看，文学能力又有两个维度，即书面语言运用能力和口头语言运用能力。从小学到大学直到终身的文学学习，所培养的文学能力都是由上述两个维度、四个方面组成，而对高校文学提出的要求更高级、更复杂、更深刻。

对于高校文学而言，所谓文学情感，指的就是在高校文学课程中所蕴含的情感。心理学界把"情感"界定为人对客观事物与自己需要的关系的反映。个体的需要有生理性（物质性）的，有社会性（精神性）的。因此，"情感"既包括比较稳定的、主要与社会性需要相关的态度体验，也包括情境性的、主要与生理需要相关的体验感受。有些学者则认为，"情感"仅指比较稳定的、主要与社会性需要相联系的态度体验。显然，这里我们所讲的"文学情感"应该是比较稳定的、社会性、精神性层面的情感。具体到高校文学课程中，要培养的文学情感主要有四个方面，即情操、情怀、情趣以及情思，这四个方面分别指向思想、道德、审美、人格。

对于文学知识而言，"语则"中的文学陈述性知识，中学文学已完成任务，高校文学无须赘述。"语则"中的文学程序性知识，中学文学较少涉及，因此，高校文学须在此处着力。语料部分对学生而言，当然是多多益善，语料储备的丰富程度与大学生文学能力的高低无疑是成正比的。文学情感也是高校文学教育不可或缺的课程要素，正是由于情感的存在，才使得高校文学在帮助大学生建立良好的精神家园、培养健全的人格中发挥强有力的功能。

鉴于上述结论，我们对当前高校文学课程教学内容体系进行基本规划，教学内容分为三大部分：以教材学习为主体的课堂教学；以专题训练为主体的实操教学；以调查研究为主体的自主学习。本章主要谈一谈高校文学新教材的编写构想。按教学进阶，可将教材内容分为三大部分，依次为"基础篇""提高篇""实践篇"。

"基础篇"旨在巩固学生长期以来奠定的文学基础，扩充其语料知识，包括古今名篇名句、文化常识等，"语则"知识中的程序性知识部分，包括阅读、写作、口语交际知识以及文学学习的方法、策略等。这一部分的选文量不超过整部教材选文量的三分之一。这部分的选文标准为：不与大学前阶段文学教材已选篇目重复；所选篇目必须是公认的经典作品；内容全面，涵盖古今中外，包罗文学、文化、应用等各个板块，让学生既能感受语言的美妙、文化的博大，又能体会各类应用文体的严谨、规范、实用；不可太艰深或太具个性，以教师稍加点拨学生即可理解为宜；选文篇幅不可太长，以教师就一篇精讲在两节课90分钟内完成为宜。

"提高篇"旨在为不同类型、不同性质高校学生的专业学习起到有针对性地辅助作用。不同学校、不同专业的学生在学习本专业时，常会在阅读与理解专业文献时出现障碍。针对这一问题，我们就在这部分着力提高他们对专业文献的感性认识。这一部分的选文量要占到整部教材选文量的三分之二。其选文标准是：精选一批涉及各专业的经典文章或著作节选。如古今中外的经典论文或经典理论、学术著作节选；选文必须自成一体、观点明确、逻辑严密，科学性、规范性以及可模仿性较强；让学生从学习这些作品中感受到专业的吸引力和学术研究的趣味性；篇幅不可太长，以教师就一篇精讲在两节课90分钟内完成为宜；选文以其观点能引发学生的阅读兴趣或讨论甚至争论为主，这样可以充分调动学生主动参与教学的积极性。

"实践篇"旨在通过各种专题实训，提高学生运用语言的能力。这部分"以专题训练为主的实操教学""以调查研究为主体的自主学习"是结合在一起的。在教材中，这部分不再选文，而是分列若干个实训专题，譬如："关于……的讨论"，训练学生口语交际能力；"关于……的书评"，训练学生阅读理解能力；"关于……现象的调查报告"，训练学生的科研与写作能力。这部分的主体活动不在课上进行，而在课下完成，待学生完成后，教师在课上加以评述、总结。

通过逐层深入的教学活动的开展，高校文学课程的教学内容体系也随之构建完成，这样一个体系既体现了高校文学教学的本质要求和根本目标，即培养和提高大学生母语的理解和运用能力，又满足了不同高校、不同专业学生群体的学习需求，对他们更好地学习和掌握本专业理论知识起到辅助作用。同时，在学习过程中对经典作品和优秀文化的耳濡目染、心领神会，又使他们获得了文化的熏陶和精神的洗礼，对他们人文素质的培养起到极大的促进作用，如果这三方面能在我们的教学实践中完美结合，那么有理由相信，高校文学一定会走出困境，再铸辉煌。

第二节　文学经典融入高校通识教育

随着信息传播技术的更新和人们生活习惯的变化，我们不知不觉地进入了"微阅读"时代。快速的生活节奏、海量滚动的信息使得普通人的阅读日趋"快""浅""碎片化""图片化"，人们读书的深度和质量有所下降，文学经典也被日益边缘化，大学生中同样存在这些问题。那么，文学经典在现代的价值何在？高校应如何强化文学经典教学？笔者试结合广东财经大学华商学院的实践，探讨如何使文学经典融入高校通识教育，更好地对大学生进行人文素质培养。

一、文学经典的现代价值

文学经典，可以说是经过历史长河洗礼、大浪淘沙后得到的金子，它既来源于本身的时代，又对当下有着积极的指导作用。文学经典的地位和价值并非固定不变，也会因时、地、人等因素发生变化。"每个时代都会有自己心目中的经典，而经典作品、作家则是这个时代的亮点与标志。"文学经典正是在与同时代以及过去的时代的无数作品的比较中最后脱颖而出的优秀作品，是优秀文化的代表，是人类永恒的诉求，也是人性光辉的精华所在。

文学经典虽然产生于过去，但在今天仍有不可替代的价值，"这价值还主要指其有益国计民生、世道人心和推动历史前进的正面价值。"文学经典无可替代的现代价值还在于智慧的启迪，"持之以恒地阅读、领悟和传承文学经典，这是提升人类智慧的最佳途径。"跨越了千百年时间的文学经典，对于当代人认识人生的价值、塑造理想人格、追求高层次的生命，仍然具有极其重要的意义。

二、通识教育与文学经典

众所周知，美国高校极其重视本科教育中的通识教育。所谓"通识教育"

（general education），简单地说，就是"人文教育"（liberal education）的代名词，指的是传授更为广泛地知识，目的是提高学生的理性能力和智慧，内容主要包括文学、外语、哲学、教学与科学等基础理论课程。它们与强调"专业化"的专业性、职业性与技术性课程大不相同。

文学经典虽有长存于世的价值，但是要不断发挥它的作用，还需要与时俱进，以当代的意识、当代的眼光对经典进行进一步研究，发掘、阐释、弘扬它的价值。文学经典的传承发扬更需要靠教育去推进，在大学教育中，文学经典的传播与通识教育密不可分。通识教育以培养高品质人才为己任，经典教育正是其中最为重要的部分，文学经典在传承文化、塑造人格、涵养智慧等方面能够为通识教育提供有力的支撑。作为人文学科重要组成部分的文学经典课程，便成为通识教育主要科目，文学经典课程被很多院校列为通识教育的核心课程之一。在通识教育中强化文学经典教学，既是大学生学习经典的重要途径，又是培养大学生人文精神、继承文化传统的最佳方法。

三、文学经典融入通识教育的建议

文学经典融入通识教育中去虽然意义重大，但如果匆匆上马，简单地把文学专业课或者高校文学课的那一套照搬过来，显然是不能达到理想效果的。通识教育自有其特点，要让文学经典圆满融入，需要注意以下几个方面。

（一）加强学科建设

1. 精选核心课程

进行通识教育不能只有广度的考量，增加深度也很有必要，这就需要精选核心课程。文学类通识课程应以经典为核心，选取最具代表性的经典作品，且应以中国古代文学经典为主。西方文学虽然对于学生了解世界大有裨益，但终究离我们的文化生活较远，有所隔膜，学生对此没有直接的生命体验，难以激发其深层的认知、情感反应，难以领略其中最细微的意味。现当代文学历史尚浅，缺乏时间的沉淀，所占的分量也不宜太多。中国古代文学有大量的经典作品，"一代有一代之文学"，我们可以选取各个时代最有代表性的经典作品，选好切入点，或择代表作家作品讲授，或分门别类集合讲授，或选某一方面专题讲授。例如广东财经大学华商学院，近年来在公选课中开设的文学经典课程有《文学与人生》《儒道思想的智慧》《明清小说名著导读》《老庄选读》《现当代经典文学导读》等，其中前三种是常设课程。课程分布比较合理，虽然缺少诗词方面课程，但其后以网络课程补足。

2. 利用网络课程

在传播经典方面有很多高校已经先行一步，其中很多优秀成果已经转化成网络课程，所以，适当引入网络课程，学习和借鉴其他高校的先进成果，是一条便利之道。如广东财经大学华商学院，2015 年引进了 10 门超星尔雅通识课程，其中经典课程有叶嘉莹《中华诗词之美》、辜正坤《中西文化比较》，这些都是一流水平的教学专家，教学内容丰富充实、教学方法先进高效，对于学校的通识教育是一个非常好的补充，不仅学生能在本校接收到远方名师高水平的教导，教师也能从中得到借鉴和启发。

（二）创新教学方法

文学经典通识课程以陶冶情操、培养审美情感、提高人文素养为中心，单纯的文学知识、文章修辞不是讲授的重点。此外，通识教育面对的是全校的学生，多数是非文学专业的，这也需要教师改进教学方法，采用更加有效方式。

1. 启发互动为主

文学经典教育重点不在于知识的传授，因为这体现不出名著真正的价值，重要的是通过对文学作品的审美感悟去领略名著蕴含的人文思想、精神价值。如果学生把经典仅仅视为描写过去的生活，把它们当作古代的故事，以看故事、看电视剧的心态学习经典，认为这些离自己生活很远，这样当然不会有什么收效。实际上，经典至今仍然是活泼生动的，我们要从中读出古人的体温、气息，读出他们的浩然长叹，读出他们的刻骨铭心。"文学绝不是知识的扩张，而是彰显心灵的力量"，文学只有打动人心，才能融入学生血液中去，内化为其生命的一部分，完成对其人格的重塑。

照本宣科、一言堂的授课方式已经落后，"文学课不能对着空气讲，'现场感'很重要，必须盯着学生们的眼睛，时刻与之交流与对话，这课才能讲好。"要激发学生的积极性，就必须以学生为主体，从学生的兴趣和接受程度出发，采用启发式、互动式的教学方法，引导学生乐于探究，对感兴趣的话题能积极讨论、踊跃发言。大学生思维活跃，乐于尝试，只要引导得宜，既能激发出他们灵感的火花，又能活跃课堂，使他们对作品的印象更加深刻，理解更加深入。更重要的是，让经典与他们的生活发生联系，融入他们的生命，这种精神力量、审美体验会让他们受益终生。

如武汉大学郭齐勇教授在"四书"通识课程中吸收传统经典讲解的方式，采取课程讲授、朗读与背诵相结合的方法，融会现代文化思潮，用学生能理解的语言来表达儒家思想的精义，通过助教团队组织学生讨论，为学生答疑、批改与点评习作等，使学生理解中华人文精神与以"仁"为核心的价值系统，打通传统与现代。

再如，山东大学黄丽珍教授讲授人文通识核心课程《红楼梦导读》，提倡在文学经典导读中实施情感教育。联系生活实际，激发学生的情感体验和情感认知；采取启发的教学方式，引导学生拓展思维、见微知著，通过声情并茂地诵读，并结合播放影视光盘、欣赏《红楼梦》歌曲，强化大学生的审美感受、审美联想；启发学生结合生活经历和情感体验，将对作品文本的分析思考，上升为哲学理性认识，进而感悟文学经典在哲理追求方面的精髓，构建正确的人生观、价值观。在导读中充分发挥大学生的主体性，灵活运用课堂讨论、学生主讲、写读后感、课外延伸阅读等多种方法，让大学生积极参与，乐在其中，使文学经典中的真善美之光照亮他们的心灵，内化为他们人生道路上昂首前行的正面能量。

2. 充分利用各种资源

网络时代各种教学资源极其丰富，经典教育要取得良好的教学效果，教师要善于充分利用各种资源是提高经典通识教育的重要保证。

比如，在教授古典诗词时，就可以通过播放相关欣赏朗诵的音频、视频，让学生在美的享受中更好地领略古典诗词的独特魅力；教授明清小说如四大名著等，可以利用同名影视剧播放其中的一些经典情节，让学生在欣赏之余对名著有直观的了解，教师还可以通过影视剧和原著的不同，引导学生精读原著，体味原著精微之处，认识到文本表达方式与影视的不同之处，体验多元化的复式审美享受。

各高校网络公开课制作精良，讲授水平高，是值得借鉴的优秀资源；而近两年兴起的"慕课"热潮，既是优秀的教学资源，也提出了新的教学理念，可以在经典教学中试加运用。如广西民族大学借鉴慕课"微课程"教学理念讲解苏轼词，讲授时间是 2 课时 80 分钟，教师将 80 分钟的 PPT 课件切割成为 8 个约 10 分钟的"微课程"，由文字、音乐、图片、视频构成，按"苏轼其人""苏轼其词""'以诗为词'的创新""苏词的里程碑意义"四个板块进行讲授。将课程分割成若干知识点，通过小问题引导学生思考、判断，穿插网络公开课的部分内容吸引学生的兴趣和注意力，从而进入更深层次的研究，真正达到"探究式学习"的教学目标。

（三）完善评价体系

对于文学经典通识课程的考核评价，不能简单地靠期末一张试卷来评价，也不能仅仅靠写作小论文来解决，最好是把学生参与课程活动的全程纳入到考核评价体系中来，也就是说，学生在课堂内外的表现都可以作为评价的参考。广东财经大学华商学院从 2014—2015 学年开始，在成绩评定方面，将平时考核成绩占总评成绩由 30% 调高到 40%，期末考试成绩占比由 70% 降低到 60%。平时成绩可以分成考勤、课堂表现和平时作业等三个部分，学生在课堂回答问题的情况、参与课堂讨论的积极性和发言水平，都是评价学生成绩的依据。经典作品的阅读难以全部在课堂上完成，特别是长篇小说，这就需要学生在课外进行阅读、学习。文学经典课程平时作业可以布置学生写读书笔记和学习心得，这样既能促使学生阅读原著，又能增进学生对经典的理解和思考，让经典走进学生的生活。期末考试采用开卷考查，出题方式灵活，可以是小论文的形式，也可以是试题的形式。试题一般以主观题为主，重点在于评价学生对文学作品的审美欣赏能力和人文精神的感悟水平。这样，开放、灵活的评价体系有助于提高学生的学习兴趣、减轻学习负担，最终达到加强文学经典教育，培养学生人文精神的目标。

（四）其他方面

虽然文学经典在"微阅读"时代遭到冷遇，但不能简单归其为技术与传统的背离，而是应该想办法利用新媒介来传播经典。左东岭教授指出，"怎么把传统文化通过有效地、适合青少年胃口的方式传递出来，让大家乐于接受，这是最重要的。媒介本身不是问题，关键是怎么利用它。如果做得好，网络等新媒介会成为推广传统文化教育有力的手段和工具。"比如，近来开始流行的"微信课程"，也可以为我们借鉴、利用。制作、开发适用于智能手机平台浏览的片断式微课视频，对文学经典的传播大有好处。因为其时间短，便于学生集中注意力；学习方便，能随时随地收看；形式新颖，学生易于接受；内容精炼，利于理解、吸收。大学生比较活跃、好奇心强，容易接受新事物，利用好新媒介的话，对于推动文学经典的传播非常有效。

没有列入通识教育课程的各类活动，也是广义上的通识教育的一部分。大学生喜欢实践活动，乐于参加社会活动和社团组织。可以以经典阅读为导向，通过举办学术讲座、读书沙龙、读书文化节、读书征文、知识竞赛等活动，活跃校园文化气氛，形成良好的读书环境。如广东财经大学华商学院文学系，为了提高学生对汉字的兴趣，推广汉字文化，从 2013 年就开始组织"汉字听写大赛"，迄今已经举办两届，在备战和比赛中，学生对汉字文化的热爱、所表现出来的热情让人感动。文学系每年还举办数期人文素质讲座，由系里的专家教授担任主讲，很好地营造了学校的人文氛围。该学院图书馆每年还会举办读书月活动，到 2015 年已举办七届，主要内容有书评征文比赛、读书座谈会、推荐一本好书、中国知网讲座、优秀读者评选活动、图书插图艺术展等。通过这些活动营造书香校园、丰富校园文化，培养学生读书习惯、积淀文学底蕴、提高文化修养、丰富个人内涵。

第二节 高校图书馆文学经典阅读推广

以建设"书香社会"和倡导全民阅读为先导，从国家到地方，形式多样的阅读推广活动层出不穷，其中，经典文学著作阅读推广尤为受到重视。据统计，在2004—2014年国内公开发表的有关阅读推广的文献中，以"经典文学著作阅读"为关键词的篇数排名第一。正如意大利作家卡尔维诺所说："经典作品是每次重读都好像初读那样带来启发的书，是即使我们初读也好像是在重温的书，经典一般都具有较高的阅读价值。"大学是形成和固化人生观、价值观的关键阶段，大学生对于经典文学著作阅读的需求是比较强烈的。同时，高校具备良好的阅读环境和氛围，在高校图书馆开展经典文学著作阅读推广具有非常重要的意义。由此可见，高校图书馆应当重视经典文学著作的阅读推广工作。

尽管高校图书馆都很重视经典文学著作的阅读推广工作，但是在具体实践中，经典文学著作往往遭遇无人问津的尴尬。例如，复旦大学"世界读书日经典文本阅读情况调研"显示，大学生经典文学著作阅读量明显不足；广西师范大学出版社发布的"死活读不下去排行榜"表明，很多经典文学著作名列其中。究其原因主要有两个方面：一是经典本身的问题，即文学作品本身复杂的文本体系、与现实生活脱节、语境不同难以读懂；二是阅读推广方式问题，即说教式的阅读推广模式、不重视碎片化阅读、忽视场景建设等，又或者是归咎于浅阅读和碎片化阅读等。因此，高校图书馆开展经典文学著作阅读推广时要从其内容着手，制订推广内容的界限和原则，用于指导经典阅读推广。

一、高校图书馆经典文学著作阅读推广应当重视阅读内容

阅读经典文学著作的重要性毋庸置疑，但是目前关于经典文学著作的阅读推广工作关注的是阅读推广的意义、主体、对象、策略、案例以及技术应用等方面，少有对经典文学著作阅读推广内容有较为深入的研究。其中，尹博认为应通过为读者提供经典文学著作注释评点本、从现代背景出发解读经典文学著作、消除经典文学著作语言障碍等方式消除经典文学著作阅读障碍。但是，他的研究重点放在"如何让经典文学著作不再难读"上，而不涉及经

典文学著作的定义和内容的选择。

事实上，对于"经典"的界定是一个非常重要的命题，如果不搞清楚，就不可能向读者推荐真正适合他们阅读的书籍。纵观高校图书馆经典文学著作阅读推广工作，向读者所推荐的经典书籍大多是佶屈聱牙、年代久远的古代典籍，不能适应推广对象特别是青年读者的阅读需求。尽管对经典文学著作的注释和解读一定程度上能够缓解部分读者阅读困难等问题，但如果学生对经典文学著作缺乏阅读欲望的话，阅读推广活动只能产生短期的热度，而不能让学生养成长期的阅读习惯和偏好。当然，好的经典文学著作书目推荐还是有很多的，如，徐雁先生编的阅读年度推广好书榜、湖南省高校"一校一书"阅读推广好书榜等，都为全民阅读提供了很好的范例。但是像这样比较好的书单，一般都是当代热门书籍的推荐，对经典文学著作的推荐和对"经典"如何界定极少有人重视。如果在开展经典文学著作阅读推广时因循守旧，不注重对内容的选择，即便在经典文学著作阅读推广的模式和技术上有创新，也无法使读者产生共鸣，难以产生理想的阅读推广效果。

高校图书馆经典文学著作阅读推广有其独特的地方，大学生在选择阅读书籍时往往会根据自己的阅读经验和阅读倾向进行选择。因此，图书馆对经典文学著作阅读推广的内容要慎重选择，既要有调查研究，又要与时俱进，界定其推广的内容，制定推广原则，向大学生推荐适合其阅读的经典文学著作。

二、高校图书馆在经典文学著作阅读推广中的角色

对于图书馆应该在阅读推广中扮演什么样的角色，主要有以下两种观点。一种观点认为，图书馆应主动向读者推荐好书，这也是目前图书馆普遍运用的方法，但这种阅读推广的效果依赖于推荐者的自身水平。如果推荐者水平不高，那么即使通过模仿、抄袭形成的书单，也只能是知其然而不知其所以然，无法为读者提供解读和赏析；如果推荐者水平很高，能为读者提供优秀的书目和解读，同样存在无可避免的问题，即每一个独立的个体都有独特的人生经历和阅读倾向，推荐者与学生之间在知识背景和阅读倾向方面也有着天然的鸿沟。事实上，图书馆的主动推荐往往效果不佳。

另一种观点认为，图书馆在开展阅读推广时常常介入读者的阅读选择，这种介入式服务与图书馆应遵循的中立原则有所违背。也有学者持折中的观点，认为图书馆阅读推广的性质并不唯一，应该依据阅读推广活动的性质采取相应的价值观策略。也就是说，图书馆可以为读者提供阅读指导，扮演教育者的角色，但不能包办，也要扮演引导者和服务提供者的角色。这两种观

点的不同在于，图书馆在开展阅读推广活动中读者介入程度的高低。在开展阅读推广活动时，对读者阅读行为的介入不可避免，特别是经典文学著作的阅读推广，向读者推荐值得阅读的经典文学著作应是其核心工作。要想在尊重读者阅读意愿的前提下开展经典文学著作阅读推广活动，关键在于谁来决定"经典"。

关于阅读推广活动中主体和客体关系研究的文章有很多，有意思的是，与图书馆工作类似，很多文章都认为应当以读者为中心开展阅读推广工作，但实际上很多阅读推广活动都是从图书馆的立场出发，画出一个框框让学生来参与。与其在"以谁为中心"这个问题上纠结，不如抛开角色问题，淡化图书馆在阅读推广活动中的主体地位，让读书的人来做决定。阅读推广活动的成功与否，关键还是在于阅读本身，可以由图书馆来主持，也可以由阅读协会等学生团体来主持，只要是读书的、有分享意愿的人即可，图书馆员可以向学生推荐好书，学生也可以向图书馆推荐好书。形式多种多样，可以是电子邮件、QQ、博客、微博、微信等线上交流，也可以是读书会、读书沙龙、真人图书馆、经典文学著作书展等面对面的交流；可以在馆内设置经典文学著作书架或者书库，存放的书籍不妨分成两个部分，一部分是由图书馆推荐的经典书籍，一部分是由学生阅读排行榜和投票选出的经典书籍。利用这些书籍和场地，可以举办形式多样的活动，如，经典文学著作诵读、阅读征文、诗歌朗诵、知识竞赛等。没有图书馆和读者的区别，让读书的人共同决定什么是读者需要的"经典"和如何阅读经典，这才是打开经典文学著作最贴近实际的方式。

三、由今及古——高校图书馆经典文学著作阅读推广路径

（一）"经典"不分时代

什么是"经典"？所谓"经典"，一般指的是具有典范性、权威性且有价值的书籍，这样的书在很多人看来，就是名著，在图书馆的阅读推广实践中很多都是中外名著。这样的理解有很多的问题。首先，我国古代的经典文学著作中就有很多书籍的内容不适合一般的读者阅读，里面有太多封建迷信和愚忠愚孝的内容，很多思想观念不符合现代人的思维模式，这些需要由专业的学者加以甄选之后供读者选择，而不是简单地推给读者。西方的名著小说同样存在问题，有些著作距离现代非常久远，再加上不同国家的文化风俗、语言表达等有很大差异，读者在不了解背景的情况下阅读非常艰难。其次，现代经典文学著作方面，一般都会选择诺贝尔奖、茅盾文学奖等文学大奖的

获奖作品，这些作品当然是经典，但是选择面还略显不足，其中很多也非常艰深，阅读体验并不理想。笔者曾经在《数字时代高校图书馆阅读推广文化与理念》中提出，一代有一代之文体，一代也必然有一代之经典，现在流行的青春文学、网络文学中的一些作品，将来会不会成为经典？笔者认为不仅是可能，而且是必然。有很多人认为现在的网络文学太过浮躁，商业气息浓厚，没有阅读价值，这种观点是狭隘的。事实上，历史上的很多经典文学著作在当时同样属于通俗文学，然而经过时间和读者的选择，其中有一些最终成为了"经典"。对于经典的认识太过狭隘，这是目前经典文学著作阅读推广效果不佳的重要原因。因此，对于"经典"的界定不应固化，应当将适合阅读推广的"经典"和适合专门研究的"经典"区分开来，以当代的文化观和价值观为基础，以开启心智、传承文化为目的，向读者推荐有价值、有情怀的经典。

（二）由今及古的推荐路径

经典文学著作阅读推广的目的是让读者通过阅读行为获得知识或者心灵体验。对"经典"的定义，不仅应该是得到广泛肯定的有价值的书籍，还要对其年代和内容划定一定的范围，依据当代读者的阅读喜好和倾向，由今及古地推荐经典文学著作阅读的内容。

一方面，在古代经典文学著作阅读推广方面，一般的读者由于并不了解其时代背景，很容易产生畏难情绪，一般不适合阅读，可以通过节选或者介绍来推广。对古代典籍的推广要非常慎重，摈弃那些年代久远，不适合当代读者阅读的、过时的经典。需要注意的是，这种选择要经过充分的调查研究，而不能以某个人或者某个小群体的意志来决定。

另一方面，现代经典文学著作在阅读推广中起着至关重要的作用。有很多专家、学者都编撰过经典书目，这些书目可以为读者选择书目起到参考作用，但是这些书目往往跟他们读书、治学的经历有关，很难为他人所模仿。胡适先生编撰过《一个最低限度的国学书目》，但是书目遭到了很多批评，包括梁启超也说："若说不读《三侠五义》《九命奇冤》便够不上国学最低限度；不瞒胡君说，区区小子便是没有读过这两部书的人。"那么胡适为什么推荐这样的书？道理在他的前言里已经说明："我起初也学着老前辈们的派头，劝人从'小学'入手，劝人先通音韵训诂。我近来忏悔了！那种话是为专家说的，不是为初学者说的；是学者装门面的话，不是教育家引人入胜的法子……对初学人说法，须先引起他的真兴趣，他然后肯下死工夫。"如此看来，胡适先生这份书目实际上是经过深思熟虑的。胡适先生推荐的武侠小说也许不尽高明，但是他的策略是对的，向读者推荐现代著作，时代背景接近，阅读环境适应，是最容易为读者所接受的。当然我们不是说古代经典就不要了，这些书都是经历过岁月磨砺、已有定论的，可以说大部分是值得阅读的好书，但是如果读者没有兴趣就无法领略其价值。胡适先生这种由今及古、由浅入深的推荐书目对今天的经典阅读推广工作很有借鉴价值。

四、高校图书馆经典文学著作阅读推广内容细分

对于不同的人群来说，心目中的"经典"可以是完全不同的，有的热衷于西方文化，有的醉心于中国古典，有的爱读长篇大论，有的中意短篇小品。因此，经典文学著作阅读推广要区分不同的读者群体，从而进行有针对性地推荐。想要区分不同经典文学著作适合的人群，读书会或者读书沙龙是一个非常好的形式，将有共同读书喜好的人聚集在一起，分享、交流读书心得，既能获取知识和信息，又能表达自己，通过不断地探讨，多读书，读好书，每个人都能找到属于自己的"经典"。与一般意义上的读书会相比，高校读书会的成员流动性比较大，每年新生进校都会有人员更新，使得读书会不断有新鲜血液加入，更能增添活力。要想让读书会长久、健康的发展，读书会需要一个积极而有学识的引导者，这个人可以是图书馆的老师，也可以是学校的其他老师，还可以是学生。

引导者要做的是掌控阅读的方向和深度，引导阅读和讨论，让参与的人既能参与进来，又不会因为观点不同产生矛盾和冲突。另外，读书会的主题设置也非常重要，大学生关注的经典书籍跟其生活经历、学识水平、未来规划等都有直接关系，应当根据他们不同的需求层次分别划分主题。最后，读书会不应该闭门造车，每一次活动都要做好相应的记录，供后续活动参考，这些记录通过长期累积，还可以用于与其他的读书会互相交流、传送上网或者公开出版，使得读书交流活动更有价值。

我们常常听到一种说法："永恒的经典"，那些经历岁月洗礼的经典著作，确实可以不朽于世间，成为人类永远的精神财富。而经典文学著作阅读推广的目的，是要让更多的人最大限度地从经典书籍中获得益处，因此，阅读推广的内容不是我们想当然就能决定的。不是所有的经典都适合阅读推广，适合阅读推广的经典也不可能适合所有的人。"为书找人，为人找书"永远都是图书馆人的使命，把有价值的书交到适合它的人手里，还需要更多的思考。

第四节 文学经典教育与校园文化建设的互动共生

文学经典是指在漫长历史进程中经过不同时代读者反复阅读、阐释、评判之后，获得公认地位的文学精品，是一个国家、民族长期沉淀下来的宝贵精神财富。文学经典教育构成了校园文化生活中的重要组成部分，承担着弘扬中华优秀传统文化和社会主义核心价值观的重要任务，是落实学校立德树人教育理念的有效载体。广大青年学子阅读文学经典不但能够增长科学知识，开阔文化视野，也可以提高审美能力和人文素养，陶冶情操和砥砺品质，是学校全面实施素质教育和创新人才培养模式的基本途径。因此，丰富多彩的校园文化活动有利于文学经典的传播和接受，二者具有互动共生的内在关系。

一、开展经典作家进校园活动有利于营造良好的阅读文化氛围

一般来讲，经典作家都是被不同时代和读者遴选出来的佼佼者，其作品在思想性和艺术性方面具有深刻蕴涵，值得青年学子认真领悟和学习借鉴。经常开展经典作家进校园活动，不但能够开阔青年学子的文化视野，提升他们对社会历史的认识能力，也可以增强其对文学经典的阅读兴趣，切实感知经典作家对国家、民族、时代等问题的基本看法。在中国古代，孟子提出"知人论世"的重要观点，意在阐释家庭出身、时代背景、求学经历等对理解作家作品的价值意义。因此，除了认真研读作家个人传记、访谈录、作家评传、作家年谱、研究资料之外，与他们进行直接对话也是了解经典作家的基本途径。作为一种具有仪式性的"文学现场"，作家进校园活动通常会选在学校的学术报告厅、图书馆、会议室等重要场所，内部设施齐全，空间宽敞明亮，秩序分明，彼此之间进行对话交流和思想碰撞，这本身就构成了文学经典传播接受的别样形式。近年来，中国高校举办过无数的经典作家进校园活动，比如，苏州大学的"小说家讲坛"和北京大学的"中国作家北大行"等等，都在全国范围内产生了轰动效应，值得我们深度探究。

2001 年 10 月，苏州大学在林建法、王尧等人共同倡导下，决定设立"小说家讲坛"，不定期邀请国内知名作家来校演讲，并在《当代作家评论》开设专栏刊载其在"小说家讲坛"上的演讲文稿。据初步统计，苏州大学"小说家讲坛"邀请莫言、张炜、余华、李锐、贾平凹、韩少功、格非、阎连科、

阿来、迟子建、王安忆、苏童、马原、陈忠实等国内一流作家进行文学交流，这就实现了广大师生与经典作家进行对话的基本目标。"在某种意义上，对话是发现和解释诸多问题的最好方式。因此，建立起凸现作家主体而又易于与学者、批评家、文学读者沟通的充满活力的文学现场，是小说家讲坛的又一企图。在这样一个文学现场，作家的言说是自由的、朴素的，读者的质疑也是自由与朴素的，它是真正意义上的文学对话。"其中，作为"小说家讲坛"邀请的第四位作家，余华以《我的创作道路》为题，具体讲述自己是如何从一名牙科医生最后走上文学创作道路的。余华的《十八岁出门远行》《活着》《许三观卖血记》《现实一种》《第七天》等都受到许多读者的高度评价，在中国当代文坛具有崇高声誉。实际上，余华之所以能够创做出风格独特的优秀文学作品，除了个人努力和写作天赋之外，主要在于他善于汲取中外经典作家的精神营养。在演讲过程中，余华首先谈到，自己早年受到汪曾祺《受戒》、川端康成《伊豆的舞女》、卡夫卡《乡村医生》、乔伊斯《尤利西斯》、福克纳《沃许》、司汤达《红与黑》、陀思妥耶夫斯基《罪与罚》等经典作品的深刻影响，是他后来从事文学创作的重要思想源泉。之后，余华根据个人的创作体验，特别强调作家在观察能力、心理描写、细部呈现、人物对话等诸多方面对文学创作的重要意义。最后，余华和青年学子进行了深度的文学对话，回答了他们在阅读和创作过程中的疑难问题。

2002 年 11 月，史铁生以《宿命的写作》为主题，深刻阐述了个人对于写作作为一种职业、信仰、命运的认识看法。可以说，"命运的无常"和"心之家园"看似是一个矛盾体，但在史铁生的精神世界里，他却克服种种生理和心理障碍，在沉静、想象、玄思的心理状态下，以常人难以想象的方式完成了自我超越。作为一种存在方式，写作已经成为史铁生寻找生命价值的基本途径。史铁生的《我的遥远的清平湾》《务虚笔记》《我与地坛》等早已进入青年学子的阅读视野，成为他们锤炼品质和净化心灵的文学经典。可以说，余华、史铁生等著名作家在苏州大学"小说家讲坛"进行文学演讲，有利于青年学子和经典作家进行近距离对话，也肯定会增强他们阅读经典作家作品的浓厚兴趣，其现实意义是不可估量的。

2009 年 3 月，在北京大学中文系陈晓明教授的呼吁下，"中国作家北大行"活动在北京大学拉开帷幕，先后邀请刘震云、苏童、王蒙、莫言、阎连科、张炜、格非、严歌苓等著名作家到北大开展文学交流活动。作家走进校园，可以了解现在大学里的青年人的精神状态和想法、他们对文学的态度和看法，青年学生也可以了解中国最好的一批作家的思想和文学追求，以及他们的文学作品；这对于文学应该是一项积极的有意义的活动。作为"中国作家北大行"系列活动之三的刘震云在《从〈手机〉到〈一句顶一万句〉》的主题报告中，亲切回忆个人在北京大学中文系读书学习的美好岁月，幸运地遇到王力、吴组缃、孙玉石、严家炎、袁行霈等资深教授。刘震云以讲故事方式再现袁行霈讲白居易《琵琶行》和吴组缃讲曹雪芹《红楼梦》的动人情景。之后，他具体阐述自己对《西游记》《水浒传》《论语》《鲁迅全集》《圣经》等中外文学经典的理解认识，可谓阐释视角独特，见解匠心独运。

2010 年 5 月 14 日，阎连科在《小说与因果——文学中的"小历史"思考》的演讲中，首先认为 19 世纪伟大作家托尔斯泰的《安娜·卡列尼娜》《复活》《战争与和平》，以及屠格涅夫、契科夫、巴尔扎克等人的经典作品，基本都是从外部走向内部，从社会走向人，走向人物的内心。紧接着，阎连科进一步指出，与前者不同，20 世纪西方经典文学的流行趋势则是由内部走向外部，小说的因果关系也发生显著变化。比如，卡夫卡的《变形记》《城堡》《等待戈多》《秃头歌女》和马尔克斯的《百年孤独》《霍乱时期的爱情》《没有人写信给上校》等经典作品，很多已经具有明显的荒诞色彩，也是全面阐释"内因果"含义的典型文本。这种小说创作内外视角的显著差异，表明西方经典作家对时代、社会、历史等问题的认识变化，也是我们思考西方文学经典的基本方式。

二、实行驻校作家制度有助于破解文学经典教育的现实难题

近年来，由于受到国外大学创意写作的深刻影响，上海大学、中国人民大学、北京大学、复旦大学、北京师范大学、南京大学、华东师范大学等陆续开设创意写作专业，有效催生了驻校作家制度在中国大陆高校的落地生根。比如，北京师范大学国际写作中心聘任莫言、欧阳江河、苏童、西川、余华等为特聘教授；中国人民大学延揽阎连科、刘震云、王家新等等为驻校作家，南京大学引进毕飞宇，复旦大学聘任王安忆，北京语言大学吸纳梁晓声等等。驻校作家制度在中国高校相继实施，许多专业作家有机会进驻大学校园，有助于破解文学教育改革的现实难题。实际上，文学教育的核心理念不仅是知识教育，还要培养人文主义情怀，写作是一种不可或缺的能力。针对我国高校文学教育工作的真实现状，作为大学教育沟通互补、培养专门写作人才的一种创造性构想，驻校作家制度是一种柔性引进智力的全新探索模式，在繁荣校园文化和促进人文学科发展方面具有重要意义。

总体来讲，国内大学驻校作家制度主要具有两种形式：一是长期聘任制，即高校把作家聘任为正式教师，作家的人事编制和档案也转到学校，平时正常开设课程讲学，或者招收研究生，需要完成一定工作任务；二是短期聘任

制，就是高校聘请作家为兼职教授或指导教师，不定期进校讲课或开展与学生之间的文学交流活动。著名作家莫言说："作家从封闭的书斋走出来，进入学校，设帐收徒，直接和年轻人打交道，会使自己年轻起来。在社会生活中，大学总是站在时代潮流的最前端，与他们交往，肯定可以从他们身上学到很多东西。一个作家要想使自己的作品保持锐气，必须不断地从外界汲取新鲜的东西。作家进入校园，对作家的写作会产生积极的影响。从学生的角度看，学生如果直接和作家打交道，听作家谈创作，也会获得许多从正儿八经的高校教师那里得不到的东西。所以，作家进校园，对作家和对学生都是好事情。"驻校作家制度不同于以往"作家讲堂""文学论坛"之类的学术交流活动，而是一种持续时间较长、活动内容更丰富、影响力较大的教育探索模式。驻校作家的目的是什么？不是走形式，更不是让驻校作家为高校脸上贴金，而是要推动原有教育理念的变革、推动教育要素的结构性变化，使写作技能的培养成为一种习惯和机制，以此推动教育本身的变革。2013 年 5 月 13 日，北京师范大学国际写作中心正式成立，莫言担任中心主任。研究中心的重要职能是定期邀请国内重要作家或诗人担任驻校作家，具体从事文学交流、文学创作、文学教育、文学研究等多项工作。

2012 年，莫言获得世界诺贝尔文学奖，成为中国当代文坛影响深远的事件之一。作为一种国际性的荣誉奖项，莫言获诺贝尔文学奖可谓名副其实，也会带来诸多社会轰动效应。"我们慢慢汇集在莫言先生的精神感召下，在他这杆高高飘起的旗帜下面，已经吸收的十位驻校作家和诗人，他们都是中国当代最优秀的作家，大家的气息相聚在一起，生发出超越每一个个体的力量，最终生成了一种场域，一种氛围，一种精神。"事实证明，驻校作家制度在北京师范大学、中国人民大学、复旦大学等高校的落地生根，许多大学生的写作热情日益高涨，阅读兴趣逐渐增强，他们的文学作品集也相继出版问世。因此，驻校作家制度有利于活跃校园文化氛围，必然会对当下我国高校文学教育改革工作具有助推作用。

作为一所以理工科专业为主的高等院校，华中科技大学非常重视大学生的人文素质培养教育，许多做法值得我们关注。2012 年 3 月 31 日，华中科技大学成立"中国当代写作研究中心"，并和湖北省作家协会联合举办"喻家山文学论坛"，近年来，曾经邀请张炜、韩少功、苏童、贾平凹、毕飞宇、刘震云、王安忆、阿来、迟子建、格非、克莱齐奥等著名作家，以及张新颖、谢有顺、吴义勤、陈思和、张清华、丁帆、陈晓明等评论家进驻校园，主要采用授课、演讲、研讨、采风等交流方式。此时，著名作家和批评家共同进驻高校，与广大师生进行全方位、多层次的沟通交流，必将激活他们的研究兴趣和创作潜能，推动作家创作理念和创作方式的更新变化，也能够促进校园文化生态的整体提升。目前，华中科技大学"喻家山文学论坛"已经成为华中地区重要的文学批评盛宴。

2015 年 4 月 12 日，阿来和於可训、陈晓明、徐新建、王春林等评论家围绕着"秘闻与想象"主题展开互动交流，对阿来《空山三部曲》《格萨尔王》《瞻对》等作品进行研讨，认为"阿来的小说以特异而冷僻的题材、富有描述性的语言以及独特创造的文体吸引了众多读者"。作为"消散文明的打捞者"，无论是"土司制度的终结"，还是"终于融化的铁疙瘩"，阿来都以独特的跨文化视角为读者带来一场震撼心灵的旅行。我们知道，阿来早年凭借长篇小说《尘埃落定》一举获得茅盾文学奖，在小说故事题材、语言风格、情节类型等方面都有独特贡献，成为中国当代文坛上的重要经典作家。2016 年 4 月 11 日，著名作家贾平凹在华中科技大学开始进行为期两周的驻校作家生活。期间，他不仅要给大学中文系学生上课，与广大教师和研究生共同座谈，而且要在"喻家山文学论坛"进行文学演讲，之后，还将在武汉天地举行贾平凹作品朗诵和无主题对话。4 月 17 日，贾平凹和著名评论家丁帆、吴义勤等共同参加"喻家山文学论坛"，他们以"浮躁与虚无"为题主要从三个层面对贾平凹小说展开研讨：一是关于贾平凹新世纪以来的创作成就、贾平凹的乡土写作、文体创新与传统文人文学之间的关系；二是关于当代文学创作和阅读出现的双重困境、回到文学本体的话语建构和当代文学叙事的深度论；三是关于贾平凹小说叙事伦理及其自觉的空间意识。《浮躁》《废都》《秦腔》《老生》《极花》《山本》等长篇小说，都是贾平凹贡献给中国当代文坛的代表性作品，具有地域性、民间性和民族性等鲜明特征，受到许多读者的共同赞誉。许多在校大学生和社会文艺青年热情高涨，积极参与研讨活动，他们不但亲自领略了经典作家的形象风采，也可以开阔文化视野，深入阅读经典作家的代表性作品，这就能够达到举办文学论坛的预期目标。

三、经常举办文学社团活动有利于文学经典的传播接受

实际上，中国古代社会具有文人结社的优良传统，文人之间借助结社谈古论今，相互唱和，切磋学问，成为古代文人雅集的重要方式。进入现代社会以后，随着现代大学制度的确立，北京大学的"新潮社"和"国故社"，清华大学的"游艺社"和"清华文学社"，南开大学的"新剧团"，西南联大的"南湖诗社""新诗社""南荒社""冬青社""文聚社""文艺社"等等，都是中国现代文学史上的重要文学社团，成为民国时期文学青年的精神家园。他们依靠文学社团广泛结交文友，相互交流心得体会，后来很多都成为声名显

赫的文坛巨星。

进入 20 世纪 80 年代以后，北京大学的"五四"文学社、"我们"文学社、北大剧社、未名诗社，华东师大的"夏雨诗社"和"夏雨散文社"，复旦大学的复旦诗社，南开大学国学社、红学社、诗词楹联学会，武汉大学"浪淘石"文学社等等，都是影响深远的重要文学社团。2014 年 11 月，为了在文学领域引领青年学生思想，服务青年学生成长，经共青团中央、全国学联批准，决定成立全国大学生文学社团联盟，并有全国学联秘书处和中国作家出版集团共同担任联盟指导单位。可以说，全国大学生文学社团联盟在指导高校文学社团建设工作、培养文学新人、传递时代强音方面发挥着特殊作用。

20 世纪 80 年代，华东师大校园的文学社团林立，自由讨论的氛围浓厚，一大批大学生在文学社团活动中成就了青春梦想，比如，"夏雨诗社""夏雨散文社""散花社""太阳河文学批评社"等等，都是深受华东师大学子青睐的文学社团。当时，华东师大中文系不仅汇聚着施蛰存、钱谷融、徐中玉等文学大家，而且赵丽宏、格非、陈丹燕、孙颙、王小鹰、宋琳、徐芳等一大批文学青年也在校学习。比如，在中文系读书期间，格非就积极参与"散花社"的文学社团活动，当时社团印有《散花》杂志专事刊发散文，格非担任杂志副主编，主要负责日常编辑工作。在平时阅读过程中，格非不但喜爱歌德、卡夫卡、博尔赫斯、卡尔维诺、托尔斯泰、福楼拜等西方文学大师的经典作品，而且也对中国古代文学经典怀有浓厚兴趣，"在重读传统的过程中，他个人尤其喜爱明清之际的章回体长篇小说，特别是《红楼梦》《金瓶梅》《镜花缘》《醒世姻缘传》《西游记》《儒林外史》等，而对宋元以后的白话短篇小说并无太多好感。文言小说中他对《世说新语》，唐传奇中的《任氏传》《李娃传》，宋人的《错斩崔宁》以及《聊斋志异》"之后，格非经常主动和文友们交流阅读体会，逐渐形成了志趣相投的文学圈子。

"除在小组、座谈会、文人交往外，更多是朋友之间的清谈。清谈本来是华东师大的传统，《师大忆旧》的'清谈'篇中，忆及了与八十年代诸师友的交往。所谓'清谈'，不过是各路人马忙过了白昼的生计与写作之后，于夜晚幽灵般出没，找朋友聚会聊天，常常通宵达旦。却也大有龚自珍'幽光狂慧复中宵'的况味。陈村、姚霏、李劼、余华、苏童、北村、吴亮、程永新、孙甘露、宋琳、吴洪森等都是清谈的常客，这其中包括了很多在八十年代声名显赫的人物。他们所讨论的话题，除却文学之外，亦兼及哲学、宗教、音乐、思想史等等。"可以说，正是这种自由开放和轻松愉快的文学氛围中，才成就了 80 年代"华东师大作家群"的显著成就。作为一种文学现象，"华东师大作家群"可以说是文化环境和时代历史共同作用的结果，成为许多作家怀念和憧憬的光辉岁月。

总而言之，文学经典教育和校园文化建设存在着密切联系。一方面，文学经典作为一种超越时空的精神存在，凝聚着经典作家对时代历史、国家民族、社会文化等的独特思考，在培育人文精神素养和提升思想境界方面具有特殊价值。铁凝说："文学可能并不承担审判人类的义务，也不具备指点江山的威力，它却始终承载理解世界和人类的责任，对人类精神的深层关怀。它的魅力在于我们必须有能力不断重复表达对世界的看法和对生命新的追问；必须有勇气反省内心以获得灵魂的提升。"因此，阅读文学经典是校园文化建设过程中的应有之义；另一方面，自由宽松、平等开放的校园文化氛围对文学经典传播具有积极意义，有助于提升青年学子的审美能力和精神品格，是他们实现茁壮健康成长的润滑剂。正是在这一意义上，我们说，文学经典教育和校园文化建设具有互动共生关系，都是学校教育生活中的重要环节。

第五节 新媒体环境下高校文学经典传承新思路探究

一、高校传承经典文学的优势及经典文学的意义

文学经典作为民族文化的载体和集中体现，传承和推广是极为必要的，然而时机和方式值得商榷的。经典文学对于人格塑造和素质提升具有重要作用，但传承面向全社会，全年龄段是不现实也是不可取的，最佳时期是大学时期。这一时期人的价值观念初步形成，个人才能全面发展，对于社会关系和人际关系都有自己的看法和理解，也正是接受经典文学熏陶的好时期。而高校以其专业性、权威性和独有的丰富资源成为经典文学传播的重要阵地，在经典文学推广活动中也有着不可推卸的责任。"专业性"即高校可将经典文学的培养与中文等专业学科的教育结合起来，共同培养，共同促进；"权威性"即高校可依托完整正确的学识体系对经典文学的传播加以引导，使学习者信服；"丰富资源"即高校可借助信息量巨大的图书馆、各领域各专业的专家教授将经典文学进行诠释补充，更好地传承。因此，高校应当利用好这一良好时机，把握好"专业性""权威性"，利用好丰富资源，贯彻积极、科学的方针，结合自身的定位和特色，努力探索适当的高校文学经典传承的新途径、新方法。

（一）经典文学的传承对于教育教学意义重大

谈到经典文学的传承的最大受益者，毋庸置疑，社会各界的第一反应都

会是中文专业或是汉语言文学专业以及历史文化相关专业。当然，这些相关专业是受益的主体，因为对于经典文学的内容进行诵读学习、对其语言结构和句式用法进行推敲、对其文化内涵进行深入分析可以帮助其更好认识自身专业，丰富其对自身专业的理解认知。目前此类学科也把经典文学中的重点篇目通过课堂教授和课下布置的形式进行学习，取得了较好的效果。但需要强调的是这样的经典文学传承只是在极个别相关的专业的范围内进行的，并没有形成全面的、覆盖面广的学习氛围，然而全面的学习氛围不仅对整个高校范围有带动辐射作用，同时对这些专业自身也有很大的促进作用。

同时，经典文学的传承对于其他学科教育仍有益处。现如今，当提到高校应当全面学习经典文学时，总会出现质疑和反对的声音："一些与文学关联性小的专业，甚至一些理工科专业学生也需要进行经典学习吗？"答案是肯定的。所谓经典，是指其中的内容能够不局限于时代，能够在长期的社会历史进程中被保留、被遴选、被检验之后沉淀下来的精华。学习经典，并不只是读出书中的内容，而是通过阅读去锻炼"思辨"的精神，体会作者的用心，思考作品的意义，提出疑惑的问题，寻找合理的解释，这也在很大程度上提升了自身的理解和思考能力，对各个专业都大有裨益。同时，许多专业在学习文学经典后，再接触本专业的知识，可以达到触类旁通的效果。例如，播音与主持专业的学生通过学习文学经典，不仅可以丰富自身的文化底蕴，提升自身文学修养，同时在从事与专业相关的实践时，可以将所学内容与实践需要结合，更好地完成自身相关工作。

（二）经典文学的传承对于个人素质培养有积极意义

文学经典的传播不仅具有以上两点教育意义，同时教化意义也是极为重要的。文学经典中孕育着人类丰富的生命体验与情感经验，大学生阅读文学经典不仅是一种愉悦身心，陶冶情操的休闲方式，而且能够修养身心，启迪智慧，净化心灵，指引未来，能够树立大学生正确的世界观、人生观、价值观，主要的功能有社会政治教化功能，即增强大学生的社会责任感，树立正确的政治理想目标；道德伦理教育功能，即提高大学生思想道德素质，培养其优良的道德感；个体人格净化功能，即促使大学生拥有高尚的情操和健康的人生目标，用正确的人生态度去生活；审美情感教育功能，即要求大学生拥有良好的辩证能力和高情商。因此，经典文学的教化意义也就决定了其重要地位。

二、新媒体环境下高校文学经典教育传承现状及弊端

文学经典的传承一直是学界和社会各界讨论的热点问题，如何将文学经

典中有益的部分提炼推广和如何让社会大众自觉自愿接受文学经典，并学习文学经典一直为人们所提及。但随着媒介相关技术的功能日益强大，微信、微博等自媒体充斥人们生活，新媒体时代已经到来，高校原有的文学经典的传承方式也受到挑战，传统的传承方式面临前所未有的困境。

谈及原有的高校经典文学传承方式，总的可以概括为以下两种形式：第一，课堂教学法，将文学经典设立选修课程和必修课程，教师在课堂上通过对经典文学典籍分析整理归纳，将其中重点知识和思想教授学生；第二，学习总结法，即学生按照学习目标和计划对文学经典进行学习，将书中内容进行记录学习，通过整理汇报的方式对文学经典进行研读。

（一）文学经典的文化内涵需要发现和创新

学习文学经典，最重要的是学习其文化内涵，并且发现运用书中的核心内容。对于大部分家喻户晓的文学典籍，书中蕴含的人生哲学、处事哲理大都口耳相传，我们都有所了解，但"温故而知新"，我们不能因为发现文学经典中某一突出的，具有积极意义的内涵，而停止对其进行进一步的探索，每一次的深入阅读都可能会带来不一样的体验和收获，仅仅掌握片面的内涵是远远不够的，而且对于文学经典的学习者来说，也是不能够满足的。现有的文学经典教育就存在这样的弊病，教授的内容趋于一致，教授的篇目趋于集中，教授的内涵陈腐未变，这种现状亟待改变。

（二）传统的文学经典传承方式缺乏生机和活力

提及高校文学经典的传承方式，大多数人都会想到课堂教授。这样的方式没有问题，自有私塾以来，这样的文化传承方式已经绵延了千百年，但在覆盖范围广、传播速度快、互动性强的新媒体环境下、在学生接受新事物习惯不同于以往的高校范围里，这样的文化传承方式已经很难再受欢迎。对于翻看书本上的传统文学篇目，课堂上由老师将篇目的主旨大意及文化内涵口头教授的方式缺乏生机，大学生很难主动地去了解相关知识，也很难深入发掘文学经典的深层意义，这与传播文学经典的用意是背道而驰的。

（三）传统的文学经典传承方式难以适应新媒体

新媒体环境下，大学生获取信息的内容和形式得到了极大地丰富。传统媒体时期的信息传播内容在形式上比较单一，基本上只有文字图片的形式，过于呆板，吸引力不强。新媒体的应用为大学生提供了有声文字、动态图片、视频等新形式，形式多样，图文并茂。相对于同样的信息，大学生更倾向于接收娱乐性强、信息容量大的信息，而文学经典却没有与这一需求紧密地结合起来，在新媒体环境下的传统传播方式与借助新媒体传播的其他各类信息相比较毫无优势可言。因此，想要达到传播文学经典的目的，与新媒体相结合、满足大学生的兴趣需求十分重要。

三、新媒体环境下高校文学经典传承新思路

（一）文学经典的新内涵和新思想需要发掘

正如前文提到的，文学经典中传统的文化内涵和核心思想已经不能满足传承和教育的需要了，想要让文学经典的传承重新焕发生机与活力，新的内涵和新的思想是必要的，但从文学经典中发现新的积极意义也需要遵循一些方法和原则。在重新发掘过程中，要抛开既定的思维模式，用全新的角度、全新的方式去解读曾经研究过的文学经典，发现其中的新内涵、新思想，将其加以整理传播，让文学经典的传承焕发生机与活力。

（二）高校需要创新传承思路转变角色

高校要提高文学经典传承的主动性，创新传承思路。在以往文学经典的传承过程中，高校只是作为一个主办人的角色出现，而并非作为策划人、负责人的角色，在传播过程中对于细节的把握和反馈的收集做得并不到位，这也导致了虽然关于文学经典传播的活动在开展，但收效甚微。因此高校必须破除以往关于文学经典传播的旧思维，积极转变角色，结合文学经典的积极作用与学校自身特色，制定出符合自身特色的文学经典传承思路。只有高校这个把关人、负责人的工作做好并做到实处，相关的工作才能有条不紊地开展。同时高校需要完善相关机制，如负责机制和激励机制等，相关工作安排到人，让每项工作有人具体负责，有人统筹规划；通过激励机制从上至下激发潜能和活力，保证相关活动稳步进行，在创新中发展。

（三）文学经典的传承方式需要与高校活动相结合

如何让大学生自觉主动地接受文学经典要从大学生日常兴趣点入手。在高校，学生除了日常的学习生活外，最能够自觉主动参加的便是学校、学院及社团组织的丰富多彩的活动，通过这些活动，学生不仅达到了沟通交际的目的，同时也在参与过程中收获了知识。文学经典的传承便可以与众多的校园活动相结合，采取"学校提倡、学院主办、社团添彩"的方式，让文学经典的教育与活动紧密结合起来，举办读书报告会、诵读大赛等形式，用活动的方式吸引学生参与，让大学生在参与的过程中自觉自愿地接受文学经典的熏陶和教育，同时又转变为积极的宣传者。如我校新闻与传播学院的特色活

动"晨读经典大赛"就是将传承经典与活动相结合，活动的目的旨在让学院学生接受传统文化的熏陶，加深学生的文化底蕴，丰富学生的课余生活。

学院发起活动，学生自选篇目，对篇目内容进行深入分析和理解，将其中感兴趣的内容或故事诵读或排练成节目，通过初赛、复赛和决赛，最终以晚会的形式呈现。活动自开办以来，学生热情度极高，也自主编排了形式各异、各具风格的节目，活动效果也良好，不仅让学生对文学经典进行了充分深入的学习，同时也锻炼了本学院学生相关的专业技能和专业素养，增强了学生的组织领导能力。

（四）文学经典的传承方式需要与新媒体相联系。

传统的校园文化活动囿于时间和空间的限制，覆盖面受限，而新媒体的出现解决了这种时空问题，使得校园文化活动的持续性和影响力大为增强。目前，尽管新媒体技术在校园文化传承创新中的应用还处于探索阶段，但是由于其具有不可替代性的优势，在未来一定会有良好的发展前景。高校应当本着"重视平台作用、找准切入要点、广泛宣传推送、考虑实际效应"的原则，切实加强新媒体文化建设，搭建文化传承创新的多样化、立体化展示平台。

首先，应当开始并加快相关新媒体建设。对传统文学经典传播方式所面临的困境和弊端需要正确认识、正确分析，把握新媒体技术在文学经典传承创新中所面临的机遇和挑战，增加软硬件基础设施投入，让新媒体成为文学经典传承创新的重要窗口。其次，搭建多样化实践平台。把握学生的个性特征，重视学生的个性发展，建立微信、微博、博客、论坛等互动、体验、引导和渗透式的平台，进一步丰富文学经典传承创新的载体，接受师生的反馈意见，不断加强和改进文学经典传承创新的信息化、数字化和网络化建设，从而促进文学经典在"现实空间"和"虚拟空间"中均得到有效地传承与创新。最后，将传统的传承推广策略与新媒体的特性相结合，互补利用。正确分析传统的推广宣传策略中的优势和弊端，结合新媒体的优缺点，在实际运用中要注意扬长避短、趋利避害，努力实现双向互动、双向联动，共同服务于文学经典的传承推广。

总而言之，经典文学在传承教育过程中要始终坚持以优秀的文学作品为基础，以丰富的文学典籍为资源，以书中优秀的思想、良好的品格为指导，以提升自身能力、提高综合素质为目的，采取传统传承与新媒体传承相结合的双向联动的传承方法，采用高校主动推广与大学生积极参与活动的形式，来推进经典文学的传承。

第九章 文学阅读方式的现代化转变

第一节 文学经典的网络化传播

网络已成为传播文学经典的重要方式和渠道，它在传播中解构了文学经典固有的结构内容、审美习惯、价值功能，改变了人们对文学经典的审美接受习惯，也相应地带来了文学商业化和消费逻辑的运作，由此颠覆了经典作品的固有认知教育功能。同时，在网络传播的语境中，文学经典的审美接受产生了嬗变，从而导致文学经典的阐释危机。因此，网络传播对文学经典的解构和运作，必须尊重受众的审美心理，注重现代性和民族化的有机融合，以促进传播内容的正向化和传播方式的进一步优化。网络传播一方面开创了文学经典前所未有的"数字化生存"新景观，重构了当代社会的价值观念和审美功能；另一方面，网络传播也在一定程度上解构与颠覆了文学经典，使其审美面临着前所未有的挑战和危机。在消费文化盛行的后现代社会，网络传播对文学经典的解构，其原因以及带来的结果值得我们深入探究。

一、文学经典的祛魅与危机

在后现代历史语境中，中国文学经典面临着消费社会一个空前强大的对手——大众文化的挑战。网络时代的大众文化对中国文学经典的冲击是史无前例的，它造成了对文学经典的祛魅与危机这一双重困境。

首先，大众文化在客观上造成了文学经典的权威地位的消解。由于中国文学经典与后现代社会的大众诉求之间产生了脱节，中国文学经典原有的主流意识形态和话语权力的文化背景不复存在，由大众文化倡导的多元价值观和日常化的审美意识，一定程度上消解了传统文学经典的价值中心和话语霸权。另一方面，网络传播隐匿了文学经典的人文意义，文学经典承载的精英文化内涵和网络传播秉承的大众文化理念存在着意识形态上的差异。如果说文学经典是精致典雅的文化盛宴，网络传播就是通俗易懂的文化快餐。显然，网络传播这种大众文化形态无法准确地传达和阐释文学经典的精英文化内涵，而对文学经典所隐匿的深邃思想的忽略，也必然会损伤文学经典的艺术魅力。其次是网络传播的商业化运作逻辑对文学经典的负面影响。文学经典的当代改编者们受商业利益驱使已经是普遍的现象。进入90年代之后，一些网络传播的文学经典作品中的人文意味却在大幅度地消失。其中一个原因就是中国文学经典的改编者们卸下了启蒙的重担，意义的生产与传输因而显得多余。从文化生产或文化产业的视角看，文学经典在网络"点金术"的作用下，华丽转身为市场经济的"摇钱树"。文学经典经由包括网络在内的现代传媒的重构，在创造出新的文化神话的同时，也制造出消费神话，获得了巨大的接受效应和丰厚的商业利润。例如古典文学的"四大名著"以影视剧、动漫、网游、图书、讲坛等形式纷纷登场。在网络传播空间，改编者对文学经典的重构，往往迎合大众接受者的审美趣味，采取娱乐化、世俗化、去中心、不定性、削减深度、意义缺席等文化理念和商业策略，对原著进行了"祛魅"活动。有学者指出："文学经典需要借此改编加工，并以符合当代受众需求的模式出现、'畅销'方能保住其吸引力，难怪四大名著被无数次的翻拍、重拍。甚至对文学经典加工、评判的一些当代文人亦放弃了'文以载道'的精神追求，为名利计、为稻粱谋。"

在后现代社会，由于消费主义的宰制，文学经典的网络传播转换为事实上的商品流通；改编者对于经济效益的追逐，使自我丧失了对文学经典的提炼能力，丧失了把握原有主题和进一步深化意义的艺术冲动。由此导致文学经典原有意蕴的消解，审美和教化的功能逐渐缺失。再次，网络媒体对于经典文本的改编，一定程度上导致了艺术理念的共识性危机。进入信息社会，尤其是网络的出现，使得大众的民主意识普遍提高，在民众的公共话语权日益增强的形势下，主流意识形态的官方话语权改变了策略，它一方面力图左右公众意识，另一方面隐匿于幕后而施加影响，不再直接干预大众对文学经典的不同意见，于是艺术概念和审美意识的"共识"达成就成了文化精英（批评家、学者、作家等）和各种力量之间相互牵制，最终求同存异、妥协让步。如此，造成了经典"共识"的美学危机。

经典的"共识"危机，也造成了受众对中国文学经典的重新评价和认识。具体表现在这几个方面：一是能否确定某个作品、某位作家成为"经典""大师"的意见不一。如20世纪末中国文学界出现的关于茅盾能否位列"经典"、金庸能否成为"大师"的争论。二是关于某些经典文本的评价变化。如中国文学界对最能代表李白思想深度与艺术水准的作品的评定就出现变化，对"四大名著"的价值评价也产生了差异。三是对经典作家的文本"最佳点"的看法不同。如评判鲁迅，其作品功能究竟体现在意识形态方面，还是审美价值方面？与此相关，网络时代的大众文学作品和作家是否能够成为新的经典，也是美学共识难以达成的一个方面。在经历了一段时间的沉淀和验证之后，一些网络文学作家与作品已经进入了文学理论和批评界的视野，一些大众文学文本逐渐获得了经典的提名。这意味着，在网络时代，经典的祛魅与危机已经成为一个艺术事实，然而，它也可能制造出新的经典样式。

二、"戏仿"：文学经典二度创作观念的差异

网络传播对中国文学经典的解构所导致的另一个逻辑结果是，它造成了当代社会对文学经典二度创作的美学观念的差异。文学经典在每一个时代必然有其符合所在的时代风貌的呈现形式，这些呈现都需要通过再创作得以实现。然而，这些再创作的作品，无论是纸质文本、电子文本或影视剧的改编，还是动漫、网络游戏的新作，抑或文学讲坛的再阐释或创新，纷纷采用了"戏仿""大话""搞""娱乐""拼贴"等手段，使得文学经典从思想意蕴到表现形式都被解构、颠覆、俗化、转化或偷换，最终通过保留原有文本的部分符号元素加上渗透大量的当下语境的审美符号，达到艺术创造的异质生成。显然，"娱乐"功能已经成为经典改编的核心美学诉求。

被后现代消费心理所左右的当代大众，对众多文化产品的接受都建立在愉悦身心的基础上。因此，为了迎合接受者的审美趣味，"戏仿"手法成为网络传播语境下的经典文本改编中的常见和重要的策略之一。后现代社会的主体醉心于超越现实世界中的规范，疏离主流意识形态的戒律束缚，偏爱用戏谑、游戏、调侃等喜剧方式，进入身心自由和开怀畅笑的境界。在整个市民社会倾向于喜剧化审美心态的影响，创作者和接受者都热衷于这种"互文"游戏，其结果必然使经典原著真实广阔的影响空间逐渐被遮蔽，而游戏活动和喜剧化情趣占据主导地位。它们共同构成了"戏仿"的社会依据和美学缘由。

在美学意义上，"戏仿"，又称"谐仿"，它是对经典进行再阐释的一种方式，创作者可以通过对经典文本进行借用或袭用，以达到调侃、嘲讽、游戏甚至致敬的目的，属于二次创作的一种形式。戏仿的对象通常都是大众耳熟能详的文学经典作品。当然，戏仿本身也可能成为新的戏仿来源。具体地分析，构成戏仿作品必备的两个条件为：一是新作是对经典作品所作的"模仿"，二是新作和原作的主题构成"对应"和"差异"的关系。而"降格"则构成文学经典戏仿化的基本特征，它把"顶礼膜拜"的文学经典变成了人们发泄情感的"娱乐消遣"，使人们在自我情绪的放纵狂欢中得到满足。

　　网络传播用"戏仿"的手段对文学经典进行的再阐释和二度创造，主要采用的呈现方式是"拼贴"手法，表现为通过对文学经典的改写，消解原著的深刻内涵和艺术韵味，代之以感官刺激和商业气息，使之进入消费市场，例如《水煮三国》《红楼梦的管理艺术》《麻辣水浒》《孙悟空是个好员工》之类的励志或经管实用书籍。戏仿的效果常常借助于"拼贴"来完成，对文学经典的戏仿不是完全客观忠实于原著文本，只是在选取某些人物、情节的元素的基础上，借助当今世俗化的视角和立场，结合修辞变化和当代流行话语来重新叙说，有时候甚至有意造成语境的错位，以求达到非和谐的喜剧效果。改编者孜孜以求的不再是展现作品的思想意蕴和审美价值，而是如何达到改编后的游戏效果和喜剧目的，让改编后的文本获得市场成功。

　　纵观网络上一系列戏仿文学经典的版本，改编者通常在原著的时空场景里拼贴上当代都市的生活内容，以历史时空交错和不同符号嫁接的方式来营造"灰色幽默"的喜剧情境。林长治的《Q版语文》将朱自清名篇《背影》中经典的父亲穿越铁道的场景戏仿成了"突然，老爸向后退了两步，左手掐腰，右手向天空一指，唱道：'快使用双截棍，哼哼哈嘿！飞檐走壁莫奇怪，去去就来！'晴天里打了一个霹雳后，老爸纵身跃上了月台，还在月台上完成了一套托马斯全旋！"周杰伦的《双截棍》歌词、李宁的鞍马动作都被拼贴借用。原著中深沉略带凄凉的亲情画面被无厘头式的滑稽爆笑场面取代，颓唐落寞、令人同情的父亲亦被戏仿为漫画式的令人捧腹的搞笑人物如此追求幽默效果，其结果是隐匿了经典原著的人文精神内涵，而凸显了当下社会无聊的荒诞趣味。在网络传播中，"红色经典"亦遭遇戏仿的侵袭：《林海雪原》中的英雄人物杨子荣被戏仿成了伙夫，竟为情妇丧身；《闪闪的红星》中的潘冬子变成了一位青年歌手大奖赛参加者。尽管从积极的角度而言，戏仿给文学经典注入了新的活力，以幽默的方式给受众带来欢愉，有一定的存在价值。然而，有些戏仿无疑是对文学经典的一种价值侵蚀和审美亵渎，是一种降格式的解读和重构。

　　在网络传播对文学经典的解构中，将"戏仿"发挥到极致的是"大话"手法，它构成审美活动中的"大众狂欢"。"大话"和戏仿的精神内核一致，所以，"大话"可以阐释为是无休止的"戏仿"。"大话"继承了狂欢文化的精神，它运用癫狂无羁的话语把毫无关联的事物实行异质同构，消解对象的界限，抹平事物的价值、意义，获得无差别境界的自由狂欢。"大话"将古今、雅俗、宏大与琐碎融为一炉，随意拼贴没有逻辑关联的事物，颠覆了约定俗成的价值与意义，实践着后现代社会的语言狂欢。文学经典固有的神圣意义、话语权威被踩在脚下，剩下的唯有轻松游戏、身体快感、话语自由等喜剧元素。例如周星驰《大话西游》中许多无厘头的台词至今仍在风靡，甚至一度取代了原有经典的地位。网络传播中各种"大话"产品，极尽插科打诨之能事，将精英文化奉于神坛的对象任意把玩，这也昭示着20世纪60年代发祥于欧美，以拒绝权威、鼓励文化渎神、打破中心、消平深度、解构经典为特色的后现代主义思潮在中国产生了实质性影响，同属无厘头"大话"风格的电视剧《星光灿烂猪八戒》、读物《沙僧日记》、动画片《Q版刘关张》等先后问世。从《大话西游》开始，"大话"风潮几乎横扫历代中国文学经典。文学经典原著中许多严肃元素和话题被"大话"消解，置换成了荒诞不经的戏谑和灰色幽默。网络视频中五集Flash《大话李白》里出现了"啤酒""QQ号""电子商务""粉丝""签证"等当代流行词汇，甚至连鲁迅笔下老实憨厚的闰土也被"大话"成了古惑仔。"大话"的文艺潮流，成为网络传播解构文学经典的去精英化、去神圣化的最直接和最感性的美学表现，"大话"让文学经典难逃被庸俗化和快餐化的命运。恶搞也可以界定为"超级戏仿"，是一种反美学或反审美的感性冲动，是对传统美学的价值与意义的双重颠覆，在网络传播对中国文学经典的解构中，恶搞是"异化的解构"。"恶搞"和"戏仿"既有联系也有区别，它们的共同点在于，两种叙事的经典文本和修改文本皆共存，不同点在于精神内核的差异。如果说戏仿是新文本用自己的价值取向否定母本，那么，恶搞的新文本则没有明确的价值立场，只是"空心的戏仿"。此外，两者的归宿不同，戏仿是精英领域的艺术实验，恶搞则是网络语境下大众领域的娱乐实践。近年来出现的网络"恶搞"已成颇受追捧的风潮，恶搞之作层出不穷，在公共空间广为流传，对受众影响日益扩大，它已经从单纯的娱乐行为演变成热闹的文化事件。

从美学视角考察，恶搞是对精英文化和主流意识形态的戏谑或讽刺，是对社会权威和中心的颠覆与反抗，无疑具有某些积极的因素。从媒介上考察，恶搞常常借助于网络空间，网络时代的信息技术发展促使网络变为滋生和传播恶搞的温床。以四大名著被恶搞为例，新版电视剧《红楼梦》的定妆照一发布，网络上立即出现了图文并茂的恶搞新红楼人物的内容，如人物的发际被贴上了黄瓜片，从接受美学而言，恶搞呈现给受众一些陌生化的审美意象，避免了接受者的审美疲劳。然而，尽管恶搞具有一些积极因素，但它带来更多的是消极的成分。"恶搞"版的《西游记》，唐僧与妖精有了感情纠葛；动画片《Q版刘关张》中，桃园三结义的原因始于三人同时被抓壮丁后的患难与共。网络游戏则更是恶搞文学经典的重灾区，林黛玉被日本网游《红楼馆奴隶》恶搞成了"娼妇与外国人的私生女"；号称以《水浒传》为灵感的网游《HER0108》，108将被变换为拯救人类的勇士。这些网游实际上只是借文学经典之名，达到"恶搞"的目的，对传播文学经典造成了负面的影响。许多恶搞落入满足感官刺激的窠臼，使审美变成了审丑，经典变换为恶俗。有的"恶搞"甚至带来了消极的国际影响，其中颠倒是非的价值导向对青少年的健康成长产生了不利的影响。网上"恶搞"行为带有浓厚的民间色彩，它们甚至形成一种集体暴力和话语霸权，更令人担忧的是"网络社会的民间活动由于是匿名性质而较易倾向于表现民众心理的阴暗面，因此，'恶搞'常常会比'痞子文学'和'无厘头'电影表现出更极端、更激烈的反经典、反理性乃至反社会色彩"。

三、文学经典受众接受特征的嬗变

随着文化空间由"印刷媒介场"向"电子媒介场"转移，传统纸质文本的阅读走向式微，文学经典的读者群体趋于衰落。目前城市居民纸质书阅读率的下降甚于农村居民，现代社会的生活节奏加快，工作压力加大，使很多人"没时间"读书。而以网络为代表的新兴传播方式的兴起，分流了受众，大多数人越来越"不习惯"传统的阅读方式。因此，越来越少的人会花费大量的时间阅读传统的文学经典作品，越来越少的人受到文学阅读的决定性影响。而电影、电视、流行音乐、网络，在塑造人们的心灵和情感的空缺方面，正在发挥着越来越大的作用，因此，它们造成了文学经典受众特性的历史性嬗变。

从当前文学经典的接受来看，静态的接受方式包括阅读以电子书、电子杂志为载体的电子文本，专家鉴赏、评点的白话翻译本，以及用插图、漫画等形式普及文学经典的各种读本。然而，仅仅猎取信息而无智慧和想像力的阅读是残缺的，在这个意义上，电子书与其说是传统书籍的终结者，不如说是传统书籍的一种延续，它们可能在一定程度上颠覆了传统的阅读习惯，但不可能超越和替代传统书籍。其中，真正可能威胁到文学经典接受方式的主要是"可视化"阅读，即动态接受的方式，包括通过网络视频、网络游戏的阅读，以及诸多与文学经典相关的影视、戏曲、讲坛、动漫等的阅读。文学经典的"可视化"接受，使经典的神圣色彩迅速退却，文化的世俗化进程日渐加剧。与电子阅读相比，纸质文本的阅读是一种心智性的深度阅读，主体的各种感觉能够积极、全面地参与文本，使书籍的阅读更为感性和鲜活，既发展了理性思维，又拓展了情感、直觉、想象的功能。如在阅读《西厢记》纸质文本时，读者可以缓慢地品味崔莺莺的心理发展，可以反复体验张君瑞的感情变化，但影视文本得不到这种审美体验。因此，很多文学经典名著转化成影像后，虽然得以广泛传播，但人们对这些名著的印象大都被这些影像所留下来的印象所替代，留给人们的通常是一个通俗和平庸的故事而已。尽管文学经典被反复重拍和不断改写，但仍然只给人们留下肤浅平庸的印象。所以，在开启主体智慧和创造力方面，影视艺术比书面的语言艺术稍逊一筹。在接受心理的层面上，文学经典意义的凸显，有赖于读者的静观、联想、体验、直觉、领悟、思考等多重的心理活动，而网络语境下文学经典的传播，却使接受者被动地接受图像符号，丧失了反复体悟和深入思考的能力，放逐了自我的想像力和直觉能力，也难以对文本展开反复的领悟和理解，因此，大多数网民很难重回"诗意地栖居"的境界，感受不到文学经典的独特"韵味"。后现代社会的主体，醉心于物质生活，利益驱使下的快节奏生活方式已让人无暇顾及心灵的滋养，加之网络的可视化传播一定程度上占据了人们的认知空间，快餐式的资讯接受方式导致了接受心理的变异和思考能力的危机。面对网络上传播的文学经典，文本的审美性对网民而言已不再重要，他们感兴趣的是文本的娱乐性及其感官享受。正如阿诺德所言："自从希腊智者派以来的一切'暴露型'心理学的基本信条都是快乐原则：也就是每一个人所采取的行动归根到底都是为了求乐避古。现代性和后现代性使整个生活和世界万物变得廉价，使"大多数人"好像获得了快乐，如此便满足了"最大多数人的最大利益"。在媒介控制下，大多数人的思想、情感、体验等都处于同一个精神刻度，在媒体娱乐的光环背后，平庸化的趋势支配着后现代社会，尤其对 90 后的年轻一代而言，文学阅读已无足轻重。在网络当道、文学式微的年代，当代美国著名的文学批评家、"耶鲁学派"的主将之一哈罗德·布鲁姆无限悲伤地宣称："我们正在经历一个文字文化的显著衰退期"，"我们正处在一个阅读史上最糟糕的时刻"。

四、文学经典网络传播的优化

网络媒介对文学的影响已远远超出信息和技术的层面，如何顺应历史语境的变化，利用网络工具达到文学经典传播的优化，这是一个关涉到文学的生存与未来的重要课题。

首先是传播宗旨的"净化"原则。亚里士多德在《诗学》中早已提出文艺"净化"心灵的伦理原则，在后现代社会我们同样应该坚守这一原则。在网络时代快节奏的社会生活情境下，大众无暇去品读那些卷帙浩繁的文学经典名著，而网络深入大众的日常生活，其感官冲击力前所未有。那么，为了适应快节奏的生活，文学经典可以进行尊重原著的改编或简写，如不同版本的文学经典作品导读、赏析的书籍就很好地起到了普及文学经典的作用。为了满足受众的感性需求，可以借助网络传播文学经典改编的生动的影视剧、动漫、网游等。总之，要充分利用网络的传播优势，以喜闻乐见的形式传播文学经典，并使之真正地为大众所接受，使得文学经典的传播借助现代科技"提高社会的精神格调，培养公众的智慧，纯洁国民的趣味。因此，文学经典的网络改编和传播必须遵循净化心灵的原则以达到健康民众精神的伦理目的。

其次，内容阐释的当下性。大众接受文学经典的动机可能是多层面的，因此文学经典的改编必须注意使内容切合当代人的需求。除了忠实于原著地改编作品，融当代人的情感取向和价值追求于新作外，还可以从原著中萃取迎合当代生活需求的内容。

再次，优化传播效果。传播意义上的效果论强调的是首先必须进行媒体的定位，所需定位的内容包括受众、功能、内容和风格等要素。从受众角度来说，文学经典的网络传播可以从接受类别上确立传播的不同方式和内容。在年龄层面和社会阶层上，根据受众的实际接受能力和阅读需求，用不同的形式和内容加以传播。就功能定位而言，可以结合精英文化的审美品格和大众文化的娱乐意识做综合策划。从内容和风格定位来说，网络传播文学经典必须将传统的审美价值与大众趣味、共时性价值与历时性价值、当代阐释与原著意义达到平衡兼顾。借助网络技术的优势传播文学经典的丰富内容，从而达到传播效果的优化。

最后，完善传播手段。文学经典网络传播的重要策略之一，就是丰富和完善经典文本的传播手段。在这个前提下，建构以网络为基础的多媒体、跨媒体传播成为消费文化语境中文学经典传播的必然选择。从多媒体传播的角度看，网络传播技术足以担当这一重任，但这需要通过文学研究者和改编者、网络技术人员的通力合作才能得以完善。

网络时代的文学经典传播属于"文化工业"的范畴，因此必须尊重市场和受众。因为文学文本也是一种文化商品，属于审美化的特殊消费品。所以，它也必须尊重接受心理和市场规律。从文学生产的角度看，伟大艺术品的创作动力不仅源自内心，还有赖于市场的支撑。从文学接受的角度考察，"在文化领域中，艺术由生产者和消费者之间的一种不断进行的对话构成；这种对话帮助双方决定自己需要什么东西，从尊重受众的接受心理而言，可以广泛收集受众意见，用于指导文学经典再传播的优化。在市场经济条件下，网络传播的文学经典作为一种商品置身于消费社会，其本身已经具有了商业价值，所以传播者应当深刻认识其面对的消费市场，研究文化产品如何适应消费社会，如何获得市场效益的最优化，从而使文学经典的网络传播获得受众和市场的双赢。

另一个值得关注的问题是，文学经典的网络传播必须坚持全球性和民族化的和谐并存。一方面，文学经典传播的全球性，实际上是通过网络向世界打开一扇大门，将中华民族优秀的文学经典作品传播海外，展示中华民族的文化软实力。另一方面，我们也应借鉴世界其他民族的优秀文学遗产和美学理论。如冯小刚的《夜宴》戏仿《哈姆雷特》，张艺谋把意大利歌剧《图兰朵》这个取自《一千零一夜》关于中国的臆想故事搬进了北京奥体鸟巢，从而取得了成功。

古往今来众多理论家曾给文学以诸多阐释，但"文学即人学"最能道破文学的本质。科学与人文的冲突由来已久，因此只有从"人"作为技术创造者的终极关怀出发，考察主体对网络的意义建构和价值赋予，才能真正把握网络传播的本质。我们必须认识到文学经典与网络传播的关系是互动的而非对抗的，两者是相辅相成的辩证关系。文学经典完全可以借助网络平台，更好地展现自己独特的艺术魅力，从而得到社会效益和经济效益的双重实现。我们应客观、全面和辩证地看待文学经典的网络传播的现状。随着社会的发展，文学经典的网络传播还将迎来更多的改变和突破，但不管形式发生怎样的变化，文学经典所承载的文化力量，所代表的民族传统、文化精髓及人类文化发展方向是永恒不变的。只要我们坚持正确传播和理性引导，做到文学经典的网络传播与传统传播的资源共享、优势互补、综合创新，那么作为人类精神财富的文学经典必将超越时空，历久弥新。

第二节 文学经典的影像化传播

随着科学技术尤其是现代传播技术的飞速发展，承载了民族集体记忆和历史文化意蕴的文学经典，其影像传播成了影响深远的文学现象、文学事件和文化事件。越来越多的文学经典作品顺应大众文化发展的需要，纷纷转换话语方式进入影像传播的领域，越来越多的影视作品也竞相采取改编文学经典作品的策略，乃至视觉思维和影视逻辑进入文学生产领域，改变了小说的生产方式、叙事方式和语言方式，出现了影视同期书、"跟进小说"等新的文学样态，电视节目也纷纷开辟文学专栏，如《读书时间》《电视诗歌散文》《子午书简》《百家讲坛》等，寻求文学传承与影像传播的新的契合点。在这种背景下，当代文论开始了历史性"媒介转向"：文艺学科开始扩容、越界与重新勘定版图；学术界和评论界开始关注"媒介"维度下的文学经典、文学维度下的媒介文化和当代文论的视觉文化转向等热点话题。影像传播与文学经典的建构问题，也顺理成章地成为学界讨论的学术热点话题之一，通过对文学经典影像传播话题的国内外研究成果的梳理，我们发现相关研究聚集在以下几个方面。

一、文学研究的角度

一部分学者认为发现了当代传媒日新月异的变化对文学的影响是无法忽略和回避的强势存在，从文学精英主义的立场来研究大众传媒与文学发展的复杂关系，探讨文学究竟是否会"终结"。对此，持乐观态度的人认为，影视改编拓展了文学经典的传播广度、延展了文学经典的意蕴阐释空间、增加了文学经典的社会影响力、强化了文学经典的美育功能。

但更多的学者对影像化时代文学的生存状况表示忧虑，认为大众传媒导致文学走向边缘化、作家对市场的媚俗化、文学叙事的娱乐化、文学发展的危机等，呼吁在视觉合围的现状中为文学探寻出路，这方面的成果有郑崇选《镜中之舞——当代消费文化语境中的文学叙事》、赵晓芳《视觉文化冲击与浸润下的文学图景》等。但这类研究的最大问题在于，其秉持的是文学精英主义的立场，论述影视改编对文学经典的传播、普及作用及其负面效果，而忽略了时代变革所带来的文学存在方式的变化。

二、影像技术的角度

这类研究主要是关于文学经典的话语转换问题及其文化内涵，主要集中于从文学与影视相互交叉的元素来分析文学经典影视改编的可行性，如张玉霞《论文学作品的影视改编》；从坚守文学性或表演性的两难之境分析文学经典影视改编的实践方案，如魏毅东《视觉殖民与文学作品的影视改编》；从世界电影实践来分析从文学叙事到影视叙事的改编途径，如张文红《与文学同行：从文学叙事到影视叙事》；从"当代眼光"对"历史经典"的文化阐释来分析文学经典影像改编的实质，如秦俊香《从改编的四要素看文学名著影视改编的当代性》等。这类研究的局限在于，研究者大都从影视新贵主义的立场出发，基本认同文学经典影视改编的可操作性，忽视了文学经典影像传播的"场域"存在。

三、美学意蕴和文化研究的角度

这类研究有的从美学角度在小说和电影之间进行单纯意义的静态比较，如乔治·布鲁斯东《从小说到电影》、克埃·马格尼《电影美学和小说美学的比较》等；有的从布迪厄"文学场"理论出发来研究影视改编在文学经典的生产机制中的巨大作用，如陈霖《文学空间的裂变与转型》；有的从身体角度阐释文学经典影像传播过程中媒介转换所蕴含的美学意味，如洪艳《从身体美学看文学经典的影像存在》；有的从文学经典原作与影像改编本的对比出发，阐释媒介变化所带来的审美内涵的变化，如魏琛《从＜少女小渔＞＜天浴＞的影视改编看不同媒介文本的转换》等。这类研究关注了影像传播在文学经典建构中的作用，但侧重点并不在此，因而没有深入下去。

综上所述，以往的文学经典影像传播研究积累了较为丰硕的成果，无论是学术观点还是研究方法都给予我们不少的启示。不过，这些研究还有一定的局限：其一，对中国现当代的文学经典影像传播的研究多，对跨文化影像传播的研究较少；其二，很多文章停留于"赏析式"的评价，理论性不够强；其三，个案分析较多，对影像传播中媒介的意义和作用的整体分析不够。

在影视逐渐成为日常生活中占据主导地位的文化形式的背景下，我国"十二五"规划开篇之局对"文化强国"战略地位的强调，提出了"增强文化整体实力和竞争力"的要求，文学经典的跨文化影像传播是优秀文化输出的重要方式，因此，文学经典的影像传播是社会发展的趋势。从传播学的视角，理清影像传播和文学经典建构之间错综复杂的关系，探究文学经典建构过程中的影响（控制）因素和传播机制，建构文学经典影像传播的效能评价机制，对推动有关文化产业的实践和发展，具有较高的社会应用和经济价值，也是未来文学经典影像传播研究的新的突破口。

北京师范大学蒋原伦教授指出，"当下媒介时代的文学批评和媒体批评，都应关注意义的生成"。意义实质上是符号在文学与影视、受众与传播者、改编者与原作者之间不断互动的过程，在这个过程中，新的意义与新的文化被不断激发，媒介批评的目的就是揭示意义在这些媒体互动中的生成过程。因此，以传播学的研究视角探究在影像传播过程中文学经典的"意义生成"，既是对这一深刻的文学现象和文学事件的深刻反思，也是对经典传播这一文化（包括跨文化）现象的深入研究。

（一）文学经典影像传播的"仪式"表征

美国传播学家詹姆斯·凯瑞在其著作《作为文化的传播》中强调了传播的社会文化意义、传播对受众"文化世界"的建构作用，提出了传播的"仪式观"。其核心是将人们以团体或共同体的形式聚集在一起的神圣典礼。

文学经典是历史与文化的文学凝聚，是历经岁月淘洗和历史检验而留存的文化精品，承载着民族的集体记忆、人民的厚爱尊崇，因此文学经典的影视传播总会引起高度关注，成为社会日常生活中重要的媒介事件和文化景观。按照凯瑞的观点，可以结合这一媒体事件和文化景观中的"大众参与、同时收看、观点纷争、交流互动"的场景，研究文学经典影像传播的"仪式"表征，分析这种"仪式"背后的"文化共享""身份认同"等因素，进而力图发现这种现象背后的深层文化意蕴。

（二）文学经典影像传播的"编码 / 解码"现象

文学经典的影视化不仅是媒介和传播符号、文本形态的转换，也是内容意义的转译，异质文本的转换必然会发生意义的变动和新意义的生成。在这一过程中，改编者置身于一定的文化语境中，在复杂文化生态与多重权力关系的规制中，完成对文学经典的影像"解码"，再将自己的创作激情与艺术灵感、独特解读和个性风格"编码"于影视文本中，而受众又调动个人经验、艺术修养等对影视文本进行"解码"，不管是改编者的"编码 / 编码"还是受众的"解码"，其间都伴随着新意义的生成，潜伏着不同的解读立场和方式。

（三）文学经典影像传播中的"话语权"问题

文学经典因其强大的意识形态功能，历来都是各种权力聚集、争相抢夺的文化领域，因此必然地与文化权力、话语权力等权力形式相关，同时也与权力背后的特定利益密切相连。在文学经典影像传播过程中、编码与解码的不对称性、传受双方关系与地位的差异性、意义符码的不相符性，都会引发传播话语的权力抗争与较量。

宏观的政治、经济、社会文化因素所代表的意识形态权力，微观的改编者角色所代表的影视新贵主义权力，受众长期被权威话语（大学课堂、文学史 / 选集、大众传媒等）所规训从而形成的文学中心主义权力，影像媒体因对日常生活深度介入而被赋予的"媒介文化霸权"，这几者构成了文学经典影像传播过程中的权力博弈与较量。厘清这些权力之间错综复杂的关系，发掘其话语权争夺的核心意义，从而探索文学经典影像传播的控制因素和传播机制，为文学经典跨文化影像传播提出策略性的建议。

（四）文学经典影像传播的效能评价机制

通过对上述三个方面内容的研究可以发现，影响文学经典影像传播的主要因素在于改编者（传者）对文学经典标准的认同、媒介本身所代表的传媒语境、影像重塑的技术语言、受众对文学经典的价值坚守、学术批评界的审美导向等。文学经典是对历史文化的凝聚和民族集体无意识的承载，在当前文化全球化、媒介融合化的时代背景下，如何持续发挥文学经典的社会生活影响力和审美教育功能？可以在互文性的理论立场上，抛弃文学纯粹的精英意识和影视技术新贵意识，主张通过"改编者—媒介—影像技术—受众—学术批评界"的交互对话来建构一种适应新时代的传播效能评价机制，为后继者提供某种规范或导向。

第三节 新媒体视域下的移动阅读方式

随着电子媒介的迅猛发展，大众的阅读习惯也慢慢地发生着改变。在互联网伴随下长大的年轻人，由于在其成长过程中深受互联网的影响，其阅读方式也更倾向于借助电子媒介进行阅读。电子媒介不仅深受年轻人的喜爱，由于其信息更新速度快、信息量大的特点，也深受商务人士及科研技术人员的推崇。

伴随着手机产业的迅速发展，原有的以报纸、书籍为载体的大众阅读逐渐被手机阅读所取代，手机阅读在便捷性及高效性上都比以往的纸质媒介有极大的提升。据相关研究报告显示，据不完全统计，我国目前拥有移动阅读用户3.6亿左右，庞大的移动阅读群体在某种程度上促进了移动电子媒介的快速发展。同时，相关电子书产业也呈现了快速发展的趋势，电子书与传统的纸质书相比，更加便于携带和阅读，随着人们生活节奏的加快，人们很难有大量的时间去进行专门的阅读，电子书更适于人们通过时间碎片来进行学习。

同时，在电子媒介快速发展的同时，大众的阅读方式也发生了巨大的变化。大众有了更多的方式去选择，去进行阅读，同时在阅读的同时也成为了信息的传播者，加快了信息的传播。通过借助电子媒介平台，我们每一个人都可以是信息的制造者与传播者，比如逐渐兴起的自媒体和小视频相关产业，也在电子媒介中占据着举足轻重的地位。自媒体和小视频的快速崛起，为传统的阅读方式提供了新的窗口。通过自媒体与小视频平台，普通民众能够将自身的感受与想法表达出来，同时也有了更广阔的平台去阅读与获取信息。

一、新媒体环境下的移动阅读趋向

移动互联网的普及塑造了新的阅读方式和媒介环境，用户在阅读的同时，表现出娱乐与社交等多元化需求，传播范式由传统的信息范式转向新兴的游戏范式。此外，场景则借由手机应用技术的支撑实现了用户需求与产品和服务的适配推送。

（一）新媒介环境下的新的传播范式不断出现

长期以来，新闻传播领域以信息传播范式为主导，注重传播效果和目的，轻视传播过程。随着社会生产力的提高、受众审美情趣的转变、智能化技术的情境再现，情感传播和游戏传播作为新的范式对信息范式造成冲击。

生产力的发展促使资本累积方式的变革，由此提升了非物质劳动的重要性，生产观念、知识、信息、文本、语言形象、交往、关系或情感等非物质产品的非物质劳动正成为一种新的且愈发强势的生产方式。彰显人类本性诉求的精神活动逐渐成为一种显性存在。新媒介生态表现出注重情感传播的趋向，强调人在传播中的参与感与沉浸感，以及传播快乐。当前，情感传播已成为一种泛化的社媒介景观：在信息传播中，假新闻比真新闻传播速度快，观点比真相更为重要；在娱乐消费中，能够激起情感共鸣的数字产品更能激起消费者购买欲望；当下的阅读行为中，读者在获取知识的同时，个体有着强烈的娱乐诉求，他们往往更希望将知识在社群中分享，表现出强烈的娱乐、消遣、释压需求。

（二）场景成为移动互联网时代最重要的需求适配接口

场景一词最早出现于埃尔文·戈夫曼的"拟剧理论"，是一个偏向空间的自然物质的概念，而梅罗维茨认为场景是一种由媒介信息环境而形成的行为和心理的环境氛围，而非地点的表述，"场景是一种感觉区域，即信息流通的型式"。5G移动互联背景下，罗伯特·斯考伯在《即将到来的场景时代》一书中提到的"场景"，指的是在数据信息获取和分析基础上，通过移动技术搭建的与现实空间链接、转换的虚拟场景，其可以让人们获取适配的产品和服务。

各种新媒体应用形式在分散受众注意力资源的同时，互联网大量参差不齐的信息资源加大了我们获取、过滤适配信息的成本，大量知识付费平台的出现为受众甘愿花费金钱获取优质适配信息做了最好的注解。可见，如何精准识别、满足用户的阅读需求对于提高受众阅读兴趣，进而推进全面阅读具有重要意义。移动场景技术下，通过抓取用户阅读喜好的大数据，能够精准识别其阅读偏好，实现"书找人"的功能。对于实体书店而言，手机定位技术支持下，通过分析受众各类大数据信息预测书店附近受众未来的行为走向。如果是刻意买书的用户，则最大化满足其购书体验；如果非直接目标受众，则可通过畅销书信息和折扣信息的推送刺激和引导其购买行为。对于移动阅读App而言，后台通过收集用户的阅读时长、阅读地点、阅读进度、阅读偏好进行用户画像，进而通过数据分析智能推送用户感兴趣的图书。

（三）新媒介环境下受众表现出多元化阅读需求

互联网的核心价值是以人为中心，不断开发出适合人类感官体验的新的媒介形式。特别是随着智能化时代的到来，人工智能等技术助推了人作为独立个体主体性意识的萌发，人类有越来越多的时间和精力去追逐快乐和趣味。

保罗·莱文森认为媒介技术虽然延伸了人类的感官，但是，这是通过单一延长或者分割某一器官的形式实现的，这势必打破了人体感觉器官的平衡。随着智能化技术、AR/VR 技术的发展，技术不再是外在于人的一个工具，而是以符号表征的方式成为人身体的一部分，通过技术手段实现了被技术所分割的身体整合性。移动互联网围绕内容与服务将受众连接为一种巨大、开放的网络，智能终端使得人们能自由穿梭线上和线下场景。受众得到了前所未有的感官体验，身体缺席转变为意识在场，客观因素对人的限制越来越小，人们可以随心所欲将内在诉求表达出来。

受众具有社群集结的本质需求，网络技术的革新为受众找寻志趣相投者提供了技术条件和社会动因，如豆瓣读书、掌阅书友圈都有基于兴趣分类的多个圈子，以此满足用户社交互动、找寻归属以及寻求自我认同的需求。基于移动应用技术的移动阅读为全民阅读构筑了新的场景，智能化推荐对受众个性化阅读需求满足有助于形成全民阅读环境，移动阅读对受众多重需求的满足则为全民阅读社会构建提供了持续动力。

二、移动阅读趋向下建构全民阅读社会的具体路径

利用移动阅读契机构建全民阅读社会，应致力于为受众提供个性化、符合受众阅读需求的产品和服务，并通过构建阅读社群，满足受众的多种需求。

（一）通过智能化技术为受众提供个性化内容

长期以来，我国图书出版存在"供需错位"的问题。大数据技术下，可以通过分析用户数据（性别、年龄、职业等数据）、行为数据（浏览、点赞、评论、转发等数据）、情感数据以及社交数据进行个性化定制的精准推送，通过对受众需求的个性化满足加快实现全民阅读。此外，由于青年群体数字消费能力的提高，当前移动阅读平台提供的数字阅读产品多针对青少年群体，并无设定适合中老年群体阅读的栏目，移动阅读行业年轻化发展的倾向日趋显著。例如，根据易观智库《中国移动阅读市场年度综合分析 2018》的数据显示，30 岁以下的读者占比 60.5%。这显然不利于全民阅读社会的构建。智能化技术下，通过大数据或者数据库进一步挖掘中老年群体特定的阅读需求，通过扩大市场的方式慢慢实现全民阅读。移动阅读经常与后现代、去中心化、浅阅读联系在一起，AR/VR 技术的广泛应用为受众提供了"沉浸阅读"的新体验，AR/VR 技术通过调动人体的嗅觉、触觉、听觉营构一种感知性和交互性的阅读环境，有助于提升读者的阅读兴趣和重构深度阅读。

（二）打造契合数字阅读规律的特点和要求的高质量内容

移动阅读表现出碎片化、随意性、浅阅读的趋向。各种移动终端装置在将人们闲置碎片时间利用起来的同时，也将人们原本的时间碎片化了。碎片化阅读方式使得人们无法沉浸思考，多元文化压迫下，会使得个体极易产生焦虑情绪。智能算法推荐在资本裹挟下一味推送快餐式、同质化的信息内容，这无益于受众思想深度与人文底蕴的提高。因此，必须打造一批优质内容。中华民族优秀传统文化有助于为受众提供一种自我省思的参照框架，然而由于时代久远和严谨逻辑给受众带来了一种疏离感。对此，在挖掘优质传统内容资源的同时，可以用受众易于接受的艺术形式对传统文化资源进行包装，增强阅读的吸引力和趣味性。哈格认为大众文化对高雅文化的诱惑在于：一是流行文化的经济回报；二是巨大的潜在受众群。

（三）构建阅读社群，释放阅读的多种属性

虚拟社群通过将一群志趣相投的人通过互联网聚集在一起，形成一个成员自我管理、自组织运作的团体。资本运作下，社群经济的概念应运而生，然而当前的社群经济存在成员主体性受到抑制以及商业运作与社群价值相悖等问题。因此，有必要从成员主体性激发以及用户利益两方面下手，促进社群经济的持续发展。

阅读企业在进行社群运作时，必须以人的价值为归依，将作品选择权让渡给受众，让其自行决定"读什么"，进而通过线上或者线下的形式及时进行阅读观感的交流与分享，为社群成员提供社群认同和精神归属，情感的集结是一种超越社交之上的更为深层次的关系。随着情感成为一种资本青睐的生产要素，社群经济成为时下流行的盈利模式。为防止社群过度商业化消弥社群价值，必须时刻兼顾成员的"情感"需求，洞悉用户潜在需求，减少其抵触心理。

第四节 弹幕与阅读社交

弹幕阅读是基于数字阅读的新型阅读方式，是互联网时代社交轻阅读的新趋势，弹幕注重用户体验，增强了阅读的社交性和娱乐性，实现了读者在参与中阅读。从弹幕阅读的特质出发，分析弹幕阅读的利弊，提出优化弹幕在阅读领域的建议与对策，以便这种新的阅读体验能够更好地融入传统阅读之中。

一、何为"弹幕阅读"

"弹幕"源于 Et 视频分享网站 Nico 动画，大量吐槽评论从右至左从屏幕快速飘过，效果类似飞行射击游戏里的弹幕，所以 NICO 网民将这种有大量吐槽评论出现时的效果称为弹幕。弹幕网站大约在 2008 年左右进军我国，起初只在 AcFun 和 Bilibili 等小众网站流行，在播放视频时，视频顶端或底端会随时滚动播放网友的评论，供"吐槽"之用。随后受到大众欢迎，被各大主流视频网站借鉴，并逐渐发展成为一种主流文化现象。

相比于传统的纸质阅读，移动阅读媒介的选择更加多元化。手机和电子书等新兴阅读媒介不断发展，各种手机 APP 阅读软件层出不穷且竞争激烈，"弹幕"随之入侵到阅读领域，如当当网推出的"当读小说"、猎云网的"欢乐书客"等阅读 APP 都带有弹幕功能。开启弹幕功能时，用户可以点击文章任意处发送弹幕，随时随地针对书中的故事情节和人物进行讨论和发表意见，弹幕在文章下方飞跃，已有弹幕的语句将在行文右侧的侧边栏形成绿色的吐槽标记，支持点击查看功能和匿名弹幕评论，当读者不想受到弹幕干扰时也可选择关闭弹幕功能。"弹幕阅读"逐渐成为社交化阅读的新趋势。

二、"弹幕阅读"的特质与社会影响

随着网络媒体越来越重视社交功能，移动阅读社交化逐渐成为新趋势。弹幕阅读的出现，契合了社交媒体时代的交互需求和阅读习惯，增强了阅读的社交性和娱乐性。

（一）"弹幕阅读"的主要目的是社交

"弹幕阅读"使得阅读和社交这两件原本并不十分相关的事情有机结合。阅读不再是一个人的活动。信息时代，传统的信息接收和个人学习已经不能适应时代的瞬息万变，信息资源共享和交互才是知识多元化接收的途径。比之传统阅读的单向性信息传递，现代人似乎更习惯于互联网社交，阅读也从传统意义的需要安静的个人空间和完整的时间转变为相互分享相互讨论的模式，阅读的同时，与志同道合的人交流想法和观点，建立具有共同爱好的书友社交圈。同时，阅读发送弹幕也满足了读者用户在阅读时想要倾诉和情感宣泄的诉求，通过发弹幕释放压力，通过弹幕寻找志同道合的书友，从某种意义上来讲，弹幕阅读的目的不仅仅是为了获取知识和放松休闲，更是一种良性互动的社交体验。

（二）"弹幕阅读"的内容偏向娱乐碎片化

弹幕的受众群体主要是 90 后的年轻人，阅读相同的内容时通过网友的即时评论，使阅读的趣味性大大增强，"弹幕阅读"也正朝着娱乐化的方向发展。弹幕阅读的内容往往更多是娱乐性的小说、网络文学，或是碎片化的新闻、文章。比起阅读本身，人们更愿意发表自己的见解和讨论，人们关注更多是评论而不是文本本身。弹幕阅读契合新媒体时代的文化娱乐现实，引领阅读的新时尚，也赋予了阅读更多的可能性。

三、弹幕阅读"的利与弊

弹幕阅读是社交轻阅读的新趋势，是互联网发展的产物。随着弹幕阅读的兴起，阅读更注重用户体验，读者能够享受边阅读边分享的乐趣。有人认为这是顺应时代发展的必然转变，但其中也有争议的声音，认为这种方式不利于阅读，比之传统阅读更多的是消遣娱乐之用，若想借此来阅读深奥、严肃的作品内容，存在着一定的风险。

（一）"弹幕阅读"在一定程度上激发读者的阅读兴趣

传统阅读的信息传递是单向性的，人们对于阅读的感受更多的是体现在观后感或者书评上面，虽然直观但是缺少互动。弹幕阅读恰恰弥补了这一问题，每个人在阅读的时候不再是简单接收单向性的信息，而是将自己接收到的信息进行结构、重建、再创造，融入信息发展共享过程中，真切地参与到其中，从而得到更多的快乐，比如阅读的时候，当某个章节的弹幕特别密集或者被标记得特别多时，不管主动还是被动，没读过的人难免会产生好奇心，想要一探究竟，读过的人也可能会重新思考自己当时读时的感受或者重温一遍。由此可见，弹幕阅读的实时性、互动性对于激发读者的阅读兴趣有很大的帮助。

（二）"弹幕阅读"推进网络文学的发展

近年来网络文学在我国呈浩瀚壮大之势，根据 CNNIC 第 38 次全国互联网发展统计报告显示，我国网络文学用户规模为 3.08 亿，占网民总体的43.3%，其中手机网络文学用户规模为 2.81 亿，占手机网民的 42.8%。经过近两年的大规模并购重组，网络文学市场已经形成了较为清晰的市场格局，产业生态化和版权正规化是网络文学市场变化的主要特征。网络文学作品都采用边写边发的连载方式进行发表，通过弹幕阅读，读者可以在第一时间阅读最新篇章并发表评论，对于故事情节的走向、人物场景的设置都可以发表自己的见解。作者也可以随时聆听读者的心声，比如对角色设置、故事情节的讨论和意见，从中汲取灵感。近些年来，很多影视作品都是由网络小说改编的，很多热播的电视剧也被出版成书。双方都具有强大的支持群体。网络文学改编的影视作品从《失恋三十三天》到《致青春》，再到《何以笙箫默》《花千骨》《琅琊榜》《盗墓笔记》等等，无一不凭借庞大的粉丝基础屡战屡胜，聚焦了广大观众的眼球，而这些热播剧的文学原著也成为各大书店的热门畅销书。网络热度较高的文学作品越来越受到重视，改编价值和影响力也与日俱增。

（三）"弹幕阅读"能够提高阅读效率

随着生活节奏的加快，人们很难抽出完整的时间进行阅读。弹幕阅读是迎合时代背景、切合读者需要的产物。面对种类繁多的阅读作品，读者可以先看弹幕，从中选出自己感兴趣的作品，在共享中深化对某一作品的了解和认知，既可以节约时间又能提高阅读效率。但是这种方式的阅读只是阅读数量和阅读时长的增加，而非阅读深度的增强。

（四）"弹幕阅读"影响阅读质量

弹幕阅读与弹幕视频不同，弹幕视频是文字与视听感官的碰撞，而弹幕阅读的评论和内容都是文字，弹幕频出会大大消耗读者的精力，更有可能会扰乱读者的阅读节奏，破坏阅读作品的连贯性。相比之下，传统阅读的节奏往往更连续，读者在文字的起承转合中感受阅读的魅力，而领略这种魅力更需要精神专注。面对频频飞出的弹幕评论，极有可能会干扰读者的阅读状态，阅读不再是完整的整体，呈现无序随意以及跳跃等特征，从而影响阅读的质量。

（五）"弹幕阅读"娱乐大于思考

阅读时各种弹幕的弹出，弹幕信息量大且更新速度快，往往会转移读者的注意力，让阅读本身变得无足轻重。读者被弹幕信息推着走，思维随着信息流动，没有时间进行系统、严谨的研究，辨证严肃的思考，从而造成读者的阅读惰性和盲目跟风。此外，用户的弹幕评论更倾向于个人情绪化的表达，内容鱼龙混杂、优劣不一。面对这种碎片化、不规则的信息环境，我们便难以期望受众在阅读的同时进行个人的理性思考，往往娱乐意义大于思考。

（六）"弹幕阅读"滋生读者的惰性思维

著名作家王蒙先生在上海图书馆"读万卷书，行万里路"论坛上就谈到

"网络时代让我们的阅读发生了巨大的变化，当阅读变得过分轻松方便时，我有一个担忧：浅层的浏览会不会从此代替专心致志、费点劲儿的思考，久而久之成为人们的一种习惯"。面对快节奏带来的生活和工作压力，读者不得不练就在海量阅读资源中快速获取信息掌握信息的能力。长此以往，人们追求深入思考的深层阅读减少，浅尝辄止的浅阅读盛行，可能会逐渐丧失独立阅读的能力。弹幕阅读的方式相对自由，享受这种阅读体验的同时，读者容易缺乏深度的思考和探究，浏览大于求知，娱乐大于解惑。人们更多地把弹幕阅读作为一种轻松愉快的休闲娱乐方式，希望通过弹幕阅读获得短暂的放松和疏解，容易滋生惰性思维。

四、优化弹幕阅读体验

弹幕阅读与传统阅读两者之间并不矛盾，反而可以互相补充、彼此提升。弹幕阅读有其创新性，将这种创新形式应用到阅读上，除了要符合阅读本身的特点，同时更要切合当今时代读者的阅读习惯。首先，读者自身要培养自控力和独立思考能力。弹幕阅读本身设有开关，根据不同层次的阅读作品，读者可以选择开启或者关闭弹幕功能，针对时而飞出的弹幕评论坚持独立思考能力，不受到外界环境的困扰，不要因娱乐而失掉阅读本身的意义；其次，发现弹幕的闪光点，取其精华去其糟粕。读者可以从弹幕中寻找线索、搜集信息，通过他人的评论可以让读者找到自身还没发现的阅读角度，加强理解力，从浅层阅读到深度阅读进而拓展到专业阅读，帮助读者消化并吸收，形成阅读的良性循环；再次，在高度自由的网络世界中，每个人都有言论的自由，弹幕的出现契合了网络时代社交媒体的交互特征。但是值得注意的是。利用弹幕阅读参与文化讨论时，读者应该发表与作品相关或者正能量的言论，而不是为了博人眼球而发表盲目跟风的极端言论，弹幕在阅读领域的创新应用，为我们推进阅读产业的发展提供了新的视角，在承认弹幕阅读创新性的同时也要尊重传统阅读的严肃意义，充分挖掘弹幕阅读的潜力，使其能够被更多的读者所认同并接受。

"弹幕阅读"有其所长也有其所短。虽然对于弹幕入侵阅读领域这一新鲜尝试各方的观点还没达成共识，但是足以见得阅读领域也正在紧跟时代发展的步伐努力前行。人们对于弹幕阅读会影响阅读质量的担心也不无道理。尽管弹幕阅读自带的娱乐性有违阅读的严肃性，但在当今互联网＋的时代里，阅读也被赋予更多的可能性，若能做到扬长避短，充分挖掘弹幕阅读的潜力，将其与传统阅读适度融合，对于全民阅读的推广和"读屏时代"的阅读产业发展是有巨大的推动作用。

第十章 新媒体环境下的高校文学经典传承

"文化"包含的内容非常广泛，涵盖了人们在长期的历史发展过程中创造的一切产物，不仅是对历史事实的记载，同时也是社会发展的见证。而文化同时也是民族凝聚力和创造力的重要源泉，以文化为核心的国家软实力在综合国力竞争中的地位也越来越重要。文学经典是民族文化的凝练和集中体现，对于文学经典的学习是文化传承中重要的组成部分。而高校作为培养人才和塑造人才的重要机构，对继承和传播优秀传统文化具有无可厚非的责任。

但在新媒体的大环境下，随着网络媒体技术和阅读载体技术的迅速发展，整个社会的阅读习惯和阅读内容都发生了翻天覆地的变化，其中高校学生因为易于接受新鲜事物，对社会事件感知度较高，受到的影响尤为明显。这种影响有利有弊，它使阅读的内容更加丰富了，但阅读的深刻性却降低了；阅读的娱乐性增强了，但阅读的思考性却减弱了；阅读的时间延长了，但阅读的能力退化了。总体来说是弊大于利的，这不仅对于专业知识的学习有消极影响，对文学经典的学习消极影响更为重大。因此，新媒体环境下如何解决新的阅读习惯与传统阅读习惯的冲突，传统的文学经典传承方式与高校学生新认知的冲突，成为一个亟待解决的问题。

第一节 高校传承文学经典的意义及影响

文学经典作为民族文化的载体和集中体现，传播和推广是极为重要的。文学经典对于人格塑造和素质提升具有重要作用，但对象面向全社会、全年龄段是不现实也是不可取的，最佳时期是大学时期，这一时期人的价值观初步形成，对于社会关系和人际关系有了自己的看法和理解，正是接受文学经典熏陶的好时期。而高校凭借其专业性、权威性和独有的丰富资源成为文学经典传播的重要阵地，在文学经典推广活动中有着不可推卸的责任。"专业性"即高校可将文学经典的传播与中文等专业学科的教育结合起来，共同培养，共同促进；"权威性"即高校可依托完整系统的知识体系对文学经典的传播加以引导，使学习者信服；"丰富资源"即高校可借助信息量巨大的图书馆、各领域各专业的专家教授对文学经典进行诠释补充，从而达到更好地传承的效果。因此，高校应当把握好"专业性""权威性"，依托丰富的资源，贯彻积极、科学的方针，结合自身的定位和特色，努力探索适当的高校文学经典传承的新途径、新方法。

一、新媒体对大学生文学经典教育和阅读的意义

（一）文学经典的传承对于教育教学工作意义重大

高校文学经典传承的最大受益者就是汉语言文学专业及相关文科专业。因为在对文学经典进行学习时，要对其语言结构和句式用法进行推敲、对其文化内涵进行深入分析，这些都可以帮助学生更好地学习自身专业，丰富其对自身专业的理解认知。文学经典中的重点篇目通过课堂讲授和课下布置作业的形式进行学习，取得了较好的效果。但需要注意的是这样的文学经典传承只是在个别相关的专业的范围内进行的，并没有形成全面的、覆盖面广的学习氛围，无法对整个学校起到带动辐射作用。

同时，文学经典的传承对于其他学科的学习也仍有益处。现如今，当提到高校学生应当全面学习文学经典时，总会出现质疑和反对的声音："一些与文学关联性小的专业，甚至一些理工科专业学生也需要进行经典学习吗？"答案是肯定的。所谓经典，是指其中的内容能够不局限于时代，在长期的社会历史进程中被保留、被遴选、被检验之后沉淀下来的精华。学习经典，并不只是读出书中的内容，而是通过阅读去锻炼"思辨"的精神，体会作者的用心，思考作品的意义，寻找合理的解释，这也在很大程度上提升了自身的理解和思考能力，对各个专业都大有裨益。同时，许多专业在学习文学经典后，再接触本专业的知识，可以达到触类旁通的效果。例如，播音与主持专业的学生通过学习文学经典，不仅可以丰富自身的文化底蕴，提升文学修养，同时在从事与专业相关的实践时，可以将所学内容与实践需要相结合，更好地完成各项工作。

（二）文学经典的传承对于个人素质培养有积极意义

文学经典中孕育着人类丰富的生命体验与情感经验，大学生阅读文学经典不仅是一种愉悦身心，陶冶情操的休闲方式，而且能够修养身心，启迪智慧，净化心灵，指引未来，能够树立大学生正确的世界观、人生观、价值观，主要的功能有社会政治教化功能，即增强大学生的社会责任感，树立正确的

政治理想目标；道德伦理教育功能，即提高大学生思想道德素质，培养其优良的道德感；个体人格净化功能，即促使大学生拥有高尚的情操和健康的人生目标，用正确的人生态度去生活；审美情感教育功能，即要求大学生拥有良好的辩证能力和高情商。因此，经典文学的教化意义也就决定了其重要地位。

　　文学经典作为人类宝贵的文化遗产，凝结了不同民族的智慧。正如习近平总书记所指出的："经典之所以能够成为经典，其中必然含有隽永的美、永恒的情、浩荡的气。经典通过主题内蕴、人物塑造、情感建构、意境营造、语言修辞等，容纳了深刻流动的心灵世界和鲜活丰满的本真生命，包含了历史、文化、人性的内涵，具有思想的穿透力、审美的洞察力、形式的创造力，因此才能成为不会过时的作品。"随着新媒体时代大众传媒的发展，消费文化的盛行，人们尤其是大学生对文学经典的阅读更是呈现出了碎片化、浅阅读甚至是不阅读等特性，而文学经典教育也被各高校置于可有可无的境地，致使文学经典在大学校园处于边缘化的尴尬状态。但网络新媒体是把双刃剑，它的出现和发展也为大学生之间的交流、学习带来了诸多便利，如何利用新媒体时代大众传媒的便捷性探索新的文学经典教育路径，最大程度上减少、甚至避免新媒体对大学生文学经典教育带来的弊端，积极发挥新媒体的积极性，从而破解新媒体时代文学经典教育面临的困境。

　　本研究分析了新媒体大众传媒时代大学生文学经典教育和阅读存在的问题，并针对问题探索出新媒体时代大学生文学经典教育和阅读之路。

二、新媒体对大学生文学经典教育和阅读的影响

　　新媒体是个发展着的概念。我国学者彭兰认为，新媒体"主要指基于数字技术、网络技术及其他现代信息技术或通信技术的，具有互动性、融合性的媒介形态和平台。在现阶段，新媒体主要包括网络媒体、手机媒体及其两者融合形成的移动互联网，以及其他具有互动性的数字媒体形式"。目前而言，智能手机是新媒体中最为便捷、使用率最高的媒介形态，以智能手机为代表的移动互联网在学生日常生活学习中扮演着重要角色。随着媒介形态及传播方式的变化，尤其是基于移动手机终端的微信公众号、APP、朋友圈等媒介形态已经极大的影响甚至改变了人们的生活方式和学习习惯，大学生的教育和阅读学习都不可避免地受到影响。

　　（一）信息传播的多元化致使大学生文学经典教育和阅读边缘化

　　新媒体时代，信息传播的方式、主体和内容都不同于以往。传统媒体，如报纸采用的是点对面的单项式传播方式，受众只能"被动"接受信息，很

少有机会主动去选择信息。但新媒体的交互性使得传播方式发生了巨大变化，每个人既可以是信息的传播者，也可以是接受者，而且每人都有选择信息的主动权，主动去发现信息，选择、利用信息，传播信息。故而，新媒体时代，信息传播的方式、主体、内容都呈现出多元化的状态，这是一个多种传播主体、多种信息源、多种传播媒介共同作用的一个时代。

以往文学经典价值的存在和传承主要靠口耳相传、书籍刊印等，这确保了文学经典的权威性和传承的稳定性。新媒体时代，大众传媒的发展，使以往依靠文学经典传承的民族精神、价值观念等，在当代大学生这里可以通过多种渠道获得，而且更为便利和快捷。再加上当代娱乐消费文化观念、功利主义和物质主义至上的影响，整个社会呈现出浮躁的风气，文学经典的外在生存空间和环境不可避免地受到了影响和挤压。久而久之，文学经典在高校中就被边缘化，不再受大学生的欢迎和重视或被束之高阁。文学经典无用论弥漫在众人之中，大学生不再涉足文学经典原著，高校课程之中也很难寻觅文学经典教育课程，文学经典逐渐被边缘化。

（二）消费娱乐化的文化价值观致使文学经典被戏说、大话改编

传统时代，教育和价值观念的阐释是以社会上的文化精英为主。新媒体时代，人人都是社会信息的传播者和参与者，社会时代的主导力量开始由精英转向大众，由贵族精英所消费的文学经典开始进入普通大众的视野。"随着经典主导力量的变化，文学经典也就在以消费文化为主体的时代，被纳入普通大众日常的消费活动中去，成为满足大众欲望的手段之一。"为了反叛和解构传统并凸显自己的话语权，大众开始一改贵族精英对文学经典的教育和阐释观念，对文学经典进行大肆地戏说、改编、大话等以彰显大众文化的消费价值观念。这些文化价值观念很快开始在大众中传播，而站在时代前沿的大学生对此更是拍手称快。大学生受到大众传媒时代这种娱乐消费文化价值观的影响，对传统文学经典开始疏远或解构并再结构，不再关注传统文学经典书籍，而转向网络言情小说、武侠通俗文学、颠覆式的戏说、游戏等，即便如此，也是以浏览快餐式文化的方式阅读电子书籍，更遑论阅读文学经典纸质书籍。但大学生对当代不同文学经典的"大话""戏说"却是信口拈来。由此可见，文学经典作品对当今大学生的影响力日渐式微。

（三）新媒体时代的读图习惯致使文学经典教育和阅读表层化

阅读书籍能够促使学生进行深度阅读和思考，"读者在阅读散发着油墨味的纸质文本时可以任由自己的想象参与作者创作时创设的想象空间，在与作品中的人、事产生共鸣的同时最大限度地发挥了自己的想象"。但随着移动互

联网的发展,大学生的阅读习惯和方式发生了重要转变。"科技发展带来的变化,最直观的感受是速度的提高,在一切都是快节奏的形势之下,图像观看比文字阅读占据更大的优势。"在大众传媒时代的今天,我们进入了一个文字与图片共生的知识传播空间,读图俨然成为我们尤其是大学生的日常生活中的一部分,无怪乎海德格尔早在 20 世纪初就喊出了"世界被把握为图像"的豪言。

所谓读图:"从广义上说,一切视觉影像均属于这种'阅读'的对象……从狭义上说,所谓'读图',就是说印刷物本身的图像化趋向正在改变我们的阅读习惯,把我们从单纯、枯燥和抽象的文字阅读中'解救'出来,把目光转向种种替代或诠释文字的图像。"以图像来解释文字和传递信息,适应了目前快捷的生活节奏,减少了阅读时间,被人们尤其是年轻的大学生们所欢迎。文学经典原著纸质书籍的阅读不如新媒体读图获取信息直接、快捷和便利。但通过移动互联网浏览图像的方式获取知识和信息却并不深入探究和思考,成为大学生们的主要日常行为习性。因为"读图时代的'读'以视觉优位为特征,因此其阅读行为与文字为主的时代相比,更加趋于表层化,带有更多的形象思维的特点"。故而,厚重的经典文学书籍被抛弃,即使学校开设有文学经典名著教育课程,学生也不会借助于书籍进行阅读和思考,而是代之以影视改编、动漫游戏等图像式的接触和解读,迫切地追求外在的形式美,而无视文字对人们思维的启发和创造性的延展及改编是否是戏说或忠实于经典原著等,笼统地冠之以阅读文字太浪费时间,浅阅读、碎片化阅读甚至不阅读成为当代大学生对文学经典名著的主流态度。

第二节 新媒体环境下高校文学经典教育传承现状及弊端

文学经典的传承一直是学界和社会各界讨论的热点问题,如何将文学经典中有益的部分提炼推广和如何让社会大众自觉自愿接受文学经典,并学习文学经典一直为人们所提及。但随着媒介相关技术的功能日益强大,微信、微博等自媒体充斥人们生活,新媒体时代已经到来,高校原有的文学经典的传承方式也受到挑战,传统的传承方式面临前所未有的困境。

一、新媒体对文学经典教育和阅读的延伸

网络新媒体是个无法回避的时代,手机移动阅读等也是当代人们生活中不可避免的态势。既然如此,我们就要充分利用网络新媒体的优势,为大学生的文学经典教育和阅读提供便利,减少或避免网络新媒体对大学生文学经

典教育和阅读的影响。"网络时代，网络阅读既然是势不可挡的事实存在，更重要的显然不在于网络的芜杂如何损害了人们对文学经典、对文字之美、对深邃精神的欣赏和探寻，而在于看到新媒体给文学经典的传播提供了同样的巨大的便利和可能，同时更好地利用它、完善它去促进、提升人们的品质和高度。"

（一）利用新媒体多元化形态延伸文学经典教育和阅读的空间

相比较依赖纸质书籍生存的文学经典传统存在方式，新媒体为文学经典的生存和传播提供了诸如电子书籍、音频文档、视频、图示等多种方式的空间介质形态，可以说新媒体将音、图、字等融为一体，也为我们进行文学经典教育和阅读提供了较大的便利性。便捷、互动、内容多样、便于选择等这是新媒体在文学经典教育和阅读中带给学生的最大体验。而这也符合当今学生的阅读习惯。故而，由于生活节奏快、时间紧迫，学生只能选择在不固定的时间内随时进行阅读和获取信息，哪种阅读方式便捷和快速便会受到学生的欢迎和青睐。

所以，我们可以据此构建新媒体文学经典教育平台，如文学经典教育的微信公众号，实现文学经典教育和阅读的课内和课外相结合，充分利用新媒体的便利和优势。在课内对文学经典进行导读、评论和赏析后，在课外引导学生充分利用文学经典教育公众号。公众号可分为"内容导读""视频改编""经典原著"和"交流互动"等模块，在"内容导读"中，我们可以利用新媒体的不同形态对文学经典内容进行介绍，便于学生更快、更全地掌握和接受，如以 H5 的形式图、文、音并茂地介绍，以图片为主，文字和音频为辅，便于接近学生日常接受习惯，吸引学生关注和浏览；在"经典原著"栏目中，以章节的形式将文学经典内容呈现给学生，同时以不同学生朗诵不同章节进行录音上传，无形中让学生阅读了原著，加深了对作品的理解；而在"交流互动"的模块中，可以开放后台留言交流互动，便于学生将自己的心得体会随时上传并与他人互动交流。经过内容导读式的浏览到视频改编中的画面，再到经典原著中的阅读，到最后与不同人的交流互动，教师利用新媒体的便捷性和优势延伸文学经典教育和阅读的空间形态，而学生则在借用手机移动互联网随时进行学习和阅读。

（二）利用文学经典的影视、游戏改编和戏说等"次文学"进行文学经典教育和阅读

"次文学"的概念是由法国社会学家埃斯卡皮提出的，他认为，"文学消费现象总是非常均匀的，正是同一批观众既为街头戏剧的卖艺者鼓掌，也为

法兰西戏剧院的名演员们喝彩……那些对次文学来说是令人不快的东西仍然把握着人类的真相。连环画又复兴了，摄影小说也同样如此"。我们知道，文学经典在由贵族垄断到大众化转变时，"次文学"的出现是一个明确的标志。只有依据文学改编的电视剧、电影、戏剧、连环画等繁盛时，文学才由贵族消费转向大众消费，才形成文学大众化时代，而这更有利文学的传播和发展。

虽然以影视、游戏改编、戏说为代表的"次文学"会对大学生文学经典阅读产生表层化和直观化的思维影响，并且解构了文学经典原著的精髓和意义，甚至会歪曲和传递非主流的价值观念。但"次文学"的出现对文学经典的传播和生存具有一定的促进作用，尤其对大学生理解和接受具有语言和背景障碍的外国文学和古代文学经典具有一定的帮助作用，但这需要发挥课堂和教师的引导作用。"次文学"以其多样性拓展了文学经典的生存形态，并促使了文学经典的传播和交流，符合新媒体时代大学生的阅读和认知模式。故而，我们需要充分利用课堂对此进行引导，避免某些"次文学"对文学经典原著的扭曲所带来的负面影响。如可以先让学生观看这些由文学经典改编而来的"次文学"，然后就该种文学形态进行讨论；在讨论中引导学生去阅读原著并与自己的发言对照；进而引导学生畅谈原著和"次文学"之间的差异性，原著是否有不足、"次文学"有哪些优势？原著又有哪些优点和"次文学"有哪些不足？二者在传递价值观和精神方面具有什么的不同，等等。以"次文学"为突破口，去引导学生阅读和接受自己在前见设定中"难读"的文学经典原著。以兴趣为引导，在兴趣中探索经典，阅读经典和接受经典。而这也符合问卷调查的结果，因为在问及"对于经典原著和改编的态度"时，有77.51%的学生选择了"先观看影视改编、戏说后才阅读经典原著"。

（三）利用"图视"反向引导进行文学经典教育和阅读

我们说，读图给人们造成思维的浅层次和直观化，主要是指由图来获取信息的过程，这是因为图视是以图的方式明确、鲜明地将信息传递给我们的大脑。但我们在进行文学经典教育时，可以利用大学生已经习惯"读图"的阅读方式，进行反向教育。即在文学经典教育课堂上，让学生阅读文学经典原著，然后让每个人把自己所理解的文学经典原著内容以不同的"图视"方式呈现出来，如 H5、短视频的形式，大家可以在一起讨论看哪位同学呈现的"图视"更直观、鲜明并且忠于原著的精神。将信息丰富的文学经典名著压缩、还原成当今流行的信息传播形态："读图"，既考察了学生阅读和理解文学经典的程度，又让文学经典生存形态多样化，适应新媒体的传播，便于人们尤其是大学生的理解和接受。

利用反向读图的模式，鼓励学生将文学经典还原成"图视"，以"读图"的方式将自己所接受的文学经典呈现给大家，不仅延展了文学经典在当代的生存空间，而且锻炼了学生概括信息、接受信息、判断信息和传播信息的能力，在相互比较和评论中，还能提高学生对文学经典的认识和理解，把握文学经典的精髓和价值核心，可谓一举多得。

二、高校文学经典教育传承的弊端

谈及原有的高校经典文学传承方式，总的可以概括为以下两种形式：第一，课堂教学法，将文学经典设立选修课程和必修课程，教师在课堂上通过对经典文学典籍分析整理归纳，将其中重点知识和思想教授学生；第二，学习总结法，即学生按照学习目标和计划对文学经典进行学习，将书中内容进行记录学习，通过整理汇报的方式对文学经典进行研读。

（一）文学经典的文化内涵需要发现和创新

学习文学经典，最重要的是学习其文化内涵，并且发现运用书中的核心内容。对于大部分家喻户晓的文学典籍，书中蕴含的人生哲学、处事哲理大都口耳相传，我们都有所了解，但"温故而知新"，我们不能因为发现文学经典中某一突出的，具有积极意义的内涵，而停止对其进行进一步的探索，每一次的深入阅读都可能会带来不一样的体验和收获，仅仅掌握片面的内涵是远远不够的，而且对于文学经典的学习者来说，也是不能够满足的。现有的文学经典教育就存在这样的弊病，教授的内容趋于一致，教授的篇目趋于集中，教授的内涵陈腐未变，这种现状亟待改变。

（二）传统的文学经典传承方式缺乏生机和活力

提及高校文学经典的传承方式，大多数人都会想到课堂教授。这样的方式没有问题，自有私塾以来，这样的文化传承方式已经绵延了千百年，但在覆盖范围广、传播速度快、互动性强的新媒体环境下、在学生接受新事物习惯不同于以往的高校范围里，这样的文化传承方式已经很难再受欢迎。对于翻看书本上的传统文学篇目，课堂上由老师将篇目的主旨大意及文化内涵口头教授的方式缺乏生机，大学生很难主观能动地去了解相关知识，也很难深入发掘文学经典的深层意义，这与传播文学经典的用意是背道而驰的。

（三）传统的文学经典传承方式难以适应新媒体

新媒体环境下，大学生获取信息的内容和形式得到了极大地丰富。传统媒体时期的信息传播内容在形式上比较单一，基本上只有文字图片的形式，过于呆板，吸引力不强。新媒体的应用为大学生提供了有声文字、动态图片、视频等新形式，形式多样，图文并茂。相对于同样的信息，大学生更倾向于接收娱乐性强、信息容量大的信息，而文学经典却没有与这一需求紧密地结合起来，在新媒体环境下的传统传播方式与借助新媒体传播的其他各类信息相比较毫无优势可言。因此，想要达到传播文学经典的目的，与新媒体相结合、满足大学生的兴趣需求十分重要。

第三节 新媒体环境下高校文学经典传承新思路

经典是一个民族的灵魂，是人类的宝贵财富。无论在什么时代，经典尤其是文学经典都能够为人们提供精神的安慰和心灵的净化。"经典文学可以帮助我们把未知的自我认出来，从而更好地理解自己、平衡心理，成熟而理性地处理生活、学习、感情与家庭的关系。"这也是当今大部分大学生的共识，故而，我们应该利用当今网络新媒体发展的优势，去开拓文学经典生存的新空间，传播文学经典的价值观念和精髓，开展文学经典教育和阅读，尽最大努力避免网络新媒体给文学经典所带来的弊端和不足，使文学经典在新时代焕发出应有的光芒。

一、文学经典的新内涵和新思想需要发掘

正如前文提到的，文学经典中传统的文化内涵和核心思想已经不能满足传承和教育的需要了，想要让文学经典的传承重新焕发生机与活力，新的内涵和新的思想是必要的，但从文学经典中发现新的积极意义也需要遵循一些方法和原则。在重新发掘过程中，要抛开既定的思维模式，用全新的角度、全新的方式去解读曾经研究过的文学经典，发现其中的新内涵、新思想，将其加以整理传播，让文学经典的传承焕发生机与活力。

二、高校需要创新传承思路转变角色

高校要提高文学经典传承的主动性，创新传承思路。在以往文学经典的传承过程中，高校只是作为一个主办人的角色出现，而并非作为策划人、负责人的角色，在传播过程中对于细节的把握和反馈的收集做的并不到位，这也导致了虽然关于文学经典传播的活动在开展，但收效甚微。因此高校必须破除以往关于文学经典传播的旧思维，积极转变角色，结合文学经典的积极作用与学校自身特色，制定出符合自身特色的文学经典传承思路。只有高校这个把关人、负责人的工作做好并做到实处，相关的工作才能有条不紊地开

展。同时高校需要完善相关机制，如负责机制和激励机制等，相关工作安排到人，让每项工作有人具体负责，有人统筹规划；通过激励机制从上至下激发潜能和活力，保证相关活动稳步进行，在创新中发展。

三、文学经典的传承方式需要与高校活动相结合

如何让大学生自觉主动地接受文学经典要从大学生日常兴趣点入手。在高校，学生除了日常的学习生活外，最能够自觉主动参加的便是学校、学院及社团组织的丰富多彩的活动，通过这些活动，学生不仅达到了沟通交际的目的，同时也在参与过程中收获了知识。文学经典的传承便可以与众多的校园活动相结合，采取"学校提倡、学院主办、社团添彩"的方式，让文学经典的教育与活动紧密结合起来，举办读书报告会、诵读大赛等形式，用活动的方式吸引学生参与，让大学生在参与的过程中自觉自愿地接受文学经典的熏陶和教育，同时又转变为积极的宣传者。如我校新闻与传播学院的特色活动"晨读经典大赛"就是将传承经典与活动相结合，活动的目的旨在让学院学生接受传统文化的熏陶，加深学生的文化底蕴，丰富学生的课余生活。

学院发起活动，学生自选篇目，对篇目内容进行深入分析和理解，将其中感兴趣的内容或故事诵读或排练成节目，通过初赛、复赛和决赛，最终以晚会的形式呈现。活动自开办以来，学生热情度极高，也自主编排了形式各异、各具风格的节目，活动效果也十分良好，不仅让学生对文学经典进行了充分深入的学习，同时也锻炼了本学院学生相关的专业技能和专业素养，增强了学生的组织领导能力。

四、文学经典的传承方式需要与新媒体相联系

传统的校园文化活动囿于时间和空间的限制，覆盖面受限，而新媒体的出现解决了这种时空问题，使得校园文化活动的持续性和影响力大为增强。目前，尽管新媒体技术在校园文化传承创新中的应用还处于探索阶段，但是由于其具有不可替代性的优势，在未来一定会有良好的发展前景。高校应当本着"重视平台作用、找准切入要点、广泛宣传推送、考虑实际效应"的原则，切实加强新媒体文化建设，搭建文化传承创新的多样化、立体化展示平台。

首先，应当开始并加快相关新媒体建设。对传统文学经典传播方式所面临的困境和弊端需要正确认识、正确分析，把握新媒体技术在文学经典传承创新中所面临的机遇和挑战，增加软硬件基础设施投入，让新媒体成为文学经典传承创新的重要窗口。其次，搭建多样化实践平台。把握学生的个性特征，重视学生的个性发展，建立微信、微博、博客、论坛等互动、体验、引

导和渗透式的平台，进一步丰富文学经典传承创新的载体，接收师生的反馈意见，不断加强和改进文学经典传承创新的信息化、数字化和网络化建设，从而促进文学经典在"现实空间"和"虚拟空间"中均得到有效的传承与创新。最后，将传统的传承推广策略与新媒体的特性相结合，互补利用。正确分析传统的推广宣传策略中的优势和弊端，结合新媒体的优缺点，在实际运用中要注意扬长避短、趋利避害，努力实现双向互动、双向联动，共同服务于文学经典的传承推广。

总而言之，经典文学在传承教育过程中要始终坚持以优秀的文学作品为基础，以丰富的文学典籍为资源，以书中优秀的思想、良好的品格为指导，以提升自身能力、提高综合素质为目的，采取传统传承与新媒体传承相结合的双向联动的传承方法，采用高校主动推广与学生积极参与活动的形式，来推进经典文学的传承。

第十一章 大学生文学阅读习惯的养成

马克思主义的"事物是普遍联系的原理"，告诉我们世间万物都存在着直接或间接的联系。大学生作为社会人也不可能孤立存在，而是和社会生活的各个方面发生着千丝万缕的联系。大学生在阅读过程中，会受到阅读内容的影响，不论是自然科学还是人文科学，其中反映的一个时代的科技进步，以及历史、文化、人性、道德等内容，都对大学生的思想和行为产生了深刻的影响。而要提高大学生的文学经典阅读率，阅读氛围的建立，阅读习惯的养成是非常重要的。

第一节 大学生文学阅读习惯养成的基本目标

大学生养成良好的阅读习惯是实现文学阅读的重要途径，作为在高校中必不可少的教育活动，大学生阅读养成教育要有一定的原则和目标。

一、大学生阅读习惯养成的基本原则

（一）规范性原则

规范性原则是指在大学生阅读习惯养成过程中要以一定的行为规范为指导，最终目的是使大学生的阅读行为具有规范性。这是养成教育自身的内在要求，是由阅读习惯养成的特质决定的，首先要符合国家和社会对大学生阅读的时代要求。在大学生阅读习惯养成中遵循规范性原则，要从实际情况出发，按照规范的要求，引导大学生改正不良的阅读习惯，建立规范的良好的阅读习惯。在阅读习惯养成中，坚持规范性原则具有十分重要的意义。一方面规范代表了养成教育的教育方向，只有坚持规范教育才能符合养成教育的本质。另一方面，规范教育原则是养成教育最终能够实现的保证，是大学生形成良好阅读习惯的保证，是实现目标的保障。虽然我们可以通过各种各样的方式进行阅读，但是阅读习惯还是有一定的规范体系的。

（二）主体性原则

毛泽东同志曾在其著作《矛盾论》中明确指出"外因是变化的条件，内因是变化的根据，外因通过内因起作用"。主体性原则就是把改变内因作为主要手段，指的是"以主导性的道德规范作为学生品德构建的骨干的基础，尊重学生的人格，培养其独立、自主学习的能力，不断激发真挚的、发自心灵深处的道德情感体验，使之成长为能够进行自我教育和独立进行道德活动的道德主体。"大学生阅读习惯养成取得实效性和充分扩展的关键就是秉持主体性原则，主体性原则作为阅读习惯养成的主要原因，一方面是因为大学生能够主动用行为规范的要求指导自己产生正确的行为，并能够长期坚持以形成良好的行为习惯的过程。另一方面是受教育者主观能动性的要求。要实现大学生阅读习惯养成的教育目标不能失去对受教育者主体性的开发，"对受教育者主体性的肯定，就是对其独立性、自主性、能动性、创造性、实践能力的倡导和看重"。要达成大学生阅读习惯养成的教育目标就必须充分发挥受教育者的主观能动性，最大限度地调动他们的积极性，主动探究养成阅读习惯的思想过程。德国著名教育家第斯多惠就曾说过"教育的最高目标是能够激发学生的主动性并培养学生的独立性。"在大学生阅读习惯养成中要实现主体性原则还要确保完成以下几点：首先确立教育者与受教育者是平等共生的关系的理念，保证并肯定双方在教育活动中互助互动的重要性，不能仅由高校老师按照制定的规范对大学生提出要求、完成目标，应该是由老师启迪并引起大学生的兴趣，并通过多种途径去激发大学生的主观能动性，使其切实的参与到教育活动中来，促使他们把接受教育和进行自我教育有机结合起来，以树立起良好的行为习惯。

（三）层次性原则

我国古代教育家孔子提出"因材施教"的教育原则，就是根据不同学生的不同情况实施教育活动，其实就是指教育的层次性。层次性原则原本是分析客观事物的系统论方法，它要求人们在认识事物和改变事物时，要分析其内部的层次结构，了解局部与整体的关系，了解各个层次之间的关系，以保证行为的科学性和有效性。大学生阅读习惯养成教育提倡层次性原则，就是要求教育工作者在大学生阅读习惯养成的实践中，一定要注重大学生个体之间的差异性，注意大学生群体中思想政治素质的层次性，以及学生接受教育程度的层次性，这样才能对症下药，达到最理想的教育效果。

首先要注意受教育对象的层次性。我们的教育对象是在校大学生，对于不同类型的学校、不同专业的学生，都应注意教育的层次性，还要注意学生思想素质的层次性，对具体情况作具体分析。其次要注意阅读习惯养成目标的层次性，设置教育目标要循序渐进。大学生阅读习惯养成教育既要有总体目标，也要有具体目标，有了总体目标就有了正确的教育方向。但是，要实现总体目标，还需要制订各阶段的实施计划，分步落实。总之，只有了解阅读习惯养成教育的层次性，才能使阅读习惯养成的工作做得更细致、更系统、更全面。

二、大学生阅读习惯养成的基本目标

大学生阅读习惯的养成需要制定计划目标，分层次地进行，可以分为首要目标、阶段目标和终极目标。在阅读习惯养成实施过程中可以分阶段、有层次的向目标迈进。

首要目标是提高大学生的阅读兴趣。阅读行为是否发生，其最初的取决条件可能就是阅读兴趣，阅读兴趣是读者进行阅读活动的前提条件。当读者有强烈的阅读兴趣时，可能会让读者积极去克服能力、资源与时间等障碍，主动地去开展阅读。大学生想要广泛地参与阅读，必须有充裕的时间自愿参加，而且要有能力和资源去开展阅读。其中关键是阅读兴趣的培养，阅读兴趣在阅读习惯养成中是一个很活跃的因素，作为教师要有信心，相信通过阅读推广等活动完全可以培养起大学生良好阅读习惯的养成。基于以上分析，大学生阅读习惯养成的主要目标应定位于激发读者的阅读兴趣。

阶段目标是提高大学生的人文素养。学校文化的重要指标就是学生的人文素养，因此人文素养是打造校园文化品牌和提高学校形象和影响力的重要途径。人文素养包括被全校师生认可的意识形态，体现在学校的校风、学风、教风等。人文素养可以体现出一个学校的个性，集中反映学校的精神风貌。在人文素养的建设中精神文化建设是最核心的内容也是校园文化的最高层次。人文素养与阅读习惯有着非常密切的联系，高校是大学生读书、学习的场所，良好的阅读文化是人文素养的重要组成部分，也是人文素养形成的前提。良好的阅读文化可以帮助大学生树立健康向上的阅读理念，高校可以通过多个部门共同开展系列活动，引导学生多读书，读好书。大学生在阅读经典书籍过程中，能够体会生动感人、具有人性美、道德美的情感，进而构建美丽健康的人格，全面提高学生的素质。优秀的文学作品不但给人带来文学的享受也会对大学生产生深远的影响。保尔·柯察金的自我奉献的精神、坚定不移的信念和顽强坚韧的意志感动和鼓舞了无数人。哈姆雷特对"生存还是毁灭"的深刻思索，也引发人们对人的生命价值和意义探讨。又如《简爱》《红与黑》《苔丝》等一些优秀文学作品向人们传输了不同的道德、价值观念。

终极目标是提高大学生的道德品质。通过提升大学生的阅读习惯，培养学生的创造力、意志力、判断力和道德人格。利用大学生阅读中的教育资源，实质上是开发一种隐性的教育资源。与直接灌输式的教育方式相比，隐性教育方式在大学生的思想观念、道德意识和政治素养教育过程中往往能受到更好的教育效果，它以一种潜移默化的方式影响大学生，使之形成符合社会要求的人生价值观念。隐性教育改变了传统的灌输式教育，消解了教育对象的抵触心理。在阅读经典作品的过程中，其中积极的思想价值观念、良好的道德品质等以润物细无声的方式内化为大学生自身的综合素质，经典文学作品陶冶读者的情操，使读者的逻辑思维、创新思维能力在不知不觉中受到作品的感染，从而实现自我教育的效果，实现对大学生的品德、素质、认知教育的有机整合。

第二节　大学生文学阅读习惯养成的基本内容

当代大学生处于信息爆炸的时代，传统出版业和新媒体发行繁荣发展，高校的阅读条件也日新月异，给大学生提供了更多的阅读选择。在阅读方式上大学生可以选择传统书籍，也可以利用移动设备等。面对众多的选择，也给学生带来了困扰，即如何在众多书籍中找到自己需要的合适的书，这就需要培养大学生检索的技巧及通过各种途径获取阅读目标的能力。如果需要的是专业课书籍，可以咨询专业老师。如果要选择适合自己读的文学作品，可以关注高校或地方图书馆推荐的阅读书目，也可以根据评介或者选本选书。鲁迅先生曾给过选书的建议："倘要看看文艺作品呢，则先看几种名家的选本。从而觉得谁的作品自己最爱看、然后再去看一个作者的专集"。因为选本是由编者选编出来的优秀作品，能够入选的都是比较有代表性。以此由点及面的阅读能够提高我们选择阅读作品的效率。

一、培养专心致志、作笔记的阅读习惯

在阅读习惯的培养中，首先应培养的就是阅读时的良好习惯。比如保持正确的坐姿，保持眼睛与书的适度角度和距离。另外，在阅读的时候能够投入进去并积极地思考，所以专心致志阅读的过程也是锻炼人的意志品质的过程。在历史上也不乏有伟人培养阅读习惯的例子。据说毛泽东为了锻炼自己读书的专注力，特意到杂乱的市场上去读书，养成了在嘈杂的环境依然能够读书的良好阅读习惯。良好阅读习惯的养成中还要注意培养记笔记的习惯，在读书时通过做摘录写下读书心得，以及随时记录看书时获得的灵感。

二、培养主动阅读的习惯

大学生正处于人生的青年时期，与社会的接触使他们初尝了生活的艰辛。大学生能否积极地去面对生活中的各种迷茫与困惑，是否具备积极乐观地解决问题的能力，就显得尤其重要。在关于阅读治疗的研究中，表明可以通过各类指导性的阅读对大学生进行心理干预，为大学生指明方向、解惑答疑。当今的各类读物形形色色，读完后带给我们的感受和收获也是不同的。其中不乏优秀的文学作品，能够给读者带来正能量，塑造大学生健全的人格。例如残疾作家史铁生的散文《我与地坛》中，作者通过亲身经历讲述了自己对生命的体悟，以及如何在困境中重获生活和奋斗的力量，这是一部传递在困难中保持积极心态、在绝望中寻找希望的优秀作品。很多具有正能量的优秀文学作品都传达了积极向上的乐观精神，使人们在阅读作品之后拥有了直面困境的勇气。这样的文学作品能够激发读者在生活中积极乐观的态度，给心灵带来震撼，给人生带来启迪。

三、营造良好的阅读氛围

我国古代教育就意识到教育氛围对教育者的重要性，例如"近朱者赤、近墨者黑""孟母三迁"的故事等。高校的教育氛围包括诸多的因素，如学校的软硬件设施、校规校训、学生的精神风貌、思想状态等。这些因素之间不是相互孤立存在的，而是互相联系渗透的。要将社会要求的知识、技能、政治、思想、道德观念内化为大学生的个人综合素质，就必须为大学生营造良好的氛围。大学生在阅读优秀作品的过程中，完成知识的储备。形成正确的"三观"，正好符合高校思想政治教育的要求，为大学生的行为效仿、心理指导提供一个良好的氛围。

第三节 大学生文学阅读习惯养成的自我建构

唯物辩证法认为事物的发展变化是内外因共同起作用的结果。内因是事物发展的内在根据，是首要的，它决定着事物发展的基本方向。一个人的健康成长与学校、家庭、社会环境密切相关，但最终起决定作用的还是学生自己。

大学生阅读习惯的自我建构就是大学生按照阅读习惯养成的目标和要求，通过主动提高自身的思想认识和阅读能力水平，来养成良好的阅读习惯品质。大学生已经有了日趋成熟的自我意识。能够进行自我认识、自我评价，并通过对自己的监督和调试来进行自我构建。因此在大学生阅读习惯的养成过程中，大学生进行阅读习惯养成的自我构建具有可行性。大学生阅读习惯的养成是一个多方面综合作用的结果，需要大学生在知、情、意、行等素质上的统一。在此过程中，大学生可以通过自己的努力不断提高自我教育和自我完善的水平，坚持不懈地践行阅读习惯中养成的规范，知行合一，才能最终养成良好的阅读习惯。自我建构的过程中首先要确定自我阅读习惯养成的目标也就是为什么读。其次要确定阅读习惯养成的方案，也就是怎么读，最后按照制定的方案坚定执行，逐步实施阅读习惯的养成方案。

首先，制定大学生阅读习惯养成目标。大学生阅读习惯养成的条件包括阅读的动机，阅读的时间和空间，高校的资源和服务等。不少学生在阅读时没有目的性，选择书籍也比较随意，有的人根据书名、封面是否吸引人来选择，社会上流行什么就读什么。还有的同学阅读层次太低，只看一些连环画、笑话、童话之类的书，而对科技读物、思想修养读物之类的书很少问津。大学生要根据自己的自身条件，创造阅读的条件建构自己的阅读计划。阅读计划要合理可行。一个人不可能学尽天下的知识，也不能只凭热情去读书，而需要选择，有所取舍。面对浩瀚的书海，如何选择出适合自己读的书，极为重要。

其次，大学生阅读习惯养成的方案。阅读习惯可以在在无意识中形成，但是我们所说的大学生阅读习惯的养成更多的是指通过有目的有计划的训练形成。因为阅读习惯的养成是一个系统的工程，要制定相应的计划。开始的时候先做相对容易的，尝到些甜头，这样就可以不断受到自己和周围人的激励，容易成功。习惯的养成要遵循科学的规律，重点在前几天，但真正变成一种习惯则需要一个月左右的时间。从心理学的角度来看，一个好的习惯养成为 21 天，经过 90 天的重复则会形成稳定的习惯。良好的阅读习惯一旦养成，会使人终生受益。

最后，大学生阅读习惯养成的实施。大学生阅读习惯养成的实施是一个系统的过程，首先要明确阅读目标，其次要注意创造良好的阅读条件，注意阅读时可能会受到外界环境的影响，如环境的噪音、偶发事件、不适宜的温度、灯光等，都可以成为影响阅读的注意力，所以，创造良好的外部环境是集中注意力的基本条件。

除此以外，还应注意阅读的情绪。保持平静、愉快的情绪来进行阅读，可以采取以下三种方法：第一种方法是要求学生端正地坐在椅子上，双脚放平，双手自然放在双膝上，背部挺直，全身放松，排除一切杂念，闭目静心 1 分钟。第二种方法是引导学生凝视一个物体的中心点，如一个橡皮、书本或课桌的中心等，什么都不要想，专心注视坚持 1 分钟。第三种方法是让学生端坐闭目，放一段优美舒缓的音乐，让学生想象音乐中所描述的世界。除此之外，还要正确掌握阅读时间。心理学研究发现，一般人的注意力最多能集中 20~25 分钟，然后就进入疲劳状态。而休息 1~2 分钟，注意力又可以集中 20~25 分钟。因此，让学生在一定时间范围内阅读，使之保持高度集中的注意力。经过训练可以逐步延长阅读时间。

第四节 大学生文学阅读习惯养成的外力推动

在唯物辩证法中，事物发展过程中的外因属于外部条件，可以对事件的发展起到减速或加速的作用。对于大学生阅读习惯养成而言，环境因素是重要的外部条件，环境对大学生有一定的熏陶作用，而环境因素又包括家庭、学校和社会等。除环境因素外，大学生阅读习惯养成的外力推动还包括示范教育和规范的制定等。

一、外部环境对大学生的熏陶作用及其建设

在大学生阅读习惯养成的过程中，外部环境起到了一定的熏陶作用。这里的环境有两个意义，一方面是指对阅读习惯养成产生影响的一切外部因素的全部总和的环境。环境有时空环境，如时间、空间；有社会环境，如社会的经济结构、社会制度和社会文化。这种意义上的环境，既有国际的大环境，也有国内、省内、学校内的种种教育思想、教育思潮形成的不同立场、不同观点的育人环境。这个环境不以大学生的主观意志为转移的，它是一个客观存在。环境是复杂的，对于大学生阅读习惯养成而言，环境的作用是不确定的，有可能是积极的也有可能是消极的，也就是说环境不可能与大学生阅读习惯养成的目标完全一致，当然也不一定对于教育活动的开展有利。它在总体上的变化，造成阅读习惯教育的外部"大气候"，对于阅读习惯的养成有着根本性的影响。另一方面是指在阅读习惯养成实践活动过程中作为教育因素的环境。这种意义上的环境，是指参与到大学生阅读习惯养成教育活动的过程中，作为一种教育因素实际地发挥着教育作用的环境。比如，革命英雄纪念馆、革命烈士陵园、美观整洁的校园、团结奋进的校风、和谐温馨的师生关系，老师和家长的人格等。它们都可以通过教育者有意识地发现、组织、安排、利用，参与到大学生阅读习惯养成教育过程中来，成为教育的方法手段和途径条件。这种意义上的环境，是教育者营造出来的"小气候"，或者是从现成的环境中挖掘出它的教育意义，或者进行有意义地设计。当然，"大气候"可以制约"小气候"，但是，在教育者和受教育者的共同努力下，这种

"小气候"可以充分发挥其育人的功能。

总之，影响大学生阅读习惯养成教育的环境范围主要是家庭环境、学校环境和社会环境，因此，加强大学生阅读习惯养成教育的环境建设也主要是加强家庭环境、学校环境和社会环境的阅读习惯建设。家庭是构成社会的细胞，是社会不可分割的重要组成部分。家庭环境的建设对于子女的道德品质修养和良好习惯的养成，都有着重要的基础性作用。因此，每一个家庭的父母都应该尽力教育好自己的子女。从教育和受教育的关系来看，父母是子女的第一任教师。国家要求家庭努力抚养教育好子女，为社会培养可靠的接班人。学校是建立在一定社会关系基础上的社会组织机构，大学是传播文化和创新知识的专门机构，是大学生走向社会之前接受教育的场所。大学生在高校的环境中，有助于阅读习惯的养成。社会环境是个人阅读习惯养成并维持的最大平台，从时间上看，它覆盖了个体生命的全部过程，因此社会环境对个体阅读习惯养成的熏陶不仅通过环境本身的直接辐射来实现，社会发展到文明时代，产生了学校教育，阅读习惯即从纯世俗型转向以学校阅读习惯为核心的形式。总之，大学生阅读习惯养成教育的实践策略，是探索当前大学生阅读习惯养成的具体方法与途径。实施这些策略，关键要贴近大学生阅读习惯养成教育的实际，要贴近大学生阅读习惯养成的追求目标。

二、大学生阅读习惯养成的示范教育

示范作用是大学生阅读习惯养成过程中重要的外力作用。示范作用是指在阅读活动中树立典型的人、事作为示范，以此来调动大学生的阅读兴趣并促成其阅读习惯的养成。示范教育不是抽象的说教，而是通过大学生身边的典型人物或者事例对大学生进行阅读教育，以便于大学生接受、学习。列宁曾说："榜样的力量是无穷的"，邓小平同志也多次强调："身教重于言教"，这都是对榜样力量的精辟论述。运用榜样的力量来培养人们正确的价值观和行为准则，是古今中外的普遍做法，在当今社会和高校中也被普遍使用。在校园生活中优秀教师和学生都可以被作为榜样。如果有一个喜欢阅读并善于阅读的老师作为学生的榜样，学生也同样会受到耳濡目染的影响。而身边喜欢阅读的同学也可以起到榜样的作用，并且同学之间的影响更大，更能使其他同学养成爱读书、读好书的习惯。示范教育就是发挥积极的引导示范作用，让学生有榜样有目标，并能够见贤思齐。

三、大学生阅读习惯养成的规范制定

大学生阅读习惯的养成需要制定相关的规范，这样对于阅读习惯的养成就有据可循、有法可依了。首先大学生阅读习惯的养成要有评价机制。教育者应该在阅读习惯的养成中总结相关经验，形成针对阅读习惯养成成果的评价体制。在评价体制中包括各种各样的交流和奖励体制，通过这些方法多角度、多层面地培养大学生的阅读兴趣。其次要落实阅读时间。具体措施包括一是可以每周开设一节阅读指导课；二是保证学生自由阅读的时间，使学生在课余时间可以阅读自己感兴趣的内容；三是每本书读完后应有一定数量的摘抄记录与读后感记录，以此引导学生阅读的方向及兴趣。举办各种与阅读相关的实践活动，并把这些活动做成常规、定期开展的活动。

附录一：大学生文学阅读调查问卷结果分析及个别访谈

调查问卷结果分析

为了调查结果的准确性、全面性，本项目一共设计了两份调查问卷，一份针对的对象是除中文系之外的其它六院，一份是专门针对中文系学生的，问卷中的问题根据本课题的研究目的量身定制，内容涵盖了学生的年龄分布、阅读原因、目的、计划、方式、类型、体验等多个方面，共18个问题，两份问卷中部分问题是重合的，但也针对中文系学生特别制定了一些题目，下面是对六院的数据分析：

题号	有效人数	选项	人数	所占百分比
1	297 297 297 297	A	24	8.08%
		B	40	13.47%
		C	126	42.42%
		D	107	36.03%
2	297 297 297 297	A	95	31.99%
		B	112	37.71%
		C	90	30.30%
		D	0	0%
3	297 297 297 297	A	53	17.85%
		B	84	28.28%
		C	33	11.11%
		D	127	42.76%
4	297	A	130	20.73%
		B	111	17.70%
		C	134	21.37%
		D	82	13.08%
		E	127	20.26%
		F	43	6.86%

5	297 297 297 297 297 297 297 297	A	27	3.6%
		B	100	13.4%
		C	97	13%
		D	67	9%
		E	105	14%
		F	78	10%
		G	78	10%
		H	12	1.6%
		I	115	15.4%
		J	68	9%
		A		62%
		B	51	17%
		C	62	21%
7	297 297 297 297	A	87	29.3%
		B	81	27.3%
		C	3	1%
		D	117	39.4%
		E	9	3%
8	297 297 297 297	A	135	45.5%
		B	55	18.5%
		C	81	27.3%
		D	26	8.7%
9	297 297 297 297	A	46	15.6%
		B	208	67.3%
		C	30	10.1%
		D	21	7.07%
10	297 297 297 297	A	29	9.8%
		B	125	42.1%
		C	61	20.5%
		D	32	10.8%
		E	12	4%
		F	38	12.8%
11	297 297 297 297	A	53	17.8%
		B	168	56.6%
		C	76	25.6%
		D		

12	297	A	165	55.6%
	297	B	112	37.7%
	297	C	20	6.7%
	297	D		
13	297	A	89	30%
	297	B	181	61%
	297	C	27	9%
14	297	A	138	46.5%
	297	B	95	32%
	297	C	64	21.5%
	297	D		
15	297	A	116	39%
	297	B	79	26.6%
	297	C	102	34.4%
	297	D		
16	297	A	76	25.6%
	297	B	151	50.8%
	297	C	70	23.6%
	297	D		
17	297	A	190	64%
	297	B	46	15.5%
	297	C	61	20.5%
	297	D		
18	297	A	180	60.6%
	297	B	60	20.2%
	297	C	57	19.2%
	297	D		

附：发放问卷 350 份，回收问卷 297 份，有效问卷 297 份，有效回收率为 84.8%。

通过对六院的数据分析，我们可以大致了解我校大学生文学阅读的现状：

一、大学生对文学作品有兴趣，但阅读作品的数量不多，文学作品在大学生课余生活中的影响不大

在"您是否还保持着渴望阅读的愿望"的调查中，有 62% 的人选择"是，特别想多读一点书"。17% 的人选择"否，无所谓读不读"。剩下 21% 的人答案是"还行"。大多数同学仍保持着对阅读的渴望，这说明对于阅读，学生大部分持着比较积极的态度，认可度也挺高。所以非常有必要对大学生进行阅读推介工作。

关于"专业书籍与文学书籍的影响哪个对自己的影响更深远",39%的人认为"文学类,因为可以提高自己的内在修养",26.6%的人选择"专业类,因为以后工作需要",34.4%认为"都很重要"。39%的人认为"文学类,因为可以提高自己内在修养",这一比例在非中文专业学生中的比例还是很高的,说明大学生有阅读的欲望和需求。

关于"平时阅读文学作品的情况",有42.4%的人选择"一个月一本到五本",36%的人选择"几乎不阅读文学作品"。选择"一个月五本到十本"和"一个月十本以上"的分别占13.5%和8.1%。关于非中文学生的文学阅读量,36%的人选择"几乎不阅读文学作品",只有不到一半的学生阅读文学作品,这一结果并不令人满意,说明文学作品在大学生课余生活中的影响不高。

二、电子阅读的盛行对调查对象的影响情况

"对于网络文学和经典文学,您更喜欢哪一个"一题中,有32%的人选择网络文学,经典文学占37.7%,剩下30.3%的人选择"无所谓都喜欢"。选择经典文学和网络同学的比例几乎一致,说明学生对经典文学的阅读情况不容乐观,而网络文学对学生的影响越来越大。

对"是否觉得通过微博或人人看文学精选片段比看书来的轻松有效",有46.5%的人认为"是的",32%的人认为"不是",剩下21.5%的人"感觉没有差别"。大部分人认为看文学精选片段比看书轻松有效,这说明随着时代科技的发展变化,学生的文学观念受到不小的影响冲击,这种冲击的利弊都值得好好衡量,因此应该适当协调文学作品的阅读方式。

三、追求浅层次阅读

"关于阅读,您平时的体验有多深?"的调查中,42.8%的人是"具体作品具体看待,根据不同爱好决定重视程度"。"精读细读,深度阅读,深入作品内部,并且能理解文章所传达的思想内涵"的人只有17.8%。而"粗略阅读、浅度阅读,能抓住作品基本结构"和"走马观花,囫囵吞枣式阅读"的人分别占28.3%和11.1%。说明大多数学生只是对书籍进行走马观花式的粗略阅读,文学在大学生生活中的作用主要是娱乐休闲。

四、文学类型的选择上以通俗文学为主,文学阅读层次较低,需要老师加以引导

在了解较多的十位人物中,选择张爱玲、李清照、罗贯中的人较多,分别占15.4%、14%、13.4%。而选择刘心武、贾谊的却只有1.6%和3.6%。另

外一些作家莎士比亚、海明威、村上春树、纳兰容若、沈从文所占比重则相差较近，都在 10% 左右。在阅读的主要书籍类型中，文学名著、言情武侠玄幻小说、杂志八卦新闻漫画等娱乐书籍、性格分析心理辅导等功能书籍、报纸刊物散文等。选择的人分别有 20.7%、17.7%、21.4%、13.1%、20.3%。还有 6.8% 的人选其他。"文学名著"只占到总数的 20.7%，这说明学生对言情武侠、杂志八卦等娱乐消遣性书籍的兴趣明显大于对文学名著的兴趣，学生阅读在选择作品方面需要受到较好的指导，教师可以给学生制定一些适当的阅读任务。

五、调查对象文学阅读的主要动因及影响因素

在阅读的目的上，39.4% 的人是为了"从中开阔眼界、认识社会认识自己"。29.3% 的人是为了"提高文学修养及文学欣赏能力"。27.3% 的人是为了"娱乐消遣"。"寻求刺激"和"无所谓，没目的"的分别只占 1% 和 3%。阅读目的是为了自己或为了文学各占三分之一，这说明大学生对于文学阅读和鉴赏还是比较看重的。

在"您对阅读文学作品持什么样的看法"的调查中，有 55.6% 的人认为"应该多读，受益无穷"，37.7% 的人认为"可以偶尔看看，陶冶情操"，认为"没必要读，没什么用处"的人有 6.7%。绝大多数的学生认为应该"多读书""陶冶情操"，说明学生总体上对阅读文学作品的看法非常积极乐观，是喜欢的。这有利于较好的展开提倡文学阅读活动，也说明大学生的文学阅读意识还比较高。

"你认为文学素养和个人谈吐存在正相关关系吗"？有 64% 的人认为"存在"，20.5% 的人认为"视人而定"，15.5% 的人认为"不存在"。大部分学生认为文学素养和个人谈吐存在正相关关系，这说明学生普遍意识到文学对个人素质的提升作用，因此要使学生将思想转化为行动，不能只是让学生明白文学的重要性，却不进行文学阅读。

在影响阅读主要障碍一题中，45.5% 的人是因为"工作、学习时间太忙，根本没时间阅读"，"手机游戏等娱乐太多，没心思阅读"的人占 27.3%，因为"图书资源缺乏，想看的时候没有书"的人占 18.5%，剩下 8.7% 的人还有其他原因。大部分学生认为影响阅读的因素是"学习太忙，没时间"，另一大部分同学认为手机娱乐是影响阅读的主要障碍。

（1）工作、学习时间太忙，根本没时间阅读，这是应试教育留下的后遗症，应试教育只注重课本知识的掌握，而不注重培养学生的阅读能力，尤其是家长在面对分数时，经常剥夺学生的阅读自由。

（2）随着现代科技的发展，有近一半同学选择手机游戏娱乐，因为手机带给我们的很多信息不需要深度思考，比较轻松。

六、大学生选择书籍的自主性较强

在"您选择阅读书籍主要受什么影响最大？"的调查中，有 67.3% 的人是根据"自己的爱好，独立选择"，"经人推荐"占 15.6%，"报刊、影视等媒体影响"和"跟随身边的潮流"分别占 10.1% 和 7%。绝大部分学生阅读书籍都是根据自己的爱好做主。这说明学生在书籍选择时主体意识很强，但如何促使学生自动自发的增加阅读量以及引导学生有目的的选择书籍还是需要依靠教师。也可以理解为学生并没有得到很好的推荐，最起码一些书目推荐没有真正引起学生的兴趣，这需要教师加强自身学识，广泛涉猎，在给学生推荐书目时做到有理有据，从而真正提高学生的阅读兴趣。

对于大学期间是否有自己的阅读计划，有 61% 的人"只想随便看看"，30% 的人选择"有，已经安排好必看的书单"，还有 9% 的人没有计划。61% 的人称"只想随便看看"，这说明学生对阅读没有一个明确的计划，这直接影响了学生阅读的积极性，制定符合自己的阅读计划与提升阅读量应该有着直接的关系，30% 的人选择"有，已经安排好必看的书单"，这一比例比中文系的学生要高，说明中文系学生在阅读上反而比较依赖老师。

七、调查对象阅读情况自我评价，大学阶段是学生阅读的关键期

在阅读习惯兴趣的变化时期上，有 42.1% 的人选择"青少年时期"，20.5% 的人是在"大一"发生变化。9.8% 和 10.8%、4% 的人是在"童年时期""大二""大三"产生变化。12.8% 的人选择"没有变化"。42.1% 的人选择"青少年时期"，说明青少年时期是影响学生阅读的关键时期，大学阶段是学生阅读发生变化的第二重要的时期，所以我们应该把握学生阅读的关键期。

对阅读的态度与家庭环境的关系上，有 56.6% 选择"有部分关系，还是看个人"，25.6% 的人选择"完全不受家人影响"，"是的，与家人态度一致"的人有 17.8%。"是的，与家人态度一致"的人有 17.8%，这说明阅读的态度与家庭环境的关系还是比较大的，但有 56.6% 选择"有部分关系，还是看个人"，说明还是个人占主导地位。

八、文学阅读的氛围及开展文学经典阅读的有效方式

关于校园或班级宿舍的阅读氛围如何？有 50.8% 的人认为"不是很浓厚"，"很好，周围很多人喜欢阅读"和"感觉身边没有什么人在阅读"各占 25.6%

和 23.6%。超过半数的学生认为周围的阅读氛围"不是很浓厚",这说明学生本身也意识到大学生阅读氛围不高的问题。

对于"支持大学开展类似文学欣赏这样的课程作为通识课吗"有 60.6%的人"支持",19.2% 的人认为"随便",剩下 20.2% 的人选择"不支持"。绝大部分学生支持"大学开展类似文学欣赏这样的课程作为通识课",这说明学生对"提倡文学阅读"普遍持赞同态度,所以可以增加关于文学欣赏的通识课程。

在调查中发现虽然文学作品是大学中文系学生学习的主要内容,但就现实情况来看,中文系学生的文学阅读状况也不容乐观。所以本课题又以胜利学院中文系大一到大三学生为研究对象进行了问卷调查,共发放问卷 450 份,其中有效问卷 427 份,无效问卷 23 份,根据回收的问卷,对学生的阅读状况进行了深入分析。

题号	有效人数	选项	人数	所占百分比
1	427	A	28	6.5%
	297	B	24	5.7%
	297	C	269	63.1%
	297	D	107	24.7%
2	427	A	226	53.3%
	427	B	68	15.9%
	427	C	128	30.8%
	427	D		
3	427	A	106	25.5%
	427	B	205	47.9%
	427	C	115	26.6%
	427			
4	427	A	77	18.4%
	427	B	77	18.5%
	427	C	25	5.8%
	427	D	243	57.3%
5	427	A	102	24.1%
	427	B	72	17%
	427	C	76	18.4%
	427	D	55	13.6%
	427	E	85	20.1%
	427	F	29	6.8%
	427			
	427	A	68	16.7%
	427	B	85	20.7%
	427	C	106	25.3%
	427	D	119	28.4%
	427	E	34	8.9%

	427	A	85	20.9%
	427	B	76	60.3%
7	427	C	59	14%
	427	D	20	4.8%
	427	E	9	3%
	427	A	52	12，3%
8	427	B	226	53.5%
	427	C	140	33.1%
	427	D	4	1.1%
	427	A	192	45.1%
9	427	B	29	7.1%
	427	C	204	47.8%
	427			
	427	A	136	32.7%
	427	B	8	2.1%
	427	C	1	0.2%
10	427	D	42	10.3%
	427			
	427			
	427	A	273	64.7%
11	427	B	29	7.3%
	427	C	119	28%
	427	D		
	427	A	183	43.3%
12	427	B	70	16.5%
	427	C	170	40.2%
	427	D		
	427	A	46	11%
13	427	B	328	77.2%
	427	C	40	9.4%
	427	D	8	2.4%
	427	A	281	66.1%
14	427	B	132	31.4%
	427	C	10	2.5%
	427	D		
	427	A	106	25%
15	427	B	251	59.6%
	427	C	64	15.4%
	427	D		
	427	A	196	46.7%
16	427	B	179	42.6%
	427	C	42	10.7%
	427	D		
	427	A	192	45.1%
17	427	B	46	11.4%
	427	C	183	43.5%
	427	D		

18	427	A	234	55.9%
	297	B	106	25.1%
	297	C	81	19%
	297	D		
19	427	A	281	66.7%
	427	B	28	6.7%
	427	C	111	26.6%
	427	D		
20	427	A	345	81.5%
	427	B	21	5.8%
	427	C	51	12.7%
	427	D		

在调查过程中，发现中文系学生的阅读能力比其他六院同学的水平要高，但仍然存在一些问题，下面是中文系和其它六院同学的对比信息：

1. 在平时阅读文学作品情况方面，中文专业"几乎不阅读文学作品"的人有 24.7%，而非中文专业则占有 36%。中文系学生文学阅读量的调查，24.7% 的人选择"几乎不阅读文学作品"，这一结果并不令人满意，作为中文系的学生，阅读和写作能力是两项基本的和重要的能力，所以比例偏高。

2. 在网络文学和经典文学更喜欢哪一个的问题中，中文专业有近 50% 的人选择经典文学，而非中文专业喜欢网络文学和经典文学的人都在 30% 多。这说明经典文学对中文系学生的影响要大于网络文学。

3. 在阅读体验中，"具体作品具体看待，根据不同爱好决定重视程度"与"精读细读，深度阅读，深入作品内部，并且能理解文章所传达的思想内涵"选项中，中文专业的选择比例都要高于非中文专业，并且中文专业选择"粗略阅读、浅度阅读，能抓住作品基本结构"和"走马观花，囫囵吞枣式阅读"的人都要少于非中文专业。说明专业的文学训练对学生的文学阅读有重要的影响。

4. 在阅读的目的上为了"从中开阔眼界、认识社会认识自己"的中文专业的人要少于非中文专业，为了"提高文学修养及文学欣赏能力"的中文专业的人要多于非中文专业。

5. 在是否还保持着渴望阅读的愿望的问题中，文专业选择"是，特别想多读一点书"的比例略高于非中文专业，并且选择"否，无所谓读不读"的中文专业的有 7.3%，非中文专业则有 17%。

6. 在选择阅读书籍主要受什么影响方面，根据"自己的爱好，独立选择"或"经人推荐"的中文专业学生多于非中文专业学生。选择"报刊、影视等媒体影响"和"跟随身边的潮流"的中文专业学生少于非中文专业学生。

7. 在对阅读文学作品的看法方面，55.6% 的非中文专业学生认为"应该多读，受益无穷"，中文专业学生有 66.1% 这样认为。认为"没必要读，没什么用处"的中文专业学生和非中文专业学生分别占 2.5% 和 6.7%。

8. 是否觉得通过微博或人人看文学精选片段比看书来的轻松有效"，中文与非中文专业都有近半数的人认为"是的"，认为"不是"的中文专业和非中文专业分别有 42.6% 和 32%。

9. 关于校园或班级宿舍的阅读氛围如何，认为"不是很浓厚"的中文专业学生多于非中文专业学生。

10. 文学素养和个人谈吐是否存在正相关关系，认为"存在"的中文专业学生要高于非中文专业学生。认为"不存在"的中文专业学生与非中文专业分别有 6.7% 和 15.5%。

11. 对于是否支持大学开展类似文学欣赏这样的课程作为必修课，中文有 81.5% 的学生支持，非中文专业有 60.6%。选择"不支持"的中文学生与非中文学生分别是 5.8% 和 20.2%。

从上面的调查结果可以发现中文系学生的文学阅读状况如下：

一、中文系学生缺乏阅读的动力

文学阅读效果的显现是一个长期的过程，带给学生的更多的是精神层面的改变，这种阅读体验具有无功利性，我们经常讲"听说读写"是中文系学生必须具备的基本素质，但是对于学生来讲更像是一种口号，而没有实质性的触动。在"你认为文学素养和个人谈吐存在正相关关系吗"一题中，有 66.7% 的人认为"存在"，大部分学生认为文学素养和个人谈吐存在正相关关系，这说明学生普遍意识到文学对个人素质的提升作用，但现实情况是学生虽然认识到了文学阅读的重要性但仍却不进行文学阅读。造成这一问题的原因是多方面的：一方面是对阅读没有正确的认识，没有养成好的阅读习惯，在中小学阶段，学生的学习压力大，大多数时间用于教科书的学习，尤其是很多家长认为教材以外的书包括文学书籍都是闲书，并不支持阅读；二是通过和一部分学生聊天，发现很多学生在大学填报志愿时并不清楚中文系是干什么的，因为它太不实用了，甚至有很多同学是调剂过来的，所以真正对文学有兴趣的并不多；三是到了大学之后，虽然中文系学生学的是文学，但是往往重视文学史的梳理、学习，虽然有开设文学理论和文学文本解读课程，但是理论性太强，并且由于学生不读文本，课堂上还要拿出时间介绍文本，教学效果并不好，课下又不去阅读相关的文学评论，这样使教学陷入困境，形成恶性循环。

二、专业的文学训练对学生的文学阅读有重要的影响

在网络文学和经典文学更喜欢哪一个中，中文专业有近50%的人选择经典文学，而非中文专业喜欢网络文学和经典文学的人都在30%多。这说明经典文学对中文系学生的影响要大于网络文学。在阅读体验中，"具体作品具体看待，根据不同爱好决定重视程度"与"精读细读，深度阅读，深入作品内部，并且能理解文章所传达的思想内涵"选项中，中文专业的选择比例都要高于非中文专业，而中文专业选择"粗略阅读、浅度阅读，能抓住作品基本结构"和"走马观花，囫囵吞枣式阅读"的人都要少于非中文专业。说明专业的文学训练对学生的文学阅读有重要的影响。

三、现实状况导致学生文学阅读时间被压缩

学生在入学的前两年是最应该打基础的时候，却把大量时间用于学习外语、考各种证书上，而文学阅读似乎对将来的就业没有直接的影响，也就不被纳入学习的范畴，在影响阅读主要障碍一题中，43.3%人是因为"学习时间太忙，根本没时间阅读"。现实情况的确如此，大部分学生的课下阅读时间多在为考试考级奔波，到图书馆走一趟，会发现自习的学生中，绝大多数的时间在看高等数学、计算机二级、英语四六级、人力资源证书考试的书，我们的调查显示，很大一部分学生的阅读时间主要分配在各级各类考试用书、考证的学习上。

四、现代科技的影响

在影响阅读主要障碍一题中，"手机游戏等娱乐太多，没心思阅读"的人占40.2%，这一比例高于其他院系的27.3%，随着现代科技的发展，有近一半同学选择手机游戏娱乐，因为手机带给我们的很多信息不需要深度思考，比较轻松，所以有人说现在是读图时代、碎片化时代、微文化时代。微博、微信充斥我们的生活，学生的文学观念受到不小的影响冲击，有的学生认为自己经常从微信上进行阅读，但读过之后发现脑海中没有留下任何印象，读过即忘，这就是网络化阅读的弊端，再加上中文学生不需要做实验，实践课程也比较少，比起理工系学生有更多的空闲时间，但学生们却将上网、玩游戏、看电视电影等作为他们主要的娱乐方式，而对于文学作品的阅读则越来越少。网络阅读作为一种阅读方式，其本身无可厚非，然而，与网络相伴的往往是快餐文化，其传达的阅读资源常常具有及时性以及碎片化的特点，并且网络阅读在把便捷性带给读者的同时，潜移默化地影响了读者的阅读习惯。网络

阅读的丰富性、便捷性、互动性使得越来越多的青年学生投入到了网络的海量信息中，同时却也告别了长久品位、细心摘录的传统阅读方式。大学生长期依赖网络阅读这种阅读形式，容易造成自己的阅读停留在"浅阅读"阶段。

五、中文专业学生在选择书籍时，自主性更强，但教师的引导作用不明显

在"您选择阅读书籍主要受什么影响最大？"一题中，学生独立选择文本的占到77.2%，一方面说明现在的学生的主体意识强烈，有自己的独立判断，但也可以理解为学生并没有得到很好的推荐，最起码一些书目推荐没有真正引起学生的兴趣，这需要教师加强自身学识，广泛涉猎，在给学生推荐书目时做到有理有据，以真正提高学生的阅读兴趣。

六、没有明确的目标，没有形成阅读氛围

对于大学期间是否有自己的阅读计划，有59.6的人"只想随便看看"，25%的人选择"有，已经安排好必看的书单"，还有9%的人没有计划。这说明学生对阅读没有一个明确的计划，这也会对学生阅读的积极性造成一定的影响，制定符合自己的阅读计划与提升阅读量有着直接的关系，25%的人选择"有，已经安排好必看的书单"，这一比例比其他系的30%还要低，说明中文系学生比较散漫，不太注重目标的制定。关于校园或班级宿舍的阅读氛围如何有50.8%的人认为"不是很浓厚"，"很好，周围很多人喜欢阅读"和"感觉身边没有什么人在阅读"各占25.6%和23.6%。超过半数的学生认为周围的阅读氛围"不是很浓厚"，这说明学生本身也意识到大学生阅读氛围不高的问题。

教师、学生访谈：

1. 中文专业任课老师

在访谈中，任课教师们一致反映：从大面上看，现在能静下心来读书的学生很少，即使阅读，基本上也是选择一些容易读的文本进行浅层次阅读。这说明学生们虽然经过了文学理论和文学史的学习，但是在理论和实践的结合上存在问题，文学写作、文学评论写作的实践训练不够。

2. 胜利学院学生

在谈到为什么不喜欢读书的问题时，一些同学谈到了读书障碍问题，最普遍的问题竟然是读不懂，这样的说法看上去匪夷所思，因为文学作品是形象的、审美的，理论上不会和数学、物理那样存在理解上的困难，但在实际阅读中，这种情况的确存在，如在面对古代作品时，古代汉语基础薄弱的同

学根本读不通，对于中西方现代文学，由于叙事技巧的改变加上文本反映意蕴的丰富，学生也会有读不懂的现象，找不到合适的角度进入文本。所以真正的文学阅读并不像表面上看起来那么轻松，尤其是进行文学创作、作专业研究，写文学评论时都需要付出艰苦的努力，在阅读一些复杂文本时，学习一些阅读策略还是有必要的。

附录二：大学生文学阅读现状调查

性别：男□ 女□ 年级：_____ 专业类别：理工科□ 文科中文□ 文科非中文□

欢迎参加本次答题

1.请问您平时阅读文学作品的情况如何

○ 一个月十本以上 ○ 一个月五本到十本

○ 一个月一本到五本 ○ 几乎不阅读文学作品

2.对于网络文学和经典文学，您更喜欢哪一个

○ 网络文学 ○ 经典文学 ○ 无所谓都喜欢

3.对于阅读，您平时的体验有多深？

○ 精读细读，深度阅读，深入作品内部，并且能理解文章所传达的思想内涵

○ 粗略阅读、浅度阅读，能抓住作品基本结构

○ 走马观花，囫囵吞枣式阅读

○ 具体作品具体看待，根据不同爱好决定重视程度

4.您平时阅读的主要书籍类型是？（多选题）

□ 文学名著 □ 言情、武侠、玄幻小说

□ 杂志、八卦新闻、漫画等娱乐书籍□ 性格分析、心理辅导等功能书籍

□ 报纸刊物、散文等 □ 其他

5.对于以下人物，您了解较多的是哪一位？（多选题）

□ 贾谊 □ 罗贯中□ 莎士比亚 □ 海明威□ 李清照

□ 村上春树 □ 纳兰容若 □ 刘心武□ 张爱玲□ 沈从文

6.您是否还保持着渴望阅读的愿望？

○ 是，特别想多读一点书 ○ 否，无所谓读不读 ○ 还行

7.您进行阅读的主要目的是？

○ 提高文学修养及文学欣赏能力 ○ 娱乐、消遣 ○ 寻求刺激

○ 从中开阔眼界、认识社会认识自己 ○ 无所谓 没目的

8. 影响您进行阅读的最主要障碍是？

○工作、学习时间太忙，根本没时间阅读 ○图书资源缺乏，想看的时候没有书 ○ 手机游戏等娱乐太多，没心思阅读 ○ 其他 ＿＿＿＿＿＿＿＿＿＿

9. 您选择阅读书籍主要受什么影响最大？

○ 经人推荐 ○ 自己的爱好，独立选择

○ 报刊、影视等媒体影响 ○ 跟随身边的潮流

10. 您的阅读习惯或兴趣有没有发生变化？具体是在什么时期？

○ 童年时期 ○ 青少年时期 ○ 大一 ○ 大二 ○ 大三 ○ 没有变化

11. 您对阅读的态度与家庭环境有关系吗？

○ 是的，与家人态度一致 ○ 有部分关系，还是看个人

○ 完全不受家人影响

12. 您对阅读文学作品持什么样的看法？

○ 应该多读，受益无穷 ○ 可以偶尔看看，陶冶情操

○ 没必要读，没什么用处

13. 大学期间你有自己的阅读计划吗？

○ 有，已经安排好必看的书单 ○ 只想随便看看 ○ 没有

14. 是否觉得通过微博或人人看文学精选片段比看书来的轻松有效？

○ 是的 ○ 不是 ○ 感觉没有差别

15. 你认为专业书籍和文学书籍，哪个对你的影响深远？

○ 文学类，因为可以提高自己内在修养

○ 专业类，因为以后工作需要 ○ 都很重要

16. 你认为校园或者班级宿舍的阅读氛围如何？

○ 很好，周围很多人喜欢阅读 ○ 不是很浓厚

○ 感觉身边没有什么人在阅读

17. 你认为文学素养和个人谈吐存在正相关关系吗？

○ 存在 ○ 不存在 ○ 视人而定

18. 支持大学高校开展类似文学欣赏的课程作为必修课吗？

○ 支持 ○ 不支持 ○ 随便

附录三：中文系文学阅读现状调查

性别：男□女□年级：_____

欢迎参加本次答题

1. 请问您平时阅读文学作品的情况如何

  ○ 一个月十本以上 ○ 一个月五本到十本

  ○ 一个月一本到五本 ○ 几乎不阅读文学作品

2. 您更喜欢阅读中国文学作品还是西方文学作品

  ○ 中国文学作品 ○ 西方文学作品 ○ 无所谓都喜欢

3. 对于网络文学和传统文学，您更喜欢哪一个

  ○ 网络文学 ○ 传统文学 ○ 无所谓都喜欢

4. 对于阅读，你平时的体验有多深？

  ○ 精读细读，深度阅读，深入作品内部，并且能理解文章所传达的思想内涵

  ○ 粗略阅读、浅度阅读，能抓住作品基本结构

  ○ 走马观花，囫囵吞枣式阅读

  ○ 具体作品具体看待，根据不同爱好决定重视程度

5. 您平时阅读的主要书籍类型是？（多选题）

□ 文学名著 □ 言情、武侠、玄幻小说

□ 杂志、八卦新闻、漫画等娱乐书籍 □ 性格分析、心理辅导等功能书籍

□ 报纸刊物、散文等 □ 其他

6. 您读过四大名著吗？

○ 读过 1 本 ○ 读过 2 本 ○ 读过 3 本 ○ 都读过 ○ 没读过

7. 你读四大名著的方式是？

○ 精读，理解其中的深刻含义，并配合相关解析书籍

○ 当小说读，主要看剧情 ○ 大概看了一遍，也没明白到底写了什么

○ 随便翻了一下

8. 您读过鲁迅的作品吗？

 ○ 读过很多 ○ 读过一些 ○ 读过，但是是在课本教材里 ○ 没读过

9. 您是否有读过莫言的作品？出于什么目的？

 ○ 读过，他既然得奖，作品一定值得一读。

 ○ 读过，他这么出名，如果连他的作品都不知道，太丢脸了

 ○ 没有读过

10. 您进行阅读的主要目的是？

 ○ 提高文学修养及文学欣赏能力 ○ 娱乐、消遣 ○ 寻求刺激

 ○ 从中开阔眼界、认识社会认识自己 ○ 无所谓 没目的

11. 您是否还保持着渴望阅读的愿望？

 ○ 是，特别想多读一点书 ○ 否，无所谓读不读 ○ 还行

12. 您阅读的愿望是否被满足？如果不被满足原因是？

 ○ 工作、学习时间太忙，根本没时间阅读

 ○ 图书资源缺乏，想看的时候没有书 ○ 其他 ___

13. 您选择阅读书籍主要受什么影响最大？

 ○ 经人推荐 ○ 自己的爱好，独立选择

 ○ 报刊、影视等媒体影响 ○ 跟随身边的潮流

14. 您对阅读文学作品持什么样的看法？

 ○ 应该多读，受益无穷 ○ 可以偶尔看看，陶冶情操

 ○ 没必要读，没什么用处

15. 大学期间你有自己的阅读计划吗？

 ○ 有，已经安排好必看的书单 ○ 只想随便看看 ○ 没有

16. 是否觉得通过微博或人人看文学精选片段比看书来的轻松有效？

 ○ 是的 ○ 不是 ○ 感觉没有差别

17. 你认为专业书籍和文学书籍，哪个对你的影响深远？

 ○ 文学类，因为可以提高自己内在修养

 ○ 专业类，因为以后工作需要 ○ 都很重要

18. 你认为校园或者班级宿舍的阅读氛围如何？

 ○ 很好，周围很多人喜欢阅读 ○ 不是很浓厚

 ○ 感觉身边没有什么人在阅读

19. 你认为文学素养和个人谈吐存在正相关关系吗？

 ○ 存在 ○ 不存在 ○ 视人而定

20. 支持大学高校开展类似文学欣赏的课程作为必修课吗？

 ○ 支持 ○ 不支持 ○ 随便

参考文献

[1] 步新娜 . 借力经典诵读传承和传播优秀传统文化 [J]. 读与写（教育教学刊），2018（11）.

[2] 孙艳艳 . 古代经典诗文课内外阅读教学策略探究 [J]. 教育实践与研究（B），2018（10）.

[3] 钱理群 . 为什么要读经典 [J]. 语文世界（中学生之窗），2015（04）.

[4] 蒋德均 . 文学经典阅读在高校思想政治教育中的作用 [J]. 教育评论，2011（01）.

[5] 张亚军 . 大学生经典阅读状况探析 [J]. 福建图书馆理论与实践 . 2015（04）.

[6] 李培培 . 经典阅读深化社会主义核心价值观的路径探究 [J]. 文化创新比较研究，2018（36）.

[7] 陈亚琴 . 高校开展经典阅读推广的思考 [J]. 教书育人（高教论坛），2019（06）.

[8] 陈星先，杨宏 . 重庆市大学生经典阅读调查分析 [J]. 新西部，2019（17）.

[9] 吕玉，李亚 . 大学生经典阅读实践初探——以常熟理工学院为例 [J]. 黑龙江教育（高教研究与评估），2018（02）.

[10] 刘军玲 . 大学生经典阅读推广研究综述 [J]. 高校图书馆工作，2018（05）.

[11] 谷春燕 . 微阅读时代大学生经典阅读推广策略探讨 [J]. 新媒体研究，2018（21）.

[12] 谭欢 . 以"人文经典阅读"为途径提升"基础"课教学实效性的思考 [J]. 教育现代化，2017（18）.

[13] 李巍 . 大学生文学经典阅读的现状分析与实现途径 [J]. 名作欣赏，2015（27）.

[14] 吴玉杰 . 大学生文学经典阅读活动的现状分析与推动策略 [J]. 名作欣赏，2015（27）.

[15] 李斌 . 大学生文学经典的阅读现状及教学对策 [J]. 黑河学刊，2009（08）.

[16] 杨健 . 大学生文学阅读现状的思考 [J]. 浙江水利水电专科学校学报，2008

（01）.

[17] 张志勇 . 经典文学在高等教育中的作用 [J]. 当代教育实践与教学研究，2019（11）.

[18] 刘芷新 . 高校图书馆经典文学著作阅读推广内容探究 [J]. 图书馆理论与实践，2018（04）.

[19] 齐基，李彩侠 . 关于改善大学生阅读现状的思考 [J]. 民营科技，2017（07）.

[20] 李萌萌，张晓凤，李贺斌，吴英旗 . 大学生文学阅读现状调查 [J]. 合作经济与科技，2013（07）.

[21] 狄小源，丛一依 . 当代大学生阅读现状调查及分析——以扬州地区高校大学生为例 [J]. 科教文汇（上旬刊），2019（01）.

[22] 李芃 . 网络时代青少年阅读现状及阅读引导 [J]. 产业与科技论坛，2018（04）.

[23] 沈梅 . 论大学生阅读现状及图书馆阅读推广工作 [J]. 内蒙古科技与经济，2017（06）.

[24] 邹娟，李昭昭 . 视障学生阅读现状及其改进策略 [J]. 湖南教育（D 版），2019（05）.

[25] 王东霞 . 大学生阅读现状调查分析 [J]. 新校园（上旬），2017（06）.

[26] 吴晓琳 . 图书馆微阅读现状与发展研究 [J]. 才智，2017（09）.

[27] 张岂之 . 大学的人文教育 [M]. 北京：商务印书馆，2014.

[28] 陈文婷，楚永全 . “90 后”大学生经典阅读状况及对策 [J]. 当代青年研究，2013（6）.

[29] 下剑刚，王生珏 . 试论经典阅读的目的与方法 [J]. 山西大学学报：哲学社会科学版，2003，26（5）.

[30] 郭世轩 . 消费社会下的文学经典阅读 [J]. 广西社会科学，2007（4）.

[31] 甘阳 . 大学人文教育的理念、目标与模式 [J]. 北京大学教育评论，2006（3）.

[32] 何建良 . 新媒介视域中的经典阅读 [J]. 江西社会科学，2014（10）.

[33] 胡全威 . 经典阅读与民主政治——试析施特劳斯的自由教育 [J]. 洛阳师范学院学报，2012.31（9）.

[34] 李洪义 . 文学经典阅读与大学生审美教育 [J]. 衡水学院学报，2009（2）.

[35] 刘艳侠，刘铁芳 . 走向人生的通识教育：一种课程实施巧视角 [J]. 湖南师范大学教育科学学报，2013（1）.

[36] 刘梦溪 . 今天为什么还要阅读经典 [J]. 中国大学教育，2004（3）.

[37] 刘加媚 . 文学经典的教学·阅读与学生人文素质的培养 [J]. 广西师范学院

学报：哲学社会科学版，2011（1）.

[38]（美）欧内斯特·博耶，涂艳国，方彤译. 关于美国教育改革的演讲 [M]. 北京：教育科学出版社，2002.

[39]（美）罗伯特·M·赫钦斯著，汪利兵译. 美国高等教育 [M]. 杭州：浙江教育出版社，2001.

[40]（德）叔本华，石冲白译. 作为意志和表象的世界 [M]. 北京：商务印书馆，1997.

[41]（美）威尔逊著，黄念欣译. 阿克瑟尔的城堡：1870 年至 1930 年的想象文学研究 [M]. 南京：江苏教育出版社，2006.

[42]（新西兰）西蒙·杜林著，冉利华译. 高雅文化对低俗文化：从文化研究的视角进行讨论 [M]. 北京；北京大学出版社，2007.

[43]（美）谢尔顿·罗斯布莱特著，别敦荣译. 现代大学及其国新——纽曼遗产在英国和美国的命运 [M]. 北京；化京大学出版社，2013.

[44]（德）卡尔·雅斯贝尔斯著，邹进译. 什么是教育 [M]. 北京：生活·读书·新知三联书庙，1991.

[45]（美）雅各布斯著，魏瑞丽译. 消遣时代的阅读乐趣 [M]. 南京：译林出版社，2012.

[46]（美）雅罗斯拉夫·帕利坎著，杨德友译. 大学理念重审：与纽曼对话 [M]. 北京；北京大学出版社，2008.

[47]（美）约翰·菲斯克，杨全强译. 解读大众文化 [M]. 南京：南京大学出版社，2001.

[48]（美）约翰·S·布鲁贝克，王承绪等译. 高等教育哲学 [M]. 杭州：浙江教育出版社，2001.

[49]（英）约翰·亨利·纽曼著，徐辉，顾建新等译. 大学的望想 [M]. 抗州：浙江教育出版社，2001.

[50]（古希腊）亚里去多德，廖申白译. 尼各马可伦理学 [M]. 北京；巧务印书谊，2003.

[51] 黄俊杰. 全球化时代的大学通识教育 [M]. 北京；北京大学出版社，2006.

[52] 黄俊杰. 大学通识教育的理念与实践 [M]. 武汉：华中师范大学出版社，2001.

[53]（美）阿兰·布鲁姆，秦璐译. 巨人与保儒 [M]. 北京：华夏出版社，2003.

[54]（美）安德鲁·德尔班科著，范伟译. 大学：过去，现在与未来 [M]. 北京：中信出版社，2014.

[55]（美）爱德华·W·萨又德著，李巧译．文化与帝国主义 [M]．北京：生活·读书·新知吉联书店，2013．

[56]（加拿大）比尔·雷了斯著，郭军等译．废墟中的大学 [M]．化京：北京大学出版社，2008．

[57]（美）布卢姆著，战旭英译．美国精神的封闭 [M]．南京：译林出版社，2011．

[58]（美）伯顿·R·克拉克著，王承绪等译．高等教育系统——学术组织的跨国研究 [M]．杭州：杭州大学出版社，1994．

[59]（美）杜威，王承绪译．民主主义与教育 [M]．北京：人民教育出版社，1990．

[60]（美）弗兰克·罗德斯，王晓阳，蓝劲松等译．创造未来：美国大学的作用 [M]．北京：清华大学出版社，2007．

[61]（美）哈罗德·布鲁姆，江宁康译．西方正典 [M]．南京：译林出版社，2011．

[62] 联合国教科文组织总部．教育——财富蕴藏其中 [M]．北京：教育科学出版社，1996．

[63]（法）卢梭，李平化译．爱弥儿 [M]．北京：商务印书馆，2012．

[64]（美）尼尔·波兹曼著，章艳译．娱乐至死 [M]．化京：中信出版社，2015．

[65] 卢锋．闽读的价值、危机与出路——新教育实验"营造书香校园"的哲学思考 [D]．苏州：苏州大学，2013．

[66] 史若．经典阅读教学研究 [M]．山东：山东师范大学，2004．

[67] 沈蔚．数字阅读研究：从文化消费到生产 [M]．武汉：武汉大学，2013．

[68] 王晨．赫钦斯高等教育巧想研究 [M] 杭州：浙江大学，2001．

[69] 邹育艳．大学生课外阅读现状及对策研究 [M]．重庆：西南大学，2009．

[70] 曹明海．《语文教育文化过程研究》[M]，济南：山东人民出版社，2005．

[71] 龙协涛．《文学阅读学》[M]，北京：北京大学出版社，2004．

[72] 姚斯、霍拉勃．《接受美学与接受理论》[M]．周宁、金元浦译，沈阳：辽宁人民出版社，1987．

[73] 朱立元．《西方现代美学史》[M]，上海：上海文艺出版社，1996．

[74] 曹明海．《语文教育文化过程研究》[M]，济南：山东人民出版社，2005．

[75] 徐龙年．论叶圣陶的语文教育审美观 [J]．学术交流，2003（8）．

[76] 托尔斯泰．《什么是艺术》[M]．北京：人民文学出版社，1992．

[70] 钱钟书：《管锥编》第一册，中华书局，1979．

[77] 萧乾：《经验的汇兑》，见《鉴赏文存》，人民文学出版社 1984 年出版．

[78] 华明，胡晓苏，周宪译．W·C·布斯：《小说修辞学》[M]．北京：北京大学出版社，1987．